El rey leproso

ALBERTO VÁZQUEZ-FIGUEROA

ZETA

1.ª edición: abril 2010

para el sello Zeta Bolsillo
Consell de Cent, 425-427 - 08009 Barcelona (España)
www.edicionesb.com

Printed in Spain
ISBN: 978-84-96546-32-5
Depósito legal: B. 7.168-2010

Impreso por LIBERDÚPLEX, S.L.
Ctra. BV 2249 Km 7,4 Polígono Torrentfondo
08791 - Sant Llorenç d'Hortons (Barcelona)

El rey leproso no pretende ser una novela histórica.

Lo único que pretende, salvando las abismales distancias, es convertirse en un relato al estilo de *Los tres mosqueteros* o *El conde de Montecristo* con los que la genialidad de Alejandro Dumas cautivaba a sus lectores aprovechando las lagunas de información que suelen rodear a ciertos hechos históricos, a base de dar vida a unos personajes a caballo entre la realidad y la ficción, y que en ocasiones acaban por ser tan de carne y hueso como aquellos que se han convertido en polvo siglos atrás.

D'Artagnan o Edmundo Dantés están más vivos hoy en día que la mayoría de los reyes y reinas de su tiempo.

Mi intención ha sido recrear libremente la casi increíble historia de un rey que fue amado por su pueblo como nunca ha sido amado ningún otro soberano.

Antaño los sabios aseguraban
con una presunción muy vana,
que los planetas giraban
en torno a una tierra plana.

Y a aquel que lo discutiera
por más razón que tuviera
le daban cien latigazos
o ardía presto en la hoguera.

Así fue que yo recuerde
desde el tiempo en que reinaba
un torcido faraón
que andaba siempre de lado
aguantando una bandeja,
a don Cristóbal Colón,
que fue un buen navegante
aunque bastante tunante
y que hizo redondo el mundo
sin cambiar nunca de rumbo.

Pero ésa es una historia añeja
que a nadie ya le interesa.
Este romance es, señores,
la historia de un caballero,
el valiente Pero Nuño,
un hombre de cuerpo entero
muy apegado al terruño,
apodado «El Peregrino»,
por lo mucho que viajó
y duro que fue su camino.

El que lo canta, que es ciego,
aunque rima con atino
nació en los pagos de Olmedo,
pero le bautizaron con vino
a las orillas del Duero.

Si le hacen merced, señores,
de dejar unas monedas
en el plato o la bandeja,
cantará de mil amores
la historia del Peregrino,
que es una vieja historia
pero no es una historia añeja.

Agosto de 1578

Una espesa nube de polvo oscurecía un rojo sol de fuego, sol de tórrido y agobiante mes de agosto africano en el que el bochorno no disminuía pese a que ese sol estuviese a punto de ocultarse tras una lejana colina.

El polvo había sido levantado por el fragor de una brutal batalla que duraba casi desde el amanecer, y en la que caballos, jinetes y tropas de a pie habían sufrido por igual en ambos bandos, sin que, a punto ya de oscurecer, ningún testigo neutral se sintiera capaz de asegurar sin temor a equivocarse cuál de los contendientes había llevado la peor parte.

Aquí y allá no se distinguían más que cadáveres, armas, fuego, sangre y destrucción.

La marca que el hombre acostumbraba a dejar en la naturaleza.

El inconfundible sello de su paso.

Nada se movía.

Ni tan siquiera una brizna de hierba, como si incluso el viento hubiese decidido huir muy lejos, incapaz de resistir la contemplación de tan terrorífico espectáculo.

El «Dios de la Guerra» brillaba una vez más con todo su esplendor.

Se encontraba en la gloria.

De improviso resonó un ahogado lamento.

Una llamada de socorro de la que nadie se hizo eco porque los muertos no suelen acudir en ayuda de quienes estaban a punto de imitarles.

Podría creerse que, en realidad, el corazón de la batalla había cesado de latir no muy lejos de allí, al otro lado de la colina, por lo que los despojos, que se desparramaban a orillas del riachuelo que serpenteaba entre tanto cadáver, no eran parte más que de un aledaño de la auténtica contienda.

Pasó el tiempo, se repitió el lamento, se repitió el silencio como respuesta, hasta que al fin por la orilla izquierda hizo su aparición un hombre que empuñaba una ensangrentada espada y que de tanto en tanto se inclinaba a observar con especial atención a los difuntos, hasta que se detuvo ante el herido al que contempló con una mezcla de profundo respeto, amargura y conmiseración.

—¡Majestad! —no pudo por menos que exclamar con voz entrecortada—. Al ver huir a vuestro caballo supuse que estaríais por aquí. ¿Cómo os encontráis?

—Me muero, amigo mío —fue la resignada respuesta—. Y te suplico que me ahorres sufrimientos acabando conmigo de la forma más rápida posible.

El recién llegado se aproximó con el fin de cerciorarse de que las abiertas heridas presentaban un aspecto ciertamente aterrador por lo que pocas esperanzas quedaban de salvación, pero acabó por agitar la cabeza con gesto pesaroso.

—No puedo hacer eso, Mi Señor. No en mil vidas que viviera.

—Es una orden.

—¿Acaso buscáis mi eterna condenación?

—Te condenarás si no obedeces a tu rey.

—No obedecer a mi rey me enviaría a la horca —fue la serena respuesta—. Pero acabar con vuestra vida me enviaría directamente a los infiernos. Perdón Señor, pero no puedo hacerlo.

—¿Y vas a dejarme aquí, a merced de que los infieles me torturen?

—Esos «infieles» nos han masacrado, Mi Señor —le hizo notar el otro—. Invadimos sus tierras y, del más poderoso ejército que jamás cruzara los mares, nada queda. Confío en que su ira se haya calmado y se muestren más compasivos de lo que ha sido nuestro Dios con quienes le adoramos. Y nadie, infiel o no, se atrevería a torturar a un rey.

El herido se esforzó por contener un gesto de dolor, aguardó a que lo peor del violento espasmo pasase, y al fin musitó con amargura:

—Nunca antes habías osado desobedecer una orden mía.

—Es que ahora no se trata de aguantar a pie firme insoportables horas de cánticos gregorianos, o de cenar con vuestro tío procurando evitar que advirtiera la suplantación y me mandara apalear. Aquél era mi trabajo y lo aceptaba de buen grado; pero rematar a un rey caído al que se quiere como a un hermano, no es trabajo para nadie, Mi Señor.

—¡Razón tienes, y es algo que no puedo negar! —admitió a duras penas el herido—. Eras muy bueno en tu oficio y a fe mía que nunca me he reído tanto como cuando imitabas cada uno de mis gestos al otro lado de un cristal. Por Dios que creía estar mirándome en un espejo.

El otro aventuró una triste sonrisa al tiempo que aferraba la mano del herido llevándosela a los labios con sincero afecto.

—Creedme si os aseguro que nada me complacería más que hacerme pasar por vos en esta ocasión, pero me temo que la muerte no se dejara engañar con tanta facilidad como don Felipe.

—Ni yo lo consentiría —fue la firme respuesta—. Lo que me está ocurriendo me lo he ganado a pulso y entiendo que nadie más debe cargar con mis culpas.

—¡Fue mala suerte!

—¡No me mientas, Aníbal! ¡A mí no! —le reprochó el otro tras toser angustiosamente—. Ni siquiera la muerte es castigo que compense por mis muchos errores, pero no es éste el momento de discutirlo, que muy pronto estaré en presencia de quien tiene todo el derecho a pedirme cuentas.

—Estoy seguro de que será misericordioso.

—En ello confío. Y ándate con cuidado puesto que cuando te capturen lo pasarás muy mal si una vez más te confunden conmigo.

—Es que no pienso permitir que me capturen

—fue la rápida respuesta del recién llegado al tiempo que señalaba el cadáver de un soldado marroquí que aparecía tumbado boca abajo a tan sólo unos pasos de distancia—. Con esas ropas seré uno más entre los moros, pues recordad que soy napolitano pero que mi madre era tunecina, lo cual me permite comportarme de igual modo que el más devoto de los creyentes de san Genaro, o como el más infiel de los infieles.

—Me consta que serías capaz de hacerte pasar por el mismísimo Santo Padre si te lo propusieras. —El herido extendió ahora la mano para acariciar levemente la ensangrentada barba de su amigo—. ¡Y ahora déjame solo! —pidió—. Es momento de ponerme a bien con Dios, y me temo que eso me puede llevar bastante más tiempo del que dispongo.

—¡Quedad con Él, que ya estamos todos en sus manos!

Se puso pesadamente en pie, dispuesto a marcharse, pero su soberano le detuvo con un gesto.

—¡Aguarda! —suplicó mientras se despojaba del pesado anillo que adornaba el dedo anular de su mano derecha—. Llévate el Sello Real.

—¡El Sello Real! —repitió el aludido asombrado por tan inesperada petición—. ¿Y qué pretendéis que haga con él?

—Lo ignoro. Pero mejor estará en tu poder que en el de los infieles. Y si algún día consigues devolvérselo a mi sucesor, pídele de mi parte que te recompense por lo buen vasallo que has sido.

—Que así sea.

Tomó el anillo, se lo guardó en el pecho, se cubrió

con el ensangrentado jaique del marroquí y al poco desapareció entre las sombras de una noche que avanzaba con la intención de borrar con su negro y caritativo manto las huellas de tan inconcebible desastre.

Con la llegada de las tinieblas el herido cesó de lamentarse.

El «Dios de la Guerra» se paseó feliz contemplando su obra.

Una vez más la estupidez humana le había devuelto a la vida.

Al alba los buitres llegaron desde las lejanas cumbres del Atlas, y podría creerse que incluso desde mucho más allá; desde donde nacían las primeras arenas del desierto.

Nadie antes les había ofrecido un banquete semejante.

Nadie era nunca tan generoso con los de su especie como solían serlo los humanos, pero resultaba evidente que en esta ocasión tal generosidad resultaba hasta cierto punto excesiva, puesto que por muchos que fueran y mucha hambre que atesoraran, tal cantidad de carroña tan sólo podría acabar siendo pasto de los gusanos.

Luego, con el sol abrasando nuevamente la tierra y el hedor a putrefacción adueñándose de la reseca hierba, las hojas, e incluso de las cortezas de los árboles, surgieron de la espesura media docena de hombres llevando de la brida mulas y caballos, y que cargaban en enormes cestas, armas, yelmos, banderas y todo cuanto de valor encontraban a su paso.

Uno de ellos se detuvo frente al herido, palpó sus ricas ropas, le despojó del pesado medallón de oro y diamantes que colgaba de su pecho y comentó sin la menor emoción:

—Éste aún respira. Y parece personaje de importancia.

Sus compañeros en la macabra tarea acudieron a su lado, hicieron corro en torno a quien aún continuaba inconsciente pero boqueando como pez fuera del agua, y tras unos instantes de duda, el que parecía comandarlos aventuró:

—Tal vez paguen por él un buen rescate.

—¿Vivirá lo suficiente?

—Nadie vive ni un día más ni un día menos de lo que Alá quiera que viva —fue la respuesta—. Y si ha sido tan generoso como para proporcionarnos tan hermosa victoria, tal vez lo sea como para permitir que obtengamos una suma importante por quien parece ser un rico caballero.

—¡Pues carguemos con él y que Muley Ehssan decida, que para regalárselo a los buitres siempre estamos a tiempo!

Esa misma tarde, cuando el sol rozaba una vez más la línea del horizonte, Muley Ehssan, Señor de Marrakech, penetró en la enorme jaima de su viejo y querido amigo, Suleimán Mokdad, caudillo indiscutible de las tribus beduinas de las márgenes del desierto, para espetarle sin más preámbulos:

—Necesito que me hagas un favor.

—Sabes que puedes pedirme lo que quieras —respondió de inmediato el dueño de la gigantesca y lujosa tienda de campaña—. A ti debo estar aquí, y haber sido partícipe del día más glorioso que hayamos vivido nunca.

—Te mandé llamar porque sabía del valor de tus hombres, y porque te necesitábamos a la hora de conseguir tan aplastante victoria —señaló el Señor de Marrakech—. Nada me debes, que soy yo tu deudor, y por ello eres libre de negarme lo que voy a pedirte.

—Sea lo que sea, concedido está de antemano.

—Puede ser sumamente peligroso.

—¿Más que la caballería pesada a la que nos enfrentamos ayer? —quiso saber el nómada con una leve sonrisa irónica.

—Mucho más.

—La curiosidad siempre fue una mala compañera del guerrero —sentenció Suleimán Mokdad—. Pero en este caso admito que me zumba en los oídos y me incita a removerme en mi asiento. ¿De qué se trata?

—Quiero que te lleves a un prisionero, lo mantengas oculto en el más lejano e inaccesible de tus oasis, y guardes eterno silencio sobre quién es, y quién te lo confió.

—Dalo por hecho.

—¿Sin saber de quién se trata?

—Con que lo sepas tú me basta.

—Pero a mí no.

—En ese caso puedes decirme quién es, si eso te tranquiliza.

Muley Ehssan, Señor de Marrakech, guardó silencio largo rato, aceptó el vaso de té muy caliente y muy dulce que su acompañante le ofrecía, y tras beber sin prisas, hundido en sus oscuros pensamientos, musitó en voz muy baja:

—Se trata del rey.

Su viejo compañero de armas tardó en reaccionar evidentemente sorprendido por tan inesperada revelación, y por último, en el idéntico tono casi inaudible pese a que se encontraban solos, inquirió:

—¿El rey cristiano?

—El mismo.

—Tenía entendido que había muerto.

—También yo, pero mis hombres lo encontraron malherido, y mi médico personal admite que existe una remota posibilidad de que se salve.

—¿Y para qué quieres que se salve? —fue la a todas luces lógica pregunta—. Es nuestro enemigo, y ya se sabe que «muerto el perro se acabó la rabia».

—No en este caso.

—¡Explícate!

—Tú eres hombre de grandes espacios, Suleimán —le recordó el otro—. Invencible en la guerra, y caudillo indiscutible en el desierto. Sabes cómo enfrentarte a los ejércitos más poderosos y a la más inhóspita de las naturalezas. En eso eres el mejor, pero por desgracia la política nunca ha sido tu fuerte.

—Sabes muy bien que la aborrezco.

—Y eso te honra, pero a partir de hoy, ganada la batalla y con los campos sembrados de cadáveres, el valor del guerrero tiene que dejar paso a la astucia del político para que no vuelva a darse el caso de que otro ejército, quizá más poderoso, vuelva a sentir la tentación de vengar a esos muertos.

—Sin su rey nunca lo intentarían.

—Los cristianos tienen un dicho que nos conviene aplicarnos puesto que a decir verdad también nos atañe: «A rey muerto, rey puesto.»

—Entiendo su significado, pero no entiendo en qué nos afecta en este caso.

—Resulta muy sencillo —le hizo notar Muley Ehssan en un tono de voz que se esforzaba por evitar que su interlocutor se sintiera menospreciado—. Hemos vencido a un rey demasiado joven, demasiado alocado y demasiado pretencioso, que cometió un sinnúmero de errores de los que supimos sacar justo provecho. Prácticamente cavó con sus propias manos la tumba de su ejército, por lo que debemos agradecerle que nos sirviera en bandeja tantas cabezas de cándidos infieles. —Bebió de nuevo a cortos sorbos, como dando tiempo a que su interlocutor captara la intención de sus palabras, para añadir—: ¿Pero qué ocurrirá si al «rey muerto» sucede un «rey puesto» no tan joven, alocado, ni pretencioso, sino que más bien por el contrario posee la astucia, la experiencia y la fuerza de mil leones?

—¿Don Felipe?

—Tú lo has dicho.

—Mal enemigo es ése.

—El peor imaginable.

—¿Tiene alguna posibilidad de sentarse en el trono de Portugal?

—Muchas. Si don Sebastián muere, la corona pasara a su anciano y casi agonizante tío, don Enrique, pero en cuanto éste desaparezca, que será muy pronto puesto que así lo determina la naturaleza humana, esa corona se la disputarán entre Don Antonio, Prior de Crato, que escaso peso tiene y con poco respaldo cuenta puesto que es bastardo, y el ambicioso Don Felipe, del que con justicia se asegura que en sus dominios nunca se pone el sol. —El Señor de Marrakech abrió las manos con las palmas hacia arriba como si con tan sencillo gesto quedara todo aclarado al inquirir con marcada intención—: ¿Qué ocurriría si a tan vastos dominios se unieran los también vastos dominios del reino de Portugal?

—Que tendríamos a la vista, al otro lado del Estrecho y doblemente poderoso al mismísimo Saitán *el Apedreado*; el demonio en persona.

—Defensor de la fe cristiana, nieto de Los Católicos Isabel y Fernando, «Azote de herejes», y «Martillo de Dios».

—Evidente resulta que en cuanto se propusiera ejercer nuevamente de martillo, a nosotros nos tocaría hacer de yunque —puntualizó Suleimán Mokdad extendiendo la mano para apoderarse de un enorme dátil que comenzó a mordisquear sin apetito—. Uniendo sus fuerzas a las de un Portugal ansioso de venganza por la derrota de ayer, nos machacaría sin remedio.

—Veo que vas captando la idea pese a tu tradicional desinterés por la política —señaló su sonriente interlocutor—. Como soldado sabes muy bien que la primera máxima de conducta de un general se debe centrar en intentar dividir al enemigo para vencerle con mayor comodidad. En ese aspecto resulta obvio que políticamente nuestros esfuerzos deben ir encaminados en idéntica dirección: evitar a toda costa que el enemigo se una bajo ninguna circunstancia.

—¿Y es por eso por lo que quieres que me lleve al desierto a don Sebastián sin que nadie lo sepa?

Mulay Ehssan asintió convencido, se puso en pie, y se aproximó al enorme mapa de Marruecos que colgaba de uno de los postes laterales de la gran carpa, como si el simple hecho de golpear con el dedo la representación gráfica de los lugares en los que se suponía que tenían que acontecer los hechos contribuyera a dar más énfasis a sus palabras.

—Lo más lejos posible —replicó al fin—. A un lugar del que no pueda escapar, y en el que nadie sepa quién es, ni tan siquiera lo sospeche. Aquí, o en Tánger, Rabat o incluso Marrakech, no existe forma humana de mantener oculto a un prisionero de alto rango durante mucho tiempo. Españoles y portugueses tienen cientos de espías infiltrados entre nuestra gente, y pronto o tarde cualquier guardián acabaría confesando que en la más inaccesible de las mazmorras languidece un importante caballero del que nadie habla, por lo que los portugueses no tardarían en extraer sus propias conclusiones.

—¿Y eso no nos conviene? —fue la pregunta de Suleimám Mokdad, aunque en realidad podía tomarse como una afirmación.

—De ninguna manera. Oficialmente yo no puedo convertirme en dueño del destino de un rey, por más que fueran mis hombres quienes lo salvaran de una muerte segura, y mi médico quien esté intentando hacer que sobreviva. Ese destino pasaría a depender de un sinnúmero de voluntades, algunas de ellas de intereses contrapuestos, y más de una reconocida amante del oro de los cristianos. Ignoro por qué extraña razón el pueblo portugués adora a un presuntuoso imberbe que les ha llevado de cabeza al desastre, pero estoy convencido de que si averiguan que continúa con vida entregarán hasta su última moneda de sus maltrechas bolsas para pagar su rescate. Y cosa sabida es que cuanto más corre el oro más despacio avanza la justicia, por lo que quien tanto mal ha causado jamás rendiría cuentas por sus muchos errores.

—¿Dejarle morir se te antoja acaso demasiado castigo? —quiso saber el dueño de la jaima que aún no parecía tener muy claro adónde quería ir a parar su amigo.

—Dejar morir a un rey coronado y amado por su pueblo puede llegar a ser o no un castigo —replicó el otro sin perder en absoluto la calma—. Pero resulta evidente que se convierte es una soberana estupidez puesto que los reyes no abundan, y los amados por su pueblo, mucho menos. Poco provecho se obtiene de un cadáver por muy coronado que haya estado en vida, puesto que en cuanto hiede, mayor valor alcanza en el mercado el más escuálido de los esclavos.

—Eso es muy cierto.

—Ocultemos por tanto ese raro tesoro donde

nadie más que nosotros sepa de su existencia y esperemos, porque es muy posible que el día de mañana tengamos que decidir si nos interesa más resucitar a un muerto que matar a un vivo.

El beduino tardó en responder, se sirvió un nuevo vaso de té, hizo un significativo gesto de ofrecimiento a su acompañante que negó en silencio, y tras concederse el tiempo que parecía necesitar para asimilar cuanto acababa de escuchar, acabó por inquirir:

—¿En qué circunstancias podría interesarnos resucitar a un muerto?

—En el caso, no del todo improbable, sino más bien bastante previsible a medio plazo, de que don Felipe se sentara en el trono de Portugal.

—¿Y en qué circunstancias nos interesaría más matar a un vivo?

—En el caso de que fuera un decrépito anciano o un fraile sin ningún tipo de ambiciones expansionistas, quien ocupara ese trono limitando al propio tiempo el poder de don Felipe.

—No cabe la menor duda de que eres un hombre astuto, del que siempre aprendo algo.

—Yo he aprendido mucho de ti en los campos de batalla, y tal vez por eso mismo siempre nos hemos complementado a la perfección. Si somos capaces de llevar este asunto con la debida cautela, tendremos en la mano la llave del futuro de nuestros pueblos, puesto que resultaría estúpido ignorar que tras la derrota de Lepanto el cristianismo se fortalece día tras día, mientras que el islamismo se debilita por las luchas internas, la corrupción y la intransigencia de quienes se niegan a aceptar que los tiempos cambian y tenemos la obligación de adaptar nuestras formas de comportamiento al ritmo de esos cambios.

—No me gustan los cambios.

—Tampoco a mí, pero tampoco me gustan las pulgas o las moscas, y demasiado a menudo me veo obligado a convivir con ellas.

—¿Pero qué pasará cuando se descubra que el cuerpo de don Sebastián no aparece?

—Pronto aparecerá.

—¿Y eso?

—Dentro de dos o tres días, cuando el cadáver del pobre soldado que ahora viste sus ropas y su armadura esté lo suficientemente desfigurado por los buitres como para que ni su propia madre sea capaz de reconocerlo, «alguien» lo encontrará.

—¿Dónde y cómo?

—Oculto entre unos arbustos a la orilla del río. No te preocupes; mis hombres ya se han ocupado de eso.

—Estás en todo.

—Quien en los momentos importantes no está en todo, no está en nada y no es digno de gobernar a otros.

—Siempre he pensado que serías un magnífico sultán de Marruecos.

—¡Que Alá no lo quiera, ni se esfuerce en tentarme! —fue la rápida y sincera respuesta—. La excesiva ambición y el ansia de poder acostumbran a cegar a quien pretende alargar la mano más allá de lo que alcanza su brazo.

—No es ése tu caso.

—No, no lo es, pero tampoco deseo que algún malhadado día lo sea. Marrakech es una hermosa ciudad en la que me siento muy a gusto, tranquilo, querido y respetado. No es más poderoso quien más súbditos tiene, sino quien más muestras de sincero afecto recibe de quienes le obedecen.

—Eso es muy cierto y tú constituyes el mejor ejemplo. Si muchos gobernantes te imitaran no tendríamos que asistir ahora a este macabro espectáculo que incluso a mí, hombre de guerra, me horroriza.

—¿Y a quién no? La guerra jamás tiene justificación y la experiencia me enseña que resulta fácil ser justo con algunos, pero resulta imposible ser justo con todos, puesto que con demasiada frecuencia sus intereses se contraponen. Con las armas en la mano rara vez se corrigen tales diferencias.

—¿Cuándo quieres que parta?

—Cuanto antes. Haz correr la voz de que regresas a casa porque uno de tus más amados capitanes se encuentra malherido y su deseo es morir junto a su esposa y sus hijos. De esa manera no levantarás sospechas.

—Se hará como ordenas.

—No es una orden y lo sabes muy bien —fue la firme respuesta—. Es únicamente un ruego.

—Para mí tus ruegos siempre fueron órdenes, y con mayor razón ahora que conozco los motivos que te impulsan a hacer lo que haces. Al amanecer me pondré en camino.

—Sé prudente y recuerda que lo que te entrego no es un maltrecho rey que tal vez perezca en el camino. Lo que te entrego es la llave de un reino.

—La cuidaré como si se tratara de la mismísima llave de las puertas del Paraíso.

Junio de 1594

Cabría suponer que la enorme y severa estancia se encontraba vacía, pero no era así, ya que en el ángulo más apartado podía distinguirse, casi confundida con la penumbra, la pequeña y casi esquelética figura de fray Miguel de los Santos, un hombre de gesto adusto y fruncido ceño que vestía un ajado y casi mugriento hábito de agustino, y que se encontraba arrodillado ante un pequeño reclinatorio.

Se escuchó fuera el metálico repiqueteo de un cencerro seguido por el triste mugido de una vaca.

Durante largo rato nada volvió a turbar el silencio de la estancia hasta que resonaron a lo lejos cascos de caballos y el rodar de un carruaje sobre un camino de grava.

Al poco cuatro espaciados golpes de una pesada aldaba parecieron responder a una señal convenida de antemano.

Fray Miguel giró apenas la cabeza, dejó a un lado el misal, y muy lentamente se puso en pie aproximándose a la puerta para inquirir quedamente:

—¿Quién va?

—Portugal —le respondió desde el exterior una voz profunda y grave.

—¿A quién buscáis? —insistió el clérigo.

—Al que tiene que llegar —replicó en tono impaciente la misma voz.

Satisfecho al parecer por tan sorprendente respuesta, fray Miguel de los Santos abrió la puerta para dar paso a dos caballeros embozados, que no se decidieron a mostrar el rostro hasta haberse cerciorado de la auténtica personalidad de quien les recibía, momento en que se inclinaron a besarle la mano al tiempo que se descubrían permitiendo que el religioso les reconociese.

—Fray Miguel...

—¡Coimbra y Ferreira! —no pudo por menos que exclamar el aludido sonriendo abiertamente—. Portugal ha elegido bien a sus representantes: su querido preceptor y su mejor amigo.

—¿Dónde está? —inquirió impaciente el primero de ellos.

—Cerca —fue la escueta respuesta.

—¿Cuándo podremos verle?

—Muy pronto.

—Nos devora la impaciencia.

—Mala consejera es ésa en el negocio que tratamos —musitó el eclesiástico en un tono que se advertía abiertamente paternal—. Si habéis sido capaces de esperar tanto, no os viene de esperar un poco más.

—Será porque antes no teníamos la seguridad que tenemos ahora —le hizo notar el llamado Ferreira al tiempo que le observaba con marcada atención—.

Porque supongo que vos también estáis seguro —añadió—. ¿No es cierto...?

—Yo estoy completamente seguro —replicó el otro con sorprendente calma—. «Él» es el único que duda.

El de mayor edad de los recién llegados, João Coimbra, un hombre de espesa barba blanca y aspecto grave pareció desagradablemente sorprendido por semejantes palabras y no pudo por menos de inquirir:

—¡«Él»! ¿Cómo es posible?

Fray Miguel se limitó a encogerse de hombros como si aquél fuera un tema que había dejado de preocuparle o se negara a discutir.

—Cuando lo conozcáis podréis entenderlo —dijo—. A mí, hasta el presente, no me ha resultado posible hacerle confesar; ni en un sentido ni en otro.

—¿Entonces? ¿A qué viene todo esto?

El interrogado, que había avanzado sin prisas hasta el centro de la estancia, indicó con un gesto que tomaran asiento al tiempo que recogía su libro de rezos del reclinatorio, y comentaba sin mirarles:

—Me conocéis lo suficiente como para comprender que no os hubiera obligado a emprender tan arriesgado viaje a través de Castilla si no me moviera una razón de auténtica importancia.

—¿Y es...?

—Que no debemos regirnos por lo que él acepte o deje de aceptar, sino por la verdad tangible y evidente.

Los caballeros portugueses intercambiaron confusas miradas e incluso y se diría que escudriñaban a su alrededor como si temieran que alguien pudiera estar escuchando cuanto allí se decía.

Por último, el de más edad, Coimbra, inquirió en un tono muy bajo haciendo un evidente esfuerzo:

—¿Y según vos, esa verdad tangible y evidente aclara sin lugar a dudas que se trata de El Deseado?

—Sin la más mínima duda.

—¡Dios bendito! —estalló en júbilo Luis Ferreira—. Al fin los cielos se han apiadado de nosotros premiando nuestra fe. Nadie creyó jamás que hubiera muerto. ¿Dónde ha estado todos estos años?

—Ésa es una larga historia que prefiero que la escuchéis de sus propios labios, pero a mi modo de ver la mayor parte del tiempo lo ha pasado rezando y pidiendo perdón por el desastre que causó —fue la desconcertante respuesta—. El pasado le atormenta.

—¡Pero ese pasado está olvidado! —le hizo notar Coimbra con un ardor impropio de su edad—. Le necesitamos.

—Por eso os he hecho venir —replicó el fraile que con desconcertante naturalidad desarmaba a sus interlocutores—. Tenéis que reconocerle, acatarle y llevar a Portugal la buena nueva de su regreso.

—Ese día no habrá un solo hombre, ni una mujer, ni un niño, que no alce su brazo para expulsar de nuestra patria a los españoles.

Fray Miguel pareció alterarse por primera vez desde que se iniciara la conversación, y alzó la mano como si tratara de frenar a un invisible enemigo que estuviera a punto de arrojarse sobre él.

—¡No! —exclamó con sequedad—. Eso es precisamente lo que él quiere evitar. No desea más guerras ni más muertes, puesto que en su opinión ya provocó demasiadas.

—Sin lucha no será posible la libertad —argumentó Coimbra seguro de lo que decía—. Don Felipe está muy bien asentado en el trono y tan sólo la fuerza puede obligarle a abandonarlo.

—¿Fuerza? —replicó con cierta agresividad el agustino—. ¿A qué fuerza os referís don João? Hoy por hoy don Felipe es el monarca más poderoso del planeta, y si nos alzáramos contra él nos aniquilaría. Tengamos paciencia —aconsejó aquilatando el tono de su voz—. Francia, Inglaterra, Venecia y el Papado nos brindan su ayuda porque les consta que con el regreso de don Sebastián el omnipresente poder de España se debilitaría, pero estoy convencido de que no moverán un dedo hasta estar seguros del éxito de este empeño.

—¡Pero don Felipe no puede negarse, bajo ningún concepto, a devolver el trono a su legítimo dueño!

Fray Miguel de los Santos le observó de reojo y ni siquiera se esforzó por intentar disimular una leve sonrisa despectiva en el momento de replicar ásperamente:

—¿Creéis en verdad que alguien que, según cuentan, mandó envenenar a su propio hijo, y ha hecho asesinar a su hermanastro, devolverá sin oposición un trono a un fantasma que surge de su tumba? —inquirió.

—Esas acusaciones no son, a mi modo de ver, más que habladurías sin fundamento —protestó Ferreira que pese a ser el más impulsivo de los recién llegados se mostraba ahora mucho más comedido—. Y lo que me extraña es que alguien como vos les preste oídos.

—Preferiría no tener que hacerlo —sentenció su interlocutor claramente irritado—. Pero también hay quien asegura que durante la batalla de Alcazarquivir esbirros al servicio de España intentaron asesinar a don Sebastián con el fin de convertir a don Felipe en heredero de la Corona de Portugal...

—¿Luego convenís que al enfrentarse a semejante hombre no queda más camino que la guerra?

—O la astucia y la paciencia, os lo repito. Don Felipe se pudre en vida, sifilítico y gotoso, en ese inmenso mausoleo que se ha hecho construir en El Escorial, y cada día que pasa pierde fuerza y amigos, a la par que nosotros vamos creciendo con la ayuda de Dios y de otras potencias.

—¿Paciencia? —repitió el fatigado Coimbra—. Ya soy demasiado viejo para continuar esperando, sobre todo sabiendo como sé que la muerte no espera. ¿Cuánta paciencia más vamos a necesitar?

—La que sea necesaria, puesto que al tomar conciencia de la magnitud de la catástrofe que había provocado, don Sebastián juró que como penitencia guardaría silencio sobre su auténtica personalidad durante veinte años. —El agustino colocó el misal sobre la mesa dejando la mano encima como si con ello pretendiera sellar una especie de simbólico juramento al puntualizar—: Cuando se cumpla ese plazo habrá llegado el momento de actuar.

—¡Cuatro años aún! —no pudo por menos que exclamar un a todas luces decepcionado Ferreira—. ¿Es que os habéis vuelto loco? ¡El pueblo está cansado de esperar y no lo soportaría!

—Es lo que don Sebastián juró —fue la seca respuesta—. Y los juramentos de los reyes son sagrados.

—Pero las ansias de libertad de una nación también lo son, y debemos esforzarnos por conseguir que cambie de opinión.

Fray Miguel se limitó a atravesar lentamente la estancia para tirar repetidamente de un cordón que de inmediato provocó que una campanilla resonara en el interior de la casa. Con la mano aún sobre el cordón, señaló:

—Nada le hará cambiar de opinión respecto a su juramento. Nadie sabrá con exactitud si se trata o no de don Sebastián hasta dentro de cuatro años, pero si sois capaces de convencerle, tal vez acepte ocupar el trono de inmediato.

—¿Arriesgándonos a que se trate de un impostor?

—Toda gran empresa implica algún tipo de riesgo.

—Excesivo cuando lo que está en juego es una corona.

—En ese caso aún estáis a tiempo —señaló el religioso, que se mostraba ahora imperturbable y se podría asegurar que en cierto modo desinteresado—. Hasta que esa puerta no se abra y don Sebastián no haga su aparición, nadie podrá acusaros de traición, puesto que de momento todo se ha limitado a una simple charla sin la menor trascendencia. —Alzó el dedo en ademán de advertencia—. Sin embargo, a partir del instante en que mantengáis una entrevista cara a cara con él, por pequeña que sea, estaréis tomando parte en el nacimiento de una conjura, y os consta que bajo el reinado de don Felipe, la conjura, la traición, e incluso la más mínima muestra de desacato o desafección a su persona, se castiga con la muerte.

—¿Intentáis asustarnos? —quiso saber con notable malestar el siempre severo y circunspecto Coimbra.

—En la situación actual prefiero gente asustada, lo cual suele inclinar a la prudencia, que gente envalentonada, que por lo general no acostumbra a medir ni sus palabras, ni sus actos. Habéis asegurado que lo que está en juego es una corona, pero no es cierto; lo que está en juego son nuestras propias vidas, que al fin y a la postre son más importantes para cada uno de nosotros que cualquier corona, incluso la de nuestro propio país.

—¡No es ése mi caso!

—¡Ni el mío!

—¡Mejor que mejor! Decidid por tanto y hacedlo aprisa: ¿hago o no hago sonar por segunda vez esta campanilla?

Los caballeros portugueses se observaron y resultó evidente que estaban librando la batalla más importante a que se hubieran enfrentado nunca. Por fin, el de más edad, y en apariencia autoridad moral, hizo un leve gesto de asentimiento:

—¡Que el Señor nos ilumine! —musitó—. Haced sonar de una vez esa maldita campanilla.

El agustino sonrió con aire de triunfo, tiró repetidamente del cordón y al poco la puerta se abrió para que hiciera su entrada Gabriel de Espinosa, un hombre que rondaba los cuarenta años, aunque tal vez su cabello entrecano le hiciera parecer algo mayor, y cuyos gestos eran especialmente elegantes y de particular nobleza.

En realidad muy pronto resultó evidente que se trataba de un ser harto extraño y contradictorio, puesto que si bien en él parecían normas naturales el orgullo, la soberbia e incluso una particular arrogancia que evidenciaba que estaba acostumbrado a ser obedecido, a menudo descendía de improviso a las más bajas escalas de lo rufianesco, cambiando súbitamente de actitud para convertirse en una auténtica escoria humana que reía y gesticulaba groseramente, lo que tenía la virtud de provocar un instintivo rechazo a cuantos le escuchaban.

Sin embargo, en el momento de penetrar en la estancia su continente resultaba más altivo que nunca, puesto que avanzó con paso firme hasta detenerse frente a los recién llegados y observarlos con una confusa mezcla de gravedad y simpatía.

—¡João Coimbra y Luis Ferreira! —exclamó—. ¡Dios sea loado! ¡Qué terrible huella ha dejado el tiempo en vuestros rostros! ¡Cuán distintos parecéis de aquellos que galopaban alegremente junto al Tajo y se bañaban desnudos en los remansos del río! ¿Habéis aprendido a nadar, don Luis?

Los caballeros portugueses, que habían quedado petrificados por el asombro, contemplaron al recién llegado como si en verdad se tratara de un fantasma salido de la tumba, a sus ojos asomaron gruesas lágrimas, y al fin se arrojaron al unísono a sus pies tratando de besarle fervorosamente la mano.

—¡Bendito! ¡Bendito mil veces sea el día en que los cielos nos devuelven a nuestro rey! —exclamó de inmediato un arrobado Coimbra fuera de sí.

Ferreira ni siquiera parecía capaz de hablar, limitándose a esconder el rostro entre las piernas de Espinosa, llorando como un niño que hubiese encontrado de pronto la perdida protección de su padre. Éste le acarició con dulzura la cabeza mientras fray Miguel de los Santos observaba la escena con un extraño brillo de triunfo en los ojos.

Al fin, tras unos momentos de mal contenida emoción, Espinosa se inclinó para obligarles a erguirse.

—¡Alzaos! —suplicó—. Alzaos, Coimbra, mi maestro, que no es éste momento de vasallaje, sino de abrazos. Son muchos los años de separación y mucho el amor que siempre os tuve. ¡Cómo recuerdo ahora, al veros, a todos aquellos amigos, tantos y tan queridos, que quedaron tendidos para siempre frente a los muros de Alcazarquivir!

—¡No os atormentéis, Majestad! —se apresuró a señalar Coimbra—. Cuantos allí cayeron se sintieron orgullosos de morir por vos y por su patria. ¡Todos sabemos que Dios los acogió en su seno!

—Ésa es la gran esperanza que me ha mantenido con vida todos estos años —fue la suave respuesta—. Tanto he rogado por ellos, que difícilmente el Señor podrá haber desoído mis plegarias.

—Escuchad ahora las de vuestro pueblo, Mi Señor —intervino Ferreira—. Portugal clama por el regreso del más querido de cuantos monarcas existieron. ¡Volved de inmediato! ¡Os necesitamos!

El recién llegado guardó un corto silencio, meditando al parecer sobre lo que el otro acababa de decir, se apartó unos metros y de improviso se volvió bruscamente, y se diría que estaba hablando consigo mismo.

—¿Portugal necesita a don Sebastián? —inquirió—. ¿Por qué? ¿Para qué? Únicamente fue un jovenzuelo caprichoso e insensato que jugó con los ejércitos haciendo que la juventud, las banderas y el honor de Portugal se arrastraran por un charco de vergüenza y sangre. —Agitó la cabeza en gesto de suprema incredulidad al preguntar—: ¿Cómo puede su pueblo amarle aún?

La respuesta de Coimbra sorprendió por lo escueta y por su inquietante serenidad:

—Es su rey.

—Pero muerto don Sebastián, otro mejor le ha sucedido. ¿De qué se queja Portugal, si no puede existir un rey más poderoso, justo y prudente que don Felipe?

—¡Pero don Sebastián no ha muerto! ¡Sois vos!

El otro hizo un gesto negativo mientras avanzaba hacia la mesa y se apoyaba en ella con el fin de observarles fijamente, como si estuviera intentando estudiar sus reacciones.

Su tono resultaba más firme, más amargo y más apremiante que nunca en el momento de señalar:

—Tened en cuenta que yo no he dicho eso. ¿Quién os asegura que ésta no es otra de las muchas suplantaciones que se han intentado basándose en la leyenda de que don Sebastián no murió en Alcazarquivir? ¿Quién afirma que yo no pueda ser uno de tantos impostores?

—¿Olvidáis que yo conocía a don Sebastián desde que éramos niños? —puntualizó Luis Ferreira seguro de lo que decía—. Nacimos con cinco días de diferencia y nos criamos juntos. ¡Sois vos!

Su interlocutor hizo un amplio gesto con la mano como si no supiera de lo que estaba hablando al tiempo que sonreía burlón.

—¿Acaso no os acordáis de su famoso «doble», Aníbal Anibaldi? —inquirió—. Me consta que compartisteis con él más de una borrachera y alguna que otra damisela que yo recuerde, y os consta que resultaba harto difícil diferenciarlos. ¿Por qué no puedo ser Aníbal Anibaldi bajo esta nueva personalidad de Gabriel de Espinosa, pastelero de oficio y embaucador de profesión?

João Coimbra se agitó inquieto observando con cierta perplejidad a fray Miguel, que permanecía tan inmóvil como una estatua de sal, y acabó por volverse hacia su joven compañero de viaje como buscando ayuda, pero éste aparecía tan inquieto y desconcertado como él.

—¿Por qué pretendéis sembrar la inquietud en nuestro ánimo, Señor? —quiso saber el anciano—. A la hora de proclamar vuestro regreso nuestra fe deberá ser inquebrantable. ¿Cómo pretendéis que triunfemos con la duda en el pecho?

Espinosa se aproximó de nuevo a él y colocándole la mano en el hombro sonrió con cierta tristeza.

—¡Mi fiel amigo! —dijo—. Anhelas creer y temes no ser lo bastante fuerte; pretendes que despeje las dudas, pero yo me complazco en aumentarlas. —Alzó la mano en un significativo gesto al añadir—: Os aclararé por qué me comporto de este modo: por el honor de Portugal.

—¿El honor de Portugal?

—¡Exactamente! —fue la respuesta—. El honor de Portugal, puesto que jamás uno de sus reyes deberá morir ahorcado. ¡Jamás!

—¡Y jamás morirá!

—Olvidáis que nos encontramos en Madrigal de las Altas Torres, a menos de una jornada de la Corte, que don Felipe tiene ojos y oídos en todas partes, y que si me atrapa me mandará ahorcar sin molestarse ni tan siquiera un minuto en intentar averiguar si soy o no un impostor.

—¡Nunca se atrevería! —fue la rápida y convencida respuesta del anciano—. ¡A su sobrino, no!

—¡Se atrevería! —le contradijo su oponente—. Y yo habría hecho lo mismo si alguien hubiese intentado arrebatarme la corona. Por eso pretendo que, en el peor de los casos, esa esperanza anide siempre en el fondo de vuestros corazones: no fue un rey de Portugal el que murió en la horca; fue Gabriel de Espinosa, un deslenguado sin escrúpulos que pretendió aprovecharse de la credulidad de todo un pueblo. —Les apuntó con el dedo, en un gesto en cierto modo amenazador, al añadir—: ¡Escuchadme bien, porque ésta es mi primera orden, y la única que en verdad importa! Haced que don Sebastián suba al trono, o dejad que acabara para siempre en Alcazarquivir. Y al fin y al cabo, ¿por qué no podría ser en verdad un impostor?

—Sois el rey.

—Lo que en verdad tengo es un diabólico parecido con el rey, el valor suficiente como para embarcarme en una loca aventura y una ambición sin límites. He tenido dieciséis largos años para estudiar mi papel, y hablo portugués como vosotros, árabe como un beduino, el español como el propio don Felipe, y el italiano como el mismísimo Santo Padre.

Hizo una pausa en la que se apoderó del puñado de libros y papeles que se encontraban sobre la mesa, y los alzó mostrándolos, para dejarlos caer luego permitiendo que se desparramaran por el suelo. Bruscamente su actitud cambió y, ante la atónita mirada de los caballeros portugueses, se mostró como el rufián de baja estofa en que demasiado a menudo era capaz de convertirse.

—He estudiado, guerreado, saqueado y violado —dijo—. Nada me detuvo nunca puesto que fui soldado, marino, ladrón e incluso comediante.

—¿Qué pretendéis insinuar, Mi Señor?

—Que el mismísimo don Sebastián me pagaba generosamente para que me hiciera pasar por él, y nadie, ni siquiera su propio tío, con el que una noche cené a solas, fue capaz de descubrir la superchería.

—¿Acaso estáis intentando hacernos creer que...?

—Que don Sebastián era un muchacho divertido y algo loco, al que le encantaban mis versos de titiritero.

Dio un pequeño salto para quedar en pie sobre una banqueta, y tras una ceremoniosa reverencia en la que fingió estar dirigiéndose a un numeroso y entusiasta público cambió el tono de voz para comenzar a recitar con aceptable estilo:

Hermosas y principales damas, escuchad.
Caballeros y burgueses, prestad atención.
Soldados y villanos. ¡Silencio!
Cabalgaba Lanzarote tan apuesto en su rocín,
e iba en busca de una dama, de quien era paladín.
Rey tudesco le retara a sus espadas cruzar,
y allí mismo le matara sin dejarle confesar.

Ensayó un despectivo gesto con la mano como si aquello careciese en absoluto de importancia, y concluyó lanzando una grosera carcajada ante el asombro de unos presentes a los que se advertía cada vez más desconcertados.

—En verdad que los versos eran pésimos y se ganaba poco con semejante oficio —mascullo—. Pero lo que importa es que aprendí a fingir y ahora me atrevo a hacer sin ningún temor un lucido papel real. —Inició un imperativo ademán apuntando al suelo al ordenar con voz de trueno—. ¡Coimbra! ¡Ferreira! ¡Arrodillaos! ¿No habéis oído? Arrodillaos y rendid pleitesía a vuestro rey, don Sebastián de Portugal *El Deseado*; el que murió cien veces y otras tantas resucitó. También vos, fray Miguel. ¡Arrodillaos, estúpidos! ¡¡Os lo ordeno!!

Únicamente fray Miguel de los Santos obedeció puesto que los caballeros portugueses permanecían como espantados, incapaces de reaccionar, hasta que por fin Coimbra echó mano al puño de su espada intentando desenvainarla decidido a lavar con sangre tan inconcebible afrenta.

Como por arte de magia, con la en apariencia diabólica capacidad de fingimiento de que constantemente hacía gala, la expresión de Gabriel de Espinosa cambió, y de nuevo volvió a convertirse en el hombre pausado, altivo y noble que dominaba cualquier situación.

—¡Basta ya! —exclamó—. Calmaos, don João, y perdonadme. Perdonadme y comprendedme: si un día mi tío me manda ahorcar, a vuestra memoria acudirá esta escena, y no tendréis más que decir: «Un impostor menos en el Imperio de don Felipe.»

—¡Eso nunca, Señor! —replicó el aludido—. Eso nunca.

—«Nunca» es una palabra que muy pocas veces responde a su auténtico significado. Si un apóstol negó a Jesús tan sólo por conservar la vida, de igual modo debéis negarme por conservar el honor de Portugal.

—Lucharemos por vos hasta la muerte.

—No, si caigo en manos de don Felipe.

—¡Siempre!

Espinosa se aproximó a él, le tomó por los hombros y le miró con fijeza a los ojos al inquirir:

—¿Os ha hecho el tiempo olvidar lo buen vasallo que erais, Coimbra? Jamás osasteis discutir un mandato de vuestro rey.

—Eso es muy cierto.

—Ni siquiera aquella lluviosa noche en Cintra, cuando os envié a buscar prostitutas y vuestro mejor caballo se rompió una pata. ¿Lo recordáis?

—¿Quién podría olvidarlo?

—Nadie en verdad, pero ¿cómo podía comportarme de un modo tan infantil y caprichoso en aquel tiempo? ¿Y cómo lo soportabais? —Agitó la cabeza en un gesto de duda e incredulidad al musitar como para sí mismo—: Y ahora estoy otra vez aquí, provocando nuevas locuras. Por eso os propongo un trato: o ganáis un rey, o perdéis un truhán. Y dejemos ya ese punto: aún hay mucho de que hablar porque el empeño es arduo.

—Concédenos tan sólo un mes, Señor —suplicó Ferreira—. En ese tiempo cada portugués se habrá convertido en un soldado.

—¿Qué significa un mes cuando se ha esperado tanto tiempo? —fue la respuesta no exenta de un perceptible deje de tristeza—. Un mes no es nada cuando se han visto pasar los días, las semanas y los años sin más sueño que el arrepentimiento, ni más anhelo que dar mil vidas que se tuvieran a cambio de la de uno solo de aquellos valientes a los que mi prepotencia y mi estupidez empujaron a la tumba.

—¡No os martiricéis más por ello!

—¿Y cómo evitarlo?

—Concediéndonos ese mes para que todo vuelva a ser como entonces y Portugal recupere la dicha.

—Naturalmente que puedo concederos ese mes, querido amigo, pero sé muy bien que ese tiempo no basta, porque lo que ahora necesito no son soldados, que de nada me sirven como ya demostré ampliamente en el campo de batalla. Lo que ahora necesito no son brazos armados que luchen por mí, sino manos abiertas que me ofrezcan su perdón y que estén dispuestas a trabajar, pacíficamente, en la construcción de un mundo más libre y más justo, en el que los caprichos de un insensato rey no echen por tierra en un solo día los esfuerzos de diez generaciones.

Coimbra le mostró sus manos con las palmas vueltas hacia arriba.

—Aquí tenéis las primeras —dijo—. Ordenadles lo que tienen que hacer.

Vivía aquel hombre creyente,
El Peregrino famoso,
buen padre y mejor esposo,
en un lugar primoroso,
cerca de una cristalina fuente.

Casi cada amanecer
se iba a cuidar de sus viñas,
y cada noche, al volver,
retozaba con sus niñas.

¡Cinco tenía, cinco luceros!
¡Cinco angelitos, que bajaron de los cielos!

Pero un día de verano,
estando en plena vendimia,
llegaron cinco malvados
que violaron a sus hijas.

Dieciocho abriles tenía
la mayor de las hermanas,

y la menor se había hecho mujer
hacía apenas tres semanas.

¡Ay, Pero Nuño el decente!
¡Ay, Pero Nuño el honrado!
¡Ay, Pero Nuño el buen padre!
¡Ay, Pero Nuño el cuitado!

Cinco caballeros, cinco,
señores de espada al cinto
en nobles cunas nacidos,
en grandes casas criados,
esclavos de sus pasiones
me lo habían desgraciado.

Uno era el duque de Astorga,
famoso en toda Castilla
por tener la lengua larga
pero la mente muy corta.

Habló de más por doquier
sin vergüenza y sin recato,
y por ser tan mentecato
fue el primero en aparecer
a la sombra de una encina,
con los calzones caídos
y cortada la minina.

Le colgaba un cartelón
escrito con buena letra:
«Cinco fueron, cinco serán,
los que lo hicieron, no lo repetirán».

Octubre de 1582

El hombre contemplaba el horizonte aunque sabía muy bien que en semejante lugar no existía horizonte alguno que contemplar.

Desde que el sol se elevaba una cuarta en el cielo, su reverberación sobre la arena tenía la extraña virtud de conseguir que la línea que normalmente separa el cielo de la tierra se convirtiera en una indescriptible sucesión de ondulaciones que transformaban los matorrales, los arbustos, las bestias e incluso los seres humanos, en entes fantasmagóricos que se cimbraban, disminuían o se agigantaban de un segundo al siguiente, perdiendo su forma y sus contornos hasta el punto de que por lo general no solían recuperar sus auténticas características y dimensiones hasta que faltaban escasos minutos para el ocaso.

El hombre continuó tan estático como si se hubiera convertido en piedra, hasta que su vista recayó en la estilizada figura de Suleimán Mokdad que trepaba sin prisas por la suave pendiente de la alta duna, para acabar por dejarse caer pesadamente a su lado.

—*¡Aselam aleikum!* —saludó el recién llegado.

—*¡Aselam aleikum!* —fue la respuesta.

—¿Cuánto tiempo calculas que has pasado en la cima de esta duna?

—Lo ignoro. Hace mucho que perdí la noción de ese tiempo.

El beduino sonrió levemente al replicar:

—Por si te sirve de algo, te diré que hace cuatro años y dos meses que apenas te has movido de este sitio.

—¡Cuatro años ya! Nunca imaginé que fuera tanto.

—Cuando se habla con Dios, las horas, los días, e incluso los meses pasan sin sentir, y por lo que tengo observado, la mayor parte de los días y las noches los has pasado rezando.

—Pero aun así no es suficiente —reconoció el hombre de ojos y cabellos claros que contrastaban brutalmente con los negros ojos y la azulada piel de su interlocutor—. Ni con cien años que viviera sería suficiente.

—Te castigas en exceso, y dudo que eso sea bueno —musitó en un abierto tono de reproche Suleimán Mokdad—. El pasado, pasado está, lo que ocurrió, ocurrió, y por mucho que te esfuerces y mucho que reces no conseguirás devolverle la vida ni a uno solo de tus súbditos.

—Lo sé.

—¿Por qué continúas martirizándote entonces?

—Porque es la única forma que conozco de no acabar suicidándome, con lo que añadiría el peor de los pecados a los muchos que ya cargo sobre mi conciencia.

—Perder una batalla no es un pecado. Si la caballería de tu ala izquierda no se hubiera retrasado tanto a la hora de atacar, en estos momentos tu pueblo te aclamaría como el héroe de Alcazarkebir, y te amaría aún más de lo que ya te amaba. Como siempre, el destino de los hombres, e incluso de los pueblos, se decide en cuestión de minutos, pero no por eso debes culparte de terribles pecados.

—Mi pecado no fue perder una batalla —le hizo notar don Sebastián al tiempo que enterraba la mano en la arena y la elevaba luego para permitir que los brillantes granos fueran cayendo como una suave cascada—. Mi pecado estriba en haberla provocado, y mi culpa no hubiera sido menor de haber vencido.

—¿Ah, no?

—¡Naturalmente! La única diferencia estriba en que en caso de triunfar nunca me habría detenido a meditar sobre las terribles consecuencias de mis actos. No obstante, los muertos seguirían estando muertos, por más que hubiera aumentado el número de caídos musulmanes y disminuido el de cristianos.

—Quiero creer que en aquellos momentos hiciste lo que tu buen juicio y tu conciencia te dictaban como general y como rey —aventuró no demasiado convencido el beduino.

—¡En absoluto!

Ahora sí que Suleimán Mokdad pareció sorprenderse, puesto que tras observar largamente a su interlocutor, no pudo por menos que inquirir:

—¿Qué quieres decir con eso?

—Lo que he dicho —insistió el otro sin inmutarse—. Que hice exactamente lo contrario de lo que mi buen juicio y mi conciencia me dictaban.

En esta ocasión fue el nómada el que se entretuvo en jugar con la arena como si buscara en ella una respuesta que no alcanzaba a entrever.

—Jamás conocí a nadie que se atreviera a hacer una afirmación semejante —dijo al fin—. Y por más que lo intento no encuentro explicación a tus palabras. ¿Por qué aseguras que al iniciar aquella guerra hiciste lo contrario a lo que sabías que tenías que hacer?

—Porque es la verdad, y a ti, que durante todo este tiempo me has tratado como a un amigo, casi un hermano, y no como a un prisionero, no puedo mentirte. En aquellos tiempos yo tenía muy claro que mi deber era el de ampliar mi reino hacia poniente, hacia Brasil, o hacia el Extremo Oriente, hacia China, Japón o la India, donde Portugal se estaba convirtiendo en una gran potencia.

—Suena lógico.

—Porque lo es —continuó el ex rey con sorprendente calma—. Mi flota dominaba los mares, tan poderosa o más que la española, tenía todo el mundo, incluida la mayor parte de África a mi disposición para cubrirme de auténtica gloria, pero en contra de todo razonamiento me lancé a la absurda aventura de conquistar Marruecos, donde resultaba evidente, y los hechos lo demostraron, que tenía infinitas posibilidades de salir malparado.

—Cierto es —admitió sin la menor sombra de duda el beduino—. Y cierto también que siempre me he preguntado por qué absurda razón elegiste una opción que te constaba que era la más insensata.

—¿Te gustaría conocer la respuesta?

—Únicamente si a ti te apetece dármela.

—Puede que te sorprenda.

—Más me sorprendería que no me sorprendiera.

—Me mareaba.

—¿Cómo has dicho?

—He dicho que el rey de la nación más aventurera del mundo; aquel que ocupaba el trono de don Enrique *el Navegante* y cuyos súbitos habían llegado más lejos que nadie surcando todos los océanos conocidos, se mareaba en cuanto ponía el pie sobre la cubierta de un navío.

—¡No es posible!

—Lo es. El olor a brea me enfermaba, en cuanto el suelo se movía bajo mis pies vomitaba hasta el alma, y el simple rumor del mar rompiendo contra la proa hacía que me estallase la cabeza y lo único que desease en esos momentos fuera pisar tierra firme. Del mar no me gusta ni el ruido.

—Curioso.

—Espantoso más bien, diría yo. Un adorado rey de Portugal que se ponía verde en cuanto bajaba al puerto, y al que el mar del que vivimos y que nos ha proporcionado tanta gloria producía un terror incontrolable, resultaba a todas luces ridículo e indigno de ocupar el trono.

—¿Y eso por qué te ocurría?

—Lo ignoro. Los dioses se complacieron en concedérmelo todo: poder, riqueza, juventud, el amor de mis súbditos y el más brillante de los futuros, pero a cambio se divirtieron castigándome con la insoportable carga de un invencible terror al mar.

—¿Y fue eso lo que te impulsó a intentar conquistarnos?

—Eso mismo.

El nómada se despojó del turbante para mesarse muy despacio y pensativamente los cabellos.

—¡No puedo creerlo! —exclamó al cabo de poco más de un minuto—. Me niego a aceptar que nadie se arriesgue a perder un imperio a cambio de no tener que subirse a un barco.

—¿Alguna vez te has subido a alguno? —quiso saber don Sebastián sin perder en absoluto la compostura, y ante el mudo gesto negativo, añadió—: Es como morir en vida y descender directamente a los infiernos, puesto que todo tu cuerpo se revuelve, la cabeza te estalla y de inmediato experimentas un profundo asco de ti mismo, hediendo a vómitos. Darías no un imperio, sino incluso la mitad de tu vida con tal de escapar de allí, pero sabes que no puedes hacerlo puesto que la costa se ha perdido en la distancia y lo único que alcanzas a distinguir son negros nubarrones que amenazan con devorarte.

—Intento imaginármelo comparándolo con un violento siroco.

—¡Nada que ver, te lo aseguro! El viento aúlla con idéntica fuerza, pero a cada instante temes que el suelo se abra bajo tus pies para enviarte directamente a los abismos. Lo viví siendo un niño, y por mil años que pasasen jamás conseguiría olvidarlo. —El ex rey de Portugal agitó con brusquedad la cabeza como si estuviera intentando rechazar una horrenda pesadilla, y al cabo de unos instantes añadió—: Luego me convertí en un monarca del que su pueblo esperaba increíbles hazañas, convencido de que yo era el joven héroe elegido por los dioses para plantar la enseña nacional hasta en el último rincón de allende los mares. —Lanzó un leve quejido como si le doliera el alma—. ¡«Allende los mares», cuando el simple hecho de atravesar el Tajo me enfermaba!

—¿Y tan sólo por eso elegiste Marruecos?

—¿Qué otro remedio me quedaba? —fue la honrada respuesta—. Incluso hubiera preferido volverme contra los españoles, ya que podía hacerlo pisando siempre tierra firme, pero sabía muy bien que los ejércitos de don Felipe me hubieran aniquilado. —Sonrió con evidente amargura, casi como si se estuviera burlando de sí mismo al insistir—: La otra opción se centraba en cruzar el estrecho de Gibraltar eligiendo para ello un día de absoluta calma en el que no se vislumbrara ni una sola nube en el horizonte. —Abrió las manos en un amplio gesto como si se estuviera presentando a sí mismo al exclamar—: ¡He aquí al fabuloso Ulises de los lejanos imperios de Extremo Oriente! Unas pocas horas de paseo en barco con el mar como un plato me provocaron tales náuseas que tardé tres días en estar en disposición de ponerme al frente de mis tropas.

Suleimán Mokdad observó en silencio cómo el sol se ocultaba más allá de las copas de las palmeras del frondoso oasis que se alzaba en el centro del extenso territorio que constituía su hogar y el de sus antepasados desde cientos de años atrás, puesto que era aquél un momento de especial hermosura y serenidad al que aún no había conseguido acostumbrarse. Disfrutó, ausente, del paisaje hasta que el último gajo dorado desapareció en el horizonte, y tan sólo entonces se volvió hacia su acompañante.

—Los caminos de Alá resultan casi siempre inescrutables —dijo al fin—. Pero a mi modo de ver éste es uno de los más inescrutables, a la par que caprichosos, que haya elegido nunca. Siempre he tenido muy claro que el amor, el odio, la ambición, la venganza, el miedo, y en especial las creencias religiosas, han constituido los detonantes de la mayor parte de las guerras, pero nunca se me hubiera pasado por la mente la idea, a todas luces absurda, de que la vida de miles de hombres y el destino de una nación pudieran cambiar por una razón tan inconsistente como el hecho de que alguien se maree o no en un barco.

—¿Acaso resulta a tu modo de ver más consistente que se mate y se muera por lo que pensó, predicó o dejó de predicar un simple ser humano que vivió hace cientos de años y que si viviera en la actualidad probablemente pensaría y predicaría de un modo muy diferente?

—Supongo que no.

—Pues en ese caso estarás de acuerdo conmigo en que lo que de verdad importa no es averiguar cuál fue el detonante, sino cuál fue el resultado de la detonación. Y ese resultado lo tienes ante tus ojos: el todopoderoso señor de un imperio no es dueño ni del montón de arena sobre el que se sienta, y pasará el resto de sus días contemplando cómo se pone el sol tras aquellas palmeras.

—Te equivocas.

—¿Es que piensas cambiar de sitio las palmeras? —fue la irónica pregunta que vino acompañada de una leve sonrisa.

—¡No! —replicó el otro con una leve sonrisa—. Eres tú quien tiene que cambiar de sitio. —Aguardó un instante a la espera de ver cómo reaccionaba su interlocutor, pero al advertir que ni siquiera se inmutaba, continuó—: He subido hasta aquí porque acabo de recibir inquietantes noticias de Marrakech. Por lo que me han contado uno de los hombres que te encontró en el campo de batalla se fue de la lengua, y «casualmente» una semana más tarde el médico que te atendió apareció asesinado con evidentes síntomas de haber sido torturado.

—¿Esbirros de don Felipe?

—¿De quién si no? Tu poderoso tío tiene ojos y oídos en todas partes y mi buen amigo Muley Ehssan sospecha que vigilan su casa. Por ello me aconseja que me libre de ti. Significas un grave peligro de consecuencias imprevisibles.

—¿Y qué piensas hacer?

—Mi primera reacción ha sido ordenar que te maten, pero más que como un cautivo te has comportado como un sincero amigo y además te has convertido en un magnífico tutor para mis hijos, que no me perdonarían que te hiciera daño. —Hizo una significativa pausa al añadir—: Y continúas siendo un rey contra cuya vida me resultaría impensable atentar sin temor a que recayera sobre los de mi estirpe la furia divina, puesto que se supone que los reyes continúan siendo los elegidos de esos dioses.

—Pues en lo que a mí se refiere hubiese preferido que eligieran a un leñador, pero vayamos a lo que importa: ¿cuál es tu segunda opción?

—Dejarte ir.

—¿Adónde?

—A donde más te plazca, pero que yo no lo sepa. Nunca he querido contarte que hace ya dos años que tu tío, don Felipe, ocupa el trono de Portugal, dando por extinguida la dinastía de los Avís.

—¿Extinguida?

—Por completo. Ahora es la dinastía de los Austrias la que domina el mundo, y puedes tener por seguro que sus tentáculos son tan largos que incluso llegarían hasta el mismísimo corazón de este desierto. Por eso, cuanto menos sepa sobre tu paradero, mejor para todos.

El rostro de su interlocutor no pudo ocultar el profundo dolor que le había producido tener conocimiento de la amarga noticia del fin de una estirpe que tanta gloria había proporcionado a su patria. La esperanza de que su bondadoso tío don Enrique, o incluso el discreto y pusilánime prior de Crato, se hubiesen ceñido la corona a la espera de su regreso se deshacía como la arena que tan a menudo se escurría entre sus dedos, y la confirmación de que el aborrecido don Felipe parecía dispuesto a todo con tal de mantenerse en un trono que en verdad no le pertenecía, estuvieron a punto de provocar que gruesas lágrimas asomaran a sus ojos.

Sin embargo, haciendo un sobrehumano esfuerzo consiguió sobreponerse para acabar por inquirir:

—¿Qué debo hacer?

—¿Quién soy yo, pobre beduino de pocas luces que tan sólo sabe luchar con las armas en la mano, para aconsejarte en tan difícil trance? —fue la sincera respuesta—. La política nunca ha sido mi fuerte, y éste es, a todas luces, un negocio de la más alta política. Tú eres el rey, pero sobre todo eres un hombre que tiene la obligación de decidir sobre su propio destino.

—En cierta ocasión decidí sobre el destino de diecisiete mil hombres, y ya conoces el amargo resultado. La mayor parte murió, otros continúan esclavos, y los pocos que consiguieron volver, heridos, maltrechos y avergonzados, maldicen mi nombre eternamente.

—No es eso lo que tengo entendido.

—¿Qué pretendes decir?

—Que en Portugal suspiran por tu regreso.

—¡No es posible! ¿Después de lo que hice?

—El tiempo me ha enseñado que las reacciones humanas resultan imprevisibles, pero las reacciones de la plebe suelen serlo más aún. Portugal te adora y quizás haya llegado el momento de regresar a reclamar tu trono.

—¿A reclamar mi trono? ¿Es que te has vuelto loco?

—¡En absoluto! Ahora sé lo suficiente de política como para comprender que lo mejor que nos podría ocurrir a todos sería que te pusieras de nuevo al frente de los destinos de Portugal.

—¿Crees que don Felipe me lo cedería?

—Ten por seguro que no.

—¿Y qué debo hacer entonces? —inquirió don Sebastián que parecía cada vez más desconcertado—: ¿Iniciar otro baño de sangre por ceñirme una corona que resulta evidente que nunca he merecido?

—Has cambiado —fue la firme respuesta del beduino al que se le advertía sincero—. Y mucho, a fe mía.

—Pero no lo suficiente.

—Has madurado.

—Únicamente como hombre, pero con rezar no se aprende a ser rey. Ni siquiera se aprende a ser un hombre mejor y más justo. Si las enseñanzas que durante casi veinte años intentaron inculcarme los más sabios y fieles consejeros no me sirvieron de nada, ¿de qué pueden haberme servido las solitarias reflexiones de estos últimos tiempos?

—Tal vez de nada, o tal vez de mucho, pero sigo pensando que ésa es una decisión que únicamente tú debes adoptar.

—Ya la he adoptado.

—¿Puedo conocerla?

—Naturalmente. Eres la única persona de este mundo a la que puedo confesar que no intentaré recuperar mi corona hasta que no esté absolutamente convencido de que soy digno de ella, no sólo por herencia, sino sobre todo porque he aprendido a ser el rey que un pueblo tan abnegado y que siempre me ha demostrado tanto amor, necesita.

—Difícil lo pones.

—Pero así debe ser. Hasta que haya conseguido vencer todos mis temores, y hasta que no llegue al convencimiento de que he aprendido a ser justo, magnánimo, valiente, sabio, honrado, prudente y esforzado en el servicio a mis súbditos, no reclamaré el trono de mis antepasados.

—Tú sabrás lo que haces, pero a mi modo de ver mucho te estás exigiendo a ti mismo.

—Pero mucho recibiré a cambio —fue la firme respuesta—. Y si no lo recibo, no importa, puesto que me estaré limitando a devolver una pequeña parte de lo que me dieron durante tantos años.

—Espero vivir lo suficiente como para verte de nuevo en tu palacio de Lisboa, y ten presente que si cuando estés allí no cumples con lo que estás diciendo iré a recordártelo.

—No será necesario, aunque me gustará recibirte como el mejor amigo que me queda. Si de algo puedes estar seguro en esta vida, es de que si vuelvo a poner los pies en Lisboa será para hacer lo que digo. De lo contrario me mantendré lo más lejos posible.

—Te creo.

—¿Cuándo quieres que me vaya?

—Cuanto antes. Te proporcionaré caballos, algún dinero que me ha enviado para ti Muley Ehssan, y medio centenar de pieles de guepardo por las que te pagarán un buen precio donde quiera que vayas. Dirígete al norte, a Túnez, y ten presente que en cuanto hayas desaparecido en el horizonte me olvidaré de ti y de tu nombre, con todo el dolor de mi corazón. Lo único que te pido es que tú también te olvides de mí.

—Me olvidaré de tu nombre —fue la respuesta—. Pero no de quién eres.

Junio de 1594

Gabriel de Espinosa tomó las manos que João Coimbra le tendía, las apretó con fuerza contra su pecho, y podría creerse que estaba intentando transmitirle el cúmulo de encontrados sentimientos que anidaban en su interior al musitar:

—Miles de manos semejantes se me ofrecieron hace años convencidas de que les conduciría a la más gloriosa de las victorias, y lo único que supe hacer fue arrastrarles a la más vergonzosa de las derrotas. No pretendáis que la historia se repita obligándome a pecar una vez más de imprudencia.

—Pero es que ha llegado el tiempo de olvidar para siempre el pasado puesto que de lo contrario nos perseguirá hasta el fin de los días —intervino con su apasionamiento habitual Luis Ferreira—. El tiempo pasa y tenemos la obligación de expulsar de una vez por todas a los españoles o corremos el riesgo de que se queden para siempre en nuestras tierras.

—No tan aprisa, amigo mío. Necesitamos toda la ayuda posible, y muchas de las naciones que en un principio parecen dispuestas a apoyarme muestran aún ciertas reticencias.

—¿Y a qué las atribuís?

—En primer lugar, al profundo terror que inspiran los Tercios de don Felipe, que ya han demostrado en infinidad de ocasiones lo sanguinarios que pueden llegar a ser. Y a las mil argucias en las que tan ducho suele ser el tirano. Cada vez que el Papa se sienta en la «Silla Gestatoria» se ve obligado a mirar de reojo a quienes la cargan, puesto que nunca puede estar seguro de que alguno de ellos no sea un «felipista» decidido a propiciar que estampe los sesos contra los adoquines.

—¿Se atrevería a atentar contra la vida del Santo Padre? —se horrorizó un incrédulo Ferreira.

—¡Desde luego, querido amigo! Mi augusto tío fue siempre un maestro en el complejo y oscuro arte de la conjura, pero lo es más aún en el diabólico arte de la contra-conjura. Dudo que ningún gobernante se haya enfrentado nunca a tantos enemigos, puesto que nunca antes existió un imperio tan inmenso y heterogéneo. Hay quien asegura que olfatea el peligro como esos perros que le aúllan a la muerte horas antes de que haga su aparición.

—¡Es una bestia aborrecible!

Su interlocutor se limitó a aventurar un leve encogimiento de hombros al replicar:

—No es más que un ser humano que se ve obligado a cargar el mundo sobre unas espaldas demasiado frágiles y unas piernas ulcerosas que ni tan siquiera soportan su propio peso. Y quizás el simple hecho de que su cuerpo sea tan enfermizo y endeble es lo que obliga a su espíritu a ser tan fuerte, a la vez que retorcido y rencoroso. —Hizo una corta pausa, tal vez un tanto teatral, antes de añadir convencido del tremendo impacto que producirían sus palabras—: Sin embargo, confío en que los recelos que atenazan a nuestros futuros aliados quedarán a un lado en cuanto tengan conocimiento de quién es la persona que he elegido para compartir el trono de Portugal.

El anciano Coimbra no pudo por menos que mostrar extrañeza y cierta inquietud al inquirir:

—¿Significa eso que ya habéis decidido quién será nuestra futura reina?

—Justamente.

—¿Y estáis en disposición de decirnos su nombre o preferís mantenerlo de momento en secreto?

Gabriel de Espinosa exhibió la más arrebatadora de sus sonrisas al puntualizar:

—Entre nosotros no deben existir más secretos que los absolutamente imprescindibles, querido João. La futura reina de Portugal será, Dios mediante, doña Ana de Austria.

—¿Doña Ana de Austria? —repitió de inmediato un anonadado Luis Ferreira—. ¿La hija de don Juan de Austria?

—La misma.

—¡Pero es bastarda!

—Al igual que su padre, lo cual no le impidió convertirse en el héroe de la batalla de Lepanto, el hombre más admirado de nuestro tiempo, y el mejor general que jamás haya tenido la cristiandad.

Por un instante João Coimbra hizo gala de una expresión evidentemente pesarosa al señalar:

—La mayor parte de la nobleza portuguesa no verá con buenos ojos que una bastarda, hija del hermano bastardo de don Felipe, ocupe el trono.

—Por sus venas corre un cuarterón de sangre del Emperador Carlos, y ésa es, sin duda, mucha más sangre noble de la que corre por las venas de la inmensa mayoría de nuestros cortesanos, a algunos de los cuales yo mismo les concedí sus blasones sin otro mérito que el de haber compartido mis escandalosas borracheras.

—En eso estoy de acuerdo, pero tenía entendido que además doña Ana era monja.

—Y lo es —reconoció de inmediato su interlocutor—. Pero vistas las «Razones de Estado», y dada la importancia del empeño, el Papa se muestra dispuesto a dispensarla de sus votos. —Su expresión cambió al tiempo que golpeaba afectuosamente el brazo del apesadumbrado anciano al aclarar—: De todas formas, ése es un punto que todavía no está decidido. Pese a que sería una interesante unión que limaría muchas asperezas, influyen demasiados factores que deben sopesarse, por lo que aún es demasiado pronto para tomar una decisión definitiva.

—¿Está aún doña Ana en edad de darle un heredero al trono? —quiso saber un, en esta especial ocasión, pragmático Ferreira.

—¡Desde luego! —fue la rápida respuesta—. Pero ése no es un tema que deba inquietar a nadie: el trono cuenta con un heredero.

A Coimbra cada vez le costaba más trabajo salir del cúmulo de sorpresas que se iban sucediendo con tan prodigiosa rapidez.

—¿Un heredero? —repitió incrédulo.

—Mejor sería decir una preciosa heredera —fue la tranquila respuesta—. Mi hija, Clara Eugenia.

—¿Y dónde se encuentra?

—Aquí, naturalmente.

—¿Podremos conocerla? —quiso saber Luis Ferreira al que se le advertía casi tan desconcertado como a su compañero de viaje.

—¡Faltaría más!

Gabriel de Espinosa tiró repetidas veces del cordón, dentro resonó de nuevo la insistente campanilla, y a los pocos instantes la puerta se abrió para que hiciese su entrada doña María de Souza, una hermosa dama de noble porte, acompañada de don Pedro, un caballero de aire distinguido y leve acento extranjero, cuyo comportamiento aparecía siempre rodeado de una estudiada discreción y cierto misterio.

Gabriel de Espinosa avanzó hacia ellos, y tomando a doña María de la mano la invitó a avanzar para mostrarla como quien enseña una joya de incalculable valor al tiempo que señalaba:

—¡Caballeros! Permitid que os presente a doña María de Souza, aya de mi hija y persona de mi total confianza, así como a don Pedro, gran amigo y consejero, cuya verdadera identidad no es aconsejable revelar por el momento. —Su voz mostraba un innegable tono de indiscutible autoridad al añadir—. Tened muy presente que cuanto haga o diga cualquiera de ellos es como si lo hubiera dicho o hecho yo, y sus órdenes serán mis órdenes.

João Coimbra y Luis Ferreira se inclinaron ceremoniosamente, aunque no sin cierta frialdad hacia los recién llegados, como si se sintieran celosos por el simple hecho de que pudiesen encontrarse en cierto modo más cerca de su rey que ellos mismos.

Don Pedro pareció advertirlo de inmediato, por lo que se apresuró a sonreír de un modo absolutamente encantador como si estuviese intentando congraciarse con quienes no parecían demostrarle la menor simpatía.

—Mi mayor deseo sería darme a conocer y revelar mi origen —dijo en un tono de absoluta sinceridad—. Y día llegará en que lo haga, pero la delicada posición de mi gobierno en este delicadísimo asunto de tan trascendental importancia para todos me lo impide.

—¡Por favor! —se apresuró a interrumpirle Luis Ferreira—. Las órdenes de nuestro rey son sagradas.

Espinosa se decidió a intervenir pasando afectuosamente el brazo por los hombros de quien así había hablado, que pareció sentirse increíblemente feliz por semejante prueba de cariño y confianza.

—No es mi deseo que lo consideréis una orden, don Luis —puntualizó—, sino un ruego motivado por el hecho de que, dada su alta jerarquía, cualquier indiscreción acarrearía terribles consecuencias.

—¡No es necesario decir más, Majestad! Pero nos

habéis hablado de una heredera al trono. ¿Cuándo podremos verla?

Espinosa sonrió para volverse a doña María y suplicar:

—¿Os importaría acompañar a mis amigos a la recámara de Clara Eugenia antes de que se acueste?

—¡Desde luego! —fue la rápida respuesta—. ¡Por favor, caballeros!

Los tres abandonaron la estancia por la amplia puerta que conducía al interior del enorme caserón, y durante unos breves instantes Gabriel de Espinosa, don Pedro y fray Miguel de los Santos permanecieron en silencio, como si estuviesen aguardando a que los portugueses se hubiesen alejado lo suficiente como para no alcanzar a escuchar lo que iban a decir.

—¿Y bien? —quiso saber al fin don Pedro.

—Y bien... ¿qué? —quiso saber a su vez Gabriel de Espinosa.

—¿Qué opinan?

—¿Y qué puedo decir? —fue la pregunta a la pregunta—. Supongo que están convencidos y apoyarán nuestra causa hasta el final, pero aun así no quiero negar que continúa horrorizándome la idea de aceptar la responsabilidad que significa arriesgarme a provocar una nueva guerra con toda la sangre que ello derramará sobre nuestras cabezas.

—Será una guerra justa —se apresuró a intervenir fray Miguel de los Santos, que llevaba largo rato siendo mudo testigo de cuanto acontecía a su alrededor como si nada de cuanto allí se tratara fuera de su incumbencia pese a que la realidad era muy diferente—. Fue la mano de Dios Nuestro Señor la que os puso en el trono y a ese trono debéis regresar gracias a él.

—¡No mezcléis a Dios en esto, fray Miguel! —le reconvino con manifiesta acritud su interlocutor—. No lo mezcléis porque a menudo me asalta la sensación de que tal vez fue él quien se complació en arrojar a don Sebastián a aquella absurda batalla para que pereciese con todo su ejército.

Fray Miguel reaccionó de inmediato y su voz cobró un tinte agrio y casi histérico al señalar:

—¡Don Sebastián no ha muerto!

—¿Cómo podéis estar tan seguro? —quiso saber el otro—. El fanatismo os nubla la razón, y estoy convencido de que si yo renunciase a seguir adelante con esta loca empresa, continuaríais buscando a un nuevo don Sebastián, verdadero o falso, por todos los rincones de la Tierra.

—Naturalmente. Seguiría buscando a Mi Señor porque en mis sueños lo veo con toda claridad en el glorioso momento de su triunfal entrada en Lisboa.

—También soñasteis con la triunfal coronación de don Antonio, y me consta que mucho intrigasteis a su favor hasta la hora de su muerte —le recordó Espinosa—. Y soy de la opinión de que quien, como vos, está consagrado a Dios, no debería ocuparse tanto de asuntos terrenales.

—Todos debemos soportar alguna debilidad humana —le hizo notar con sorprendente humildad el religioso—. Y admito que la mía es la de devolver el trono a sus legítimos dueños.

Podría creerse que Espinosa estaba a punto de estallar enfurecido, pero don Pedro se apresuró a intervenir en un tono abiertamente conciliador:

—¡Basta! —exclamó alargando las manos como si se interpusiera en una riña corporal—. No es hora de rencillas sino de estar más unidos que nunca. Dejadnos solos un momento, fray Miguel, os lo ruego —suplicó.

El aludido asintió en silencio para retirarse discretamente con su eterno aire de intrigante incapaz de ocultar bajo sus negros hábitos sus más secretas intenciones, y en cuanto hubo desaparecido cerrando silenciosamente la puerta a sus espaldas, don Pedro se volvió a Gabriel de Espinosa con el tono de quien está tratando con un niño que no se apresta a razones.

—Deberíais mostraros más paciente con él —dijo—. Y más prudente. Vuestra posición es harto delicada, y si no aprendéis a ser más afectuoso y en especial mucho más diplomático con quienes confían en Vos, no llegaréis muy lejos.

—Lo sé —admitió el otro tan mohíno como si en verdad se tratara de un niño cogido en falta—. Reconozco mi error, pero es que ese hombre me exaspera. Es como un buitre al acecho, siempre dispuesto a alimentarse de carroña.

—No puede evitar ser como es. Odia a los españoles y me consta que daría la vida por verlos fuera de Portugal.

—Lo sé, pero me espanta la idea de causar más muertes. Os juro que no temo por mi vida, sino por la de aquellos que puedan perderla por seguirme. ¿Qué nuevo castigo me reservarán los cielos por el hecho de lanzarme a esta loca aventura?

—Supongo que ninguno —sentenció el que parecía ser su amigo y consejero—. Si en verdad sois don Sebastián de Portugal, vuestros derechos a la corona son absolutamente incontestables.

—¿Y si no lo fuera? —quiso saber Espinosa—. ¿Qué haríais si de pronto descubrieras que en realidad no soy más que un simple impostor; un miserable y desvergonzado usurpador que actúa dominado por la más desmedida de las ambiciones?

—No lo sé —reconoció con absoluta sinceridad su oponente—. Supongo que en ese caso tan sólo podría sentir una infinita compasión por vos. Y os impediría seguir adelante. Os aprecio demasiado como para aceptar que os suicidéis de una manera tan absurda.

Gabriel de Espinosa se detuvo frente a él para colocarle la mano sobre el hombro con un gesto de amistad que al parecer le gustaba repetir a menudo.

—Me consta que me apreciáis —reconoció—. Y yo también a vos. Ésa es la parte más dura de toda esta estrambótica comedia: la ineludible obligación de tener que convivir con un secreto que tan sólo a mí me pertenece. Sé que me aliviaría revelar la verdad, pero no puedo hacerlo. —Se dejó caer con aire de suprema fatiga sobre un sillón para alzar el entristecido rostro hacia su amigo al inquirir—: ¿Es justo sentir remordimientos por algo que aún no hemos hecho?

—Supongo que sí. Y que deben de ser los peores, puesto que ni siquiera nos queda el consuelo de arrepentirnos.

—Lo son, os lo aseguro. A menudo me pregunto si no sería preferible que don Sebastián continuara siendo una hermosa leyenda —musitó como para sí mismo un desasosegado Espinosa—. Se evitarían muchas desgracias y mucho dolor.

—De Vos depende. Únicamente de Vos.

—¿Y no se os antoja injusto que de nuevo recaiga sobre mis hombros la responsabilidad de tomar tan delicada decisión?

—Poco he sabido nunca sobre lo que se puede considerar justo o injusto, puesto que, pese a mi edad y a lo mucho que he viajado y he visto, la justicia es la única cuestión sobre la que jamás conseguí aprender nada —puntualizó don Pedro seguro de lo que decía—. He conocido grandes hombres sumidos en la desesperación y la miseria, y obtusos cretinos instalados en el poder y la riqueza. Y he conocido hermosas muchachas de intachable virtud fregando escaleras mientras viejas arpías se enjoyaban de los pies a la cabeza. Admito que la justicia no es mi fuerte, ni creo que pueda serlo de ser humano alguno a todo lo ancho y largo de la faz de la Tierra.

—¡Triste consuelo!

—La verdad raramente consuela.

Gabriel de Espinosa se entretuvo en la tarea de encender tres gruesos velones al tiempo que señalaba, sin volverse ahora hacia su interlocutor:

—Os ruego que os llevéis lejos de aquí a doña

María y a la niña cuanto antes. Que jamás sufran por lo que me pueda ocurrir. Volveré a verlas en Lisboa, o no volveré a verlas nunca.

Don Pedro asintió como si fuera algo que ya él mismo hubiera decidido con anterioridad al responder:

—Las pondré a salvo en casa de mi hermana, en Verona, hasta que todo haya concluido.

—¡Hasta que todo haya concluido! —exclamó en tono dolorido su acompañante—. Cada noche me asalta una extraña pesadilla y es como una obsesión que me obliga a despertar dando gritos: veo mi propia sombra oscilando sobre un empedrado de sucias losetas, lejos de mi cuerpo. —Ahora sí que se volvió para mirar a los ojos a su amigo e inquirir ácidamente—: ¿Alguna vez os habéis detenido a meditar en cómo verá un ahorcado su propia sombra en el momento de morir? —Ante la muda negativa añadió—: Yo sí. La verá así: flotando en la nada.

—¡No continuéis por ese camino de constante tormento! —fue la suplicante respuesta—. ¡Abandonad esta insensata aventura! Aún estáis a tiempo. ¡Marchaos lejos de España y de los dominios de don Felipe y permitid, si os place, que don Sebastián continúe siendo la hermosa leyenda del adorado rey que algún día, tal vez dentro de mil años, regresará a reclamar su trono!

Espinosa tardó en responder hundido en sus amargas reflexiones como si se encontrara —y en realidad lo estaba— completamente solo en este mundo. Por último agitó la cabeza negativamente.

—No puedo —dijo—. Nada desearía tanto como marcharme a vivir en paz hasta morir de viejo en una cama, pero los tronos, al igual que la mujer a la que en verdad amamos, nunca se olvidan. Siempre le anduve huyendo a mi destino, pero ahora sé que está aquí; en esta ciudad y entre estos muros, y aquí le aguardaré por mucho que me espante.

—Morir ahorcado no es destino para nadie, y menos aún para un rey —le hizo notar don Pedro—. Os consta que mi gobierno me impone la obligación de intentar desestabilizar en la medida de lo posible el trono de don Felipe, pero si ello pasa sobre vuestro cadáver preferiría regresar a casa definitivamente.

—¿Aun a costa de traicionar a Venecia?

—Ningún país que exija la vida de un amigo, sin encontrarse en época de guerra, merece fidelidad. Y vos sois, ante todo, mi amigo.

Espinosa quiso añadir algo, pero en ese momento se escucharon discretos golpes en la puerta y al poco hizo su aparición doña María de Souza que inquirió de inmediato:

—Perdón por la interrupción, pero quisiera saber si los caballeros portugueses dormirán aquí.

Los dos hombres se consultaron con la mirada, y por fin don Pedro asintió con un leve gesto de la cabeza al replicar:

—Resultaría conveniente. No tanto porque de ese modo tendremos más tiempo para acabar de convencerles, como por el hecho de que no resultaría prudente que anduvieran a altas horas de la noche por unos caminos plagados de gendarmes españoles. ¿Qué opinión os merecen?

—Que nunca he visto a nadie tan entusiasmado. Sobre todo el más joven; se diría que de pronto el mundo se le ha vuelto demasiado pequeño.

Gabriel de Espinosa intervino agitando una y otra vez la cabeza con gesto de profunda incredulidad, y podría creerse que a él mismo le costaba trabajo aceptar la realidad de una situación tan anómala.

—¡Qué extraño puede llegar a ser el corazón humano! —masculló—. Cientos de gobernantes han dedicado la mayor parte de su vida a intentar obtener el cariño o la admiración de sus súbditos sin conseguir más que odio o desprecio, pero un rapaz estúpido e inepto, caprichoso y desconsiderado, débil y casi afeminado, consiguió sin el menor esfuerzo que sus súbditos le adorasen.

—Por lo que cuentan había algo en él que le hacía adorable.

—¿A los ojos de quién? ¿Sabíais por fortuna que en un tiempo incluso se dudó de su auténtica virilidad? Se asegura que aborrecía a las mujeres.

—Eso no es cierto —replicó en tono apasionado doña María—. Jamás las aborreció. Las despreciaba porque no había tratado más que con prostitutas o busconas de los favores del rey, no del amor del hombre. —Sonrió con marcada intención—. En cuanto a su virilidad, nadie mejor que yo puede dar fe de hasta qué extremos llega a menudo.

—Ignoraba que hubieras estado alguna vez en la Corte de Lisboa —puntualizó Espinosa burlón—. Y de ser así serías por aquel entonces apenas una adolescente sin experiencia alguna.

—¡Con demasiada frecuencia te encanta decir bobadas! —La hermosa dama se volvió a don Pedro para inquirir—: Vos también os quedaréis a dormir, ¿verdad?

—¡Desde luego! Nos vendrán bien un par de días de auténtico descanso puesto que el viaje será muy largo y fatigoso.

Doña María pareció inquietarse al repetir:

—¿Viaje? ¿Adónde vais cuando más os necesitamos?

Gabriel de Espinosa se aproximó a ella, le tomó las manos y se las besó con gesto de profundo amor.

—Don Pedro se ha ofrecido a poneros a salvo a ti y a la niña hasta que todo esto haya concluido.

—¡Eso nunca! —protestó ella en tono decidido—. ¡Nunca! Estaré a tu lado y compartiré tu suerte cualquiera que ésta sea.

—Con la niña y tú aquí, no daré un solo paso —fue la respuesta—. Serán tiempos muy difíciles en los que necesitaré sentirme libre.

—Pero una mujer debe estar con su hombre en todo momento.

—Ésta no es una petición de hombre a mujer, sino una orden de tu rey. ¡Te irás!

—¡Por favor!

—Ni una palabra más. Si me obligan a tomar las riendas de un imperio, bueno será que empiece tomando las de mi propia casa.

—Me moriré si me apartas ahora de ti —fue la

apasionada respuesta—. ¿Cómo imaginas que podré soportar la incertidumbre de encontrarme lejos y no saber lo que te ocurre en cada instante? ¿Quién te cuidará?

—Si es cierto que estoy llamado a cuidar de todo un pueblo, hora es ya de que aprenda a cuidar de mí mismo.

—¡Nunca has sabido hacerlo!

—¡Aprenderé! Todo puede aprenderse en este mundo; desde ser rey, habiendo nacido pastelero, hasta ser pastelero habiendo nacido rey. Es cuestión de voluntad. Y circunstancias.

Si me hacen merced los señores
de añadir unas monedas
a ese plato que aún no suena,
este ciego cantará
pero con la tripa llena.

Y cantará las hazañas
del valiente Pero Nuño,
el osado Peregrino
que fue de estos pagos vecino,
y de su justa venganza
hasta donde mi saber alcanza.

La cara de Lucio Acentejo
fue siempre la de un buen niño,
mas siendo barbilampiño,
tenía el alma de un viejo.

Rico por parte de madre
y dueño de veinte alquerías

mataba su aburrimiento
planeando fechorías.

Una muchachita virgen
con apenas trece años
fue para él un juguete
al que poder hacer daño.

Al conocer la desdicha
del pobre duque de Astorga,
comprendió que pronto su picha
no volvería a ponérsele gorda.

Huyó hasta el mar más cercano
y puso rumbo a una isla
que llaman «Afortunada»
porque el sol llega más tarde
y duerme de madrugada.

Alguien les robó a los gomeros
una hora de su tiempo
y cuando se les pregunta
dicen que se la llevó el viento.

Este ciego no es normal,
pero tampoco es un genio,
y nunca ha podido explicar
la razón de tal misterio.

Lo cierto es, y es muy cierto,
que en aquella isla lejana

la gente dice silbando
cuanto va y le viene en gana.

Entiendo que les asombre,
pero es parte del fracaso
que suele afectar a un hombre
con una hora de atraso.

Mas escapar a un lugar
tan perdido y tan sonado
no libró a Lucio Acentejo
de un destino señalado.
Apareció una mañana
colgando cabeza abajo
y lucía una banana
donde antes tenía el badajo.

Lancen monedas, señores,
que se seca la garganta
y si no se la remoja
este ciego ya no canta.

A música celestial me suena
que se llene la bandeja,
y así al volver a casa
no me reñirá la vieja.

Septiembre de 1594

El sol llegaba a su cita con retraso.

La claridad del alba había anunciado tiempo atrás su aparición, pero en el horizonte se amontonaban aún los negros nubarrones que habían cruzado horas antes sobre el palo mayor, bramando de furia y convirtiendo en jirones un foque y dos trinquetes, por lo que el astro rey parecía estar manteniendo una difícil batalla en su esfuerzo por zafarse de la algodonosa masa que derramaba sobre el océano una danzante cortina de agua.

Las olas, espumosas y amenazadoras durante la última guardia, se desperezaban ahora como hermosas doncellas fatigadas tras una agitada noche de excitante lujuria, ansiosas por transformar el gris plomizo de su piel en un vibrante azul salpicado de blancos, y el hombre, aferrado al timón, buscaba enfilar el botalón de proa hacia el punto exacto por el que debía haber hecho su aparición el sol, consciente de que de ese modo, y sin necesidad de atender a la brújula, no se desviaría ni un grado del rumbo, siempre hacia el este, que le había sido marcado.

Le gustaba estar allí, con los talones firmemente asentados en la cubierta de popa del hermoso navío; siempre a la misma hora, siempre a la espera de ver nacer un nuevo día; siempre a solas con sus mil millones de pensamientos.

E igual número de recuerdos.

Nada mejor que la desierta cubierta y el firme contacto del timón de una nave a la hora de lanzarse a la aventura de surcar el vasto océano de tantos pensamientos, y nada mejor que una suave guiñada a estribor cuando se hacía necesario esquivar el peligroso escollo de un doloroso recuerdo.

Aquél era sin duda el lugar y el momento en que el Ser Supremo se complacía en descender a regocijarse con la belleza de su obra.

«La hora de Dios» solían llamarla los viejos lobos de mar a los que complacía afirmar que, al igual que el mundo se había hecho en siete días surgiendo de las tinieblas de la nada, el mar se creaba y se volvía a crear cada vez que los mil rayos de luz de la mañana estallaban sobre una informe masa de agua oscura.

Se hacía necesario estar por lo tanto allí, en el momento justo de un nacimiento repetido infinitas veces pero no por ello menos conmovedor y emocionante, y así parecía entenderlo también el animoso aunque algo somnoliento capitán que hizo su aparición surgiendo de su camareta en el instante exacto en que el primer rayo de sol atravesó el espeso manto de nubes.

—¡Buenos días nos dé Dios! —fue todo lo que dijo antes de apoyarse en la borda con el fin de extasiarse en la hermosura del momento.

—¡Buenos días, Señor! —replicó respetuosamente el timonel.

Navegaron casi una milla en silencio, con buen viento y largas olas cada vez más tumbadas, hasta que el más que curtido y baqueteado capitán comentó sin volverse:

—¡Movida fue la noche, vive Dios!

—Bastante, Señor —reconoció con una leve sonrisa el timonel.

—¿Bastante? —repitió el otro girando en redondo y apoyando la espalda en una de las jarcias para poder mirarle a la cara—. Nos dieron más palos que a una estera, y estoy seguro de que hace un año te habrías lanzado de cabeza por la borda.

—Probablemente, Señor.

—¿Probablemente? —volvió a repetir el viejo marino dejando escapar una burlona carcajada—. ¿Sólo probablemente? Hace un año te habríamos tenido que atar al palo mayor para salvarte de ti mismo, porque si quieres que te confiese la verdad siempre te he considerado el peor marinero que jamás pisó la cubierta de un barco.

—Lamento que tenga ese concepto de mí, Señor.

—¡Lo tenía! —admitió el otro con absoluta franqueza—. Lo tenía hasta el punto de que durante semanas mi mayor preocupación consistió en tratar de encontrar un lugar apropiado para dejarte en tierra.

—Me alegro que no lo encontrara, Señor.

—También yo, pero por aquel entonces me tenías obsesionado. ¿Cómo diablos podías vomitar tanto?

—Con mucha práctica, Señor.

Su interlocutor no pudo por menos que dejar escapar una nueva carcajada para agitar la cabeza de un lado a otro como si le costara creer lo que estaba escuchando.

—Evidentemente —admitió—. Hace falta mucha práctica para vomitar de ese modo a todas horas y que además hieda siempre a perros muertos. Mi pobre galeón, con fama de ser el más pulcro y reluciente de la flota apestaba como un buque negrero.

—Yo siempre lo limpiaba, Señor.

—¡Faltaría más! He de admitir que eras sin duda el peor marinero que ha existido, pero también el más trabajador.

—Gracias, Señor.

—«Al César lo que es del César.» Siempre he creído que un tipo tan bien dispuesto habría conseguido hacerse rico en tierra firme.

—Yo no estoy tan seguro, Señor. Mi primera paga me la entregó su contramaestre.

—Pues hizo mal en pagarte, ya que en buena ley tenías que habernos pagado tú por el simple hecho de que te aguantáramos. —El campechano capitán hizo una corta pausa, observó el velamen, comprobó que todo parecía estar bajo control, y por último señaló—: Tanto tiempo como hace que nos conocemos y apenas sé nada de ti.

—Nunca me preguntó, Señor.

—Eso es muy cierto. ¿De dónde eres?

—De aquí y allá, Señor.

—Extraño lugar debe de ser ése —comentó con sorna el veterano marino rascándose ostentosamente la barba—. Y escurridizo, a fe mía, puesto que a pesar de que llevo medio siglo navegando por todos los mares conocidos, de Irlanda al Cabo de Hornos, y de las Filipinas a Cuba, lo cual me ha permitido conocer a docenas de individuos que de igual modo afirmaban proceder de «Aquí y de Allá», jamás conseguí atracar en ninguno de esos puertos, ni me topé con carta de navegar alguna que me diera la más mínima pista sobre su ubicación.

—Tal vez se deba a que la patria de los sin patria carece de puertos, y no puede figurar por lo tanto en ningún mapa.

—Así debe de ser —reconoció su interlocutor—. Pero triste se me antoja no poder señalar un punto en la esfera para afirmar: «Aquí se asientan mis raíces.»

—Los hombres, como los árboles, deben ser reconocidos por sus frutos, no por sus raíces, Señor. Las raíces no suelen servir de alimento más que a algún que otro cerdo.

—Pero son las que permiten mantenerse erguidos.

—A los árboles, Señor, no a los hombres, a los que en demasiadas ocasiones el peso de unas ostentosas raíces acaban por derribar.

—¿Es ése tu caso?

Por primera vez el timonel se volvió a mirarle con extraña fijeza al señalar:

—No entiendo a qué se refiere, Señor.

El otro fue a tomar asiento sobre un rollo de cabos al tiempo que replicaba seguro de lo que decía:

—¡Sí que lo entiendes! Naturalmente que lo entiendes, puesto que por mucho que te esfuerces en ocultarlo, se advierte a diez millas de distancia que por más que ahora duermas en una hamaca que cuelga a un metro del suelo, tu cuna estaba bastante más alta. Tu forma de hablar y comportarte denotan que no naciste para fregar cubiertas, y que sin duda te educaron para alcanzar muy ambiciosas metas.

—Ver amanecer al timón de un barco tan fabuloso como éste constituye, a mi modo de ver, la mejor meta que nadie pueda soñar, Señor. Aquí me siento feliz, y supongo que la felicidad es la más ambiciosa de las metas a que ningún ser humano aspira.

—¿Ves lo que te digo? —argumentó el otro como si la evidencia no necesitara demostración—. Como diplomático no tienes precio, ya que siempre consigues poner paz entre tus compañeros aunque sea justo reconocer que algunos de ellos son unas auténticas bestias. Tienes una fuerte personalidad y don de mando pero jamás he conocido a nadie que le guste menos mandar.

—Mandar tiene un peligro.

—Tiene muchos que yo sepa, pero me gustaría saber cuál es, a tu modo de ver, el peor.

—Se obliga a los demás a cometer unos errores que por desgracia suelen ser ellos los únicos que pagan.

—¿Qué quieres decir con eso?

—Que nunca he conseguido entender por qué injusta razón son los prisioneros de bajo rango los que sufren las consecuencias de una guerra, cuando la mayor parte de la culpa la tienen los generales.

—Cuestión de prioridades. El general que gana una batalla se preocupa de tratar con suma delicadeza a los mandos enemigos por si se diera el caso de que un día le tocara perder.

—Si cambiara tan injusta costumbre, ejecutando en primer lugar a los generales, probablemente habría muchas menos guerras.

—Sin duda —admitió el capitán mientras hacía un significativo gesto a un marinero que cruzaba por la cubierta inferior para que aflojara la driza de babor, puesto que solía manejar su barco con un simple chasquear de los dedos y sin apenas pronunciar palabra—. ¿Has participado en muchas guerras?

—Tan sólo en una, Señor.

—¿Y mandabas u obedecías?

—No sabría decirle, Señor.

—¿Estás intentando burlarte de tu viejo capitán?

—¡Dios me libre!

—¡Y más te vale! Responde entonces y procura que te entienda o te mando a fregar letrinas.

—En aquellos momentos estaba convencido de que era yo quien mandaba, Señor, pero el tiempo me ha hecho comprender que en realidad estaba obedeciendo.

—¿Obedeciendo a quién?

—A mi peor enemigo.

—Apestas a letrina. Aclárate de una maldita vez y no me toques las pelotas. ¿Cuál era tu peor enemigo?

—La soberbia.

El viejo capitán se tomó unos minutos con el fin

de meditar en lo que acababa de escuchar, comprobó la dirección del viento, entrecerró los ojos atisbando el horizonte hasta cerciorarse de que los negros nubarrones se alejaban definitivamente, y al fin asintió convencido:

—Acepto esa respuesta —dijo—. Por desgracia la soberbia suele convertirse en un peligroso enemigo al que raramente conseguimos derrotar, puesto que renace una y otra vez de sus cenizas y casi siempre en los momentos más inoportunos.

—Eso es muy cierto, Señor —admitió con su respetuoso tono de voz de siempre el timonel—. Lo sé por experiencia.

El otro lanzó un leve silbido tal vez de asombro o admiración para añadir con una leve sonrisa:

—Ahora empiezo a entender la razón por la que un hombre como tú decidió convertirse en simple marinero: intentas destruir una soberbia que al parecer te empujó a cometer algún error muy grave.

—Algo hay de eso, Señor, aunque no lo es todo.

—¿Y qué más puede ser?

—Intentar vencer mis más profundos temores.

—¿El miedo al mar? —Ante el mudo gesto de asentimiento, inquirió—: ¿Y crees que lo has conseguido?

—No lo sabré hasta que ponga el pie en tierra firme y me plantee la posibilidad de volver a embarcarme, Señor.

—Más difícil te resultará averiguar si has logrado vencer a la soberbia, que, como tú mismo aceptas, siempre tiende a reaparecer cuando menos lo esperas.

Durante unos minutos continuaron navegando en silencio hasta que al fin el anciano se puso en pie, se desperezó ruidosamente, aspiró con ansia el fresco aire de la mañana y concluyó por musitar como para sí mismo:

—¡Bien! Creo que ha llegado el momento de izar todo el trapo y poner a correr a este vago. ¡Haz sonar la campana!

El timonel obedeció y casi de inmediato una docena de hombres surgió apresuradamente de las escotillas para alzar el rostro hacia quien no necesitó más que elevar por dos veces las manos con las palmas hacia arriba en una muda orden que hasta el último grumete pareció entender y se apresuró a ejecutar.

Una tras otra las enormes lonas treparon a lo largo de los palos y el viento del sudoeste comenzó a embarazarlas obligándolas a mostrar orgullosas sus abultados vientres, por lo que una familia de delfines acudió de inmediato a jugar frente a la proa; a su modo de ver aquél empezaba a ser un navío lo suficientemente veloz como para que valiera la pena correr a su lado para rascarse el lomo contra su quilla.

El capitán los contempló sonriente durante largo rato, y al fin se volvió de nuevo al impertérrito timonel al tiempo que comentaba:

—El contramaestre asegura que los delfines son casi tan inteligentes como los seres humanos. ¿Tú qué opinas?

—Que con todos los respetos el contramaestre demuestra ser bastante injusto al menospreciar de ese modo a unos pobres bichos que jamás le han hecho daño a nadie, Señor.

El otro no pudo evitar una corta sonrisa, dejó pasar un largo rato y al fin inquirió:

—¿Te enrolarás para la próxima singladura?

—Aún no estoy del todo seguro, Señor.

—¿Acaso te sigue asustando el mar?

—No, Señor. Pero aún me quedan otros muchos miedos que vencer.

Junio de 1594

Doña María de Souza se ocupaba en la tarea de servir la mesa en el amplio y rústico comedor del viejo caserón que se alzaba en mitad del bosque, y desde cuyas ventanas del piso superior alcanzaban a distinguirse las tenues luces de Madrigal de las Altas Torres.

Y lo hacía con la naturalidad de una gran señora que en un momento dado no sintiese el más mínimo reparo a la hora de quitar y poner platos, atendiendo con exquisita cortesía a sus invitados, y ordenando con notoria delicadeza a la vieja cocinera de qué modo y en qué momento debería entregarle cada fuente.

Don Pedro, João Coimbra, Luis Ferreira y Gabriel de Espinosa se sentaban en torno a dicha mesa, y el último de ellos mantenía sobre su regazo a la pequeña Clara Eugenia, una chicuela de apenas cuatro años, que hacía ímprobos esfuerzos por mantener los ojos abiertos e impedir que el sueño acabara por derrotarla.

Los caballeros portugueses permanecían pendientes de las palabras del siempre enigmático don Pedro, pese a lo cual el más joven dirigía de tanto en tanto largas miradas a la hermosa aya que agradecía su notorio interés con alguna que otra amable sonrisa.

—Tan importante resulta el apoyo moral del Santo Padre, como el económico de Venecia —señaló seguro de sí mismo don Pedro—. Pero nada conseguiríamos sin el firme respaldo de la flota inglesa o los ejércitos franceses.

—Difícil se me antoja conseguir agrupar en torno a un solo proyecto tantas voluntades y tan diferentes intereses —le hizo notar el anciano Coimbra.

—Los intereses no son en absoluto diferentes dado que apuntan todos en una misma dirección: debilitar el imperio de don Felipe —replicó el veneciano—. En cuanto a las voluntades, cada una de ellas responde a un determinado estímulo, y lo más delicado de nuestra labor debe centrarse en descubrir cuál es dicho estímulo.

—¿Qué habéis querido decir?

—Que el arte de la política se concreta en prometer a cada cual lo que cada cual anhela, y acabar concediendo aquello que no nos queda más remedio que conceder.

—¿Y qué deberemos conceder en lo que se refiere a Venecia? —quiso saber el siempre prudente Coimbra.

—Libre acceso a los puertos portugueses de ultramar y absoluta prioridad a la hora de comerciar con Brasil, lo cual significaría una drástica reducción en sus aranceles aduaneros.

—No es pedir demasiado —admitió convencido Luis Ferreira sin apartar los ojos del generoso escote que se le ofrecía al otro lado de la mesa—. Los portugueses siempre hemos sido partidarios del libre comercio.

—El trato incluye a los barcos negreros.

—Ignoraba que Venecia tuviera barcos negreros.

—Y no los tiene —admitió de inmediato don Pedro—. Pero muchos de nuestros armadores empiezan a intuir que el tráfico de esclavos acabará por convertirse en el mejor negocio del futuro, puesto que los inmensos territorios de las Indias Occidentales exigen cada vez más mano de obra y resulta evidente que los africanos son los únicos que responden a las necesidades de dicha demanda.

—No me agrada la idea de esclavizar a seres humanos, aunque sean negros —intervino en voz muy baja Gabriel de Espinosa, al que se diría más preocupado por el sueño de su hija que por los temas que se estaban tratando—. En África conocí negros tan dignos de respeto como el más respetable de los blancos.

—La excepción confirma la regla —fue la sorprendente respuesta—. Pero lo cierto es que la mayoría de esos indígenas prefieren emigrar a un nuevo continente de increíble futuro a continuar bajo el yugo de tiránicos jefezuelos locales.

—¡Oh, vamos, don Pedro! —no pudo por menos que exclamar un escéptico Espinosa—. «Emigrar» es una palabra inapropiada cuando esos infelices se ven obligados a viajar encadenados. Si tan contentos se sintieran se lanzarían al mar desde sus playas en busca de los barcos, en lugar de hacer todo lo contrario. Pero dejemos eso, que tiempo habrá, si recupero el trono, de suprimir tan nefasto comercio.

—¿Pensáis seriamente en acabar con la esclavitud? —quiso saber João Coimbra, y como por toda respuesta obtuvo un decidido asentimiento de cabeza, añadió—: Acarreará graves problemas, puesto que el abolicionismo nos enfrentaría a los intereses de los grandes terratenientes de ultramar.

—Cristo no murió en la cruz para que unos terratenientes desaprensivos labrasen inmensas fortunas a costa del sudor ajeno, sino para que todas sus criaturas fueran iguales y vivieran en paz y armonía —fue la firme respuesta—. Mi reino, si algún día consigo recuperarlo, será un reino en el que todos los hombres, cualquiera que sea su color o su cuna, disfruten de los mismos derechos y las mismas obligaciones.

—¡Hermosa manera de pensar! —reconoció don Pedro al que resultaba evidente que el rumbo de la conversación no le agradaba y se esforzaba por cambiar de tema—. Pero de momento lo que importa es recuperar ese reino, arrancándolo de las garras de don Felipe.

—¡No tememos a don Felipe ni a sus famosos tercios! —se apresuró a exclamar Luis Ferreira.

—No es cuestión de temor o valentía, caballeros. Es cuestión de números. Las tropas del duque de Alba superan a las nuestras en proporción de seis a uno, por lo que una lucha abierta significaría el fin de Portugal.

—¡Portugal ya no existe! —le hizo notar Coimbra—. No somos más que una provincia española, y estoy de acuerdo en que si debemos desaparecer, que al menos sea luchando.

—No habrá lucha, Coimbra, os lo repito —le recordó Espinosa—. Únicamente en el caso de que todos me reconozcan y acaten mi liderazgo me enfrentaré a don Felipe. —Alzó la mano como si se tratara de un solemne juramento—. Pero si el Santo Padre, Francia, Venecia o Inglaterra me dan la espalda me marcharé de nuevo, y esta vez para siempre. Tan sólo una «Gran Alianza» conseguirá devolverme la corona. Por ello, el sigilo y la sorpresa serán siempre nuestros mejores aliados.

—¿Quién más conoce vuestra identidad?

—Fuera de aquí únicamente doña Ana de Austria, y por la cuenta que le trae y lo mucho que se juega, confío plenamente en su discreción.

—En paz podéis vivir en ese caso, Mi Señor, puesto que ni la tortura ni el temor a la muerte conseguirían arrancarnos ni una sola palabra. ¡Dios es nuestro testigo!

—Así lo espero y que Él os lo premie. —Espinosa alzó el rostro hacia doña María de Souza indicando con un gesto a la niña que se había quedado rendida—. Si tienes que ordeñar a la vaca yo me cuidaré de acostar a la niña.

La aludida negó con un gesto apresurándose a alargar los brazos con el fin de apoderarse de la criatura.

—¡Dame acá, que puedo hacerlo todo! Continúa

con los negocios que te ocupan, que la vaca puede esperar.

Ferreira se puso en pie de un salto, deslumbrado como estaba por la presencia de doña María al tiempo que inquiría con cierta timidez:

—Tal vez pudiera ser de utilidad.

—Si sabéis ordeñar, en el establo está la vaca —fue la burlona respuesta de la hermosa dama.

Ferreira enrojeció como un chiquillo cogido en falta al tiempo que admitía abrumado:

—Me avergüenza tener que reconocer que jamás he visto una vaca de cerca.

La inquietante doña María le dedicó una deslumbrante sonrisa al tiempo que se encaminaba a la escalera que conducía al piso alto con la niña en brazos.

—En otra ocasión me ayudaréis —dijo—. Y si disponemos de tiempo, tal vez os enseñe a ordeñar. ¡Buenas noches caballeros!

Todos los presentes se pusieron en pie con el fin de dedicarle una ceremoniosa reverencia, y en cuanto hubo desaparecido en el rellano, don Pedro puntualizó:

—Lo primero que tenemos que hacer es buscar valedores que mantengan buenas relaciones con personajes de peso en París, y sobre todo en Londres, que es donde estamos encontrando mayores obstáculos.

—¿Qué clase de obstáculos? —quiso saber el siempre pragmático Coimbra.

—Exigen demasiado a cambio de sus barcos.

—¿Qué consideráis vos «demasiado»?

—Mozambique y Macao.

—¿Es que se han vuelto locos? —estalló un escandalizado Ferreira—. Macao es una de las más preciadas joyas de nuestra corona.

—Son ingleses —le recordó su interlocutor con una leve sonrisa—. Y sabido es que a la hora de pedir nunca se quedan cortos.

—Pues en este caso no se saldrán con la suya.

—También exigían la plaza fuerte de Goa, y un puerto seguro en la costa del golfo de Guinea, pero esa parte ya ha sido rechazada de antemano.

—Y el resto lo será de igual modo —puntualizó más quisquilloso que nunca el amoscado Coimbra.

—En algo tendremos que ceder, o de lo contrario se limitarán a contemplar cómo los españoles nos lo arrebatan todo —le hizo notar don Pedro—. Son duchos en el arte de esperar y están convencidos de que más pronto o más tarde acudiremos a ellos.

—Procuraremos que sea lo más tarde posible.

—Cuanto más tarde sea, más poder acumulará don Felipe y por lo tanto habrán empeorado las cosas. Y cuanto más empeoren las cosas, más exigirán a cambio de sus barcos.

—¡Malnacidos!

—A lo que en verdad aspiran es a que el sol se ponga cuanto antes sobre los dominios de don Felipe para que de ese modo llegue un momento en que nunca se ponga sobre su propio imperio. —Don Pedro hizo una pausa casi teatral para añadir seguro de lo que decía—: Y a fe mía que acabarán consiguiéndolo.

—¿Por qué estáis tan seguro?

—Porque al mismo ritmo que los españoles debilitan el potencial de su flota construyendo lentos navíos expresamente diseñados para traer de México o Filipinas la mayor cantidad posible de oro en un desmedido afán de riquezas que acabará por arruinarles, los ingleses se dedican a reforzar su flota a base de poderosos, rápidos y maniobrables buques de guerra de incontable número de cañones, lo que muy pronto les convertirá en los auténticos dueños de los océanos.

—¿Y Venecia está dispuesta a consentirlo? —quiso saber un Ferreira al que se le advertía tan nervioso como un perro con pulgas.

—Como veneciano me veo obligado a reconocer que a no mucho tardar Venecia ya no será más que una rica ramera de piel más bien marchita que se ve obligada a consentir demasiadas cosas antaño impensables.

—¿Por qué?

—Porque quien ahora manda en Venecia es el oro.

—¿Y dónde no?

—En el corazón de millones de portugueses en los que quien manda es el amor a un rey perdido.

Aquí estoy, una vez más,
con la historia apasionante
de quien se quiso vengar,
y es justo que aquel que canta,
a no ser que sea un tunante,
y este ciego es de fiar,
a cambio de sus monedas
les ayude a disfrutar.

Atentos pues a escuchar,
en silencio y con fervor,
las terribles desventuras
y las largas singladuras
que sufriera Pero Nuño
al partir de La Gomera,
pues donde menos se espera
se puede el rumbo cambiar.

El viento que es caprichoso
sopló en dirección opuesta,

y el piloto que era un tiñoso
no supo ganar la apuesta.

Cuatro meses estuvieron
dando tumbos por la mar,
cuatro meses que el Peregrino
no paró de vomitar.

Yo soy ciego, bien se ve,
y no sé mucho de la mar
mas no creo desbarrar
si me atrevo a asegurar
que el «mal de mar»
no es una cuestión de mareo,
es que el no poder fornicar
debe resultar muy feo.

Cuentan que un comandante
en cuanto vuelve al hogar
cubre a su preciosa amante
con brea de calafatear.

Y es que a su modo de ver,
y creo que al decirlo soy parco
y no me cuesta entender,
que más sencillo resulta
que una mujer huela a barco
que un barco huela a mujer.

De olores yo sé bastante,
ventajas de ser un topo,

y advierto que en este instante
un tuno que se hace el loco
allá al fondo del salón
dejó escapar un pedo
y no ha pedido perdón.

Ruego por tanto a la moza
que está junto a la ventana,
y que ha guardado silencio
pues se trata de su hermana,
que deje entrar aire fresco
que purifique el ambiente
no sea caso que con el cuesco
se me asfixie algún cliente.

Y es que hay cuerda para rato
a la hora de contar
con paciencia y con amor
la historia de Pero Nuño
que para paliar su dolor
se las ingenió para acabar
hasta con el último gato.

Febrero de 1585

Aquél era el único mar por el que años atrás se hubiera atrevido a navegar sin miedo.

Aquél era el único mar sobre el que jamás corrían vientos huracanados ni negros nubarrones preludio de galernas.

Mar sin olas, mar sin peces, mar sobre el que hacía ya miles de años que no cruzaba la sombra de una triste gaviota.

Mar bajo cuyas espesas aguas dormían desde tiempo inmemorial ciudades antaño esplendorosas a las que la ira divina castigó de improviso por sus muchos pecados.

Pero observándolo desde la altura de las calcinadas rocas de sus desoladas orillas, no podía por menos que preguntarse si el conjunto de los muchos pecados que sin lugar a dudas habían cometido los habitantes de Sodoma y Gomorra podrían compararse ni aun remotamente, al pecado de soberbia que había conducido a miles de inocentes a la muerte.

Si un vengativo dios había enviado todos los fuegos del infierno sobre quienes tan sólo habían atentado contra sus propios cuerpos, ¿qué castigo reservaba para quien, como él, había acabado por capricho con la vida de tantos desgraciados cuyo único pecado digno de ser tenido en cuenta era el de haber amado en exceso a un dios de carne y hueso?

Cada mediodía, cuando el sol caía a plomo y el aire se volvía tan denso que resultaba casi imposible respirar, acudía a sentarse en una ancha laja de piedra, a la sombra del más alto torreón de la vetusta y ruinosa fortaleza, con el fin de contemplar una vez más la quieta superficie de las aguas y hacerse idénticas preguntas, que día tras día encontraban idénticas respuestas.

Si la magnitud del castigo estaba en consonancia con la magnitud del mal causado, su destino, hiciera lo que hiciera, sería terrible.

Ni tan siquiera el hecho de haber llegado tan lejos, primero atravesando los océanos y más tarde atravesando las más áridas montañas en busca siempre de un alivio a su alma y un mínimo atisbo de redención a sus culpas, alcanzaría a librarle del terrible fin que a buen seguro le tenían reservado.

No le bastaban los tormentos que a sí mismo se infligía, las jornadas de ayuno, las infinitas horas de oración, o los ríos de lágrimas que había vertido a solas y en silencio.

Sabía que no existía perdón porque tenía conciencia de haber dilapidado de la forma más cruel y estúpida posible el inmenso tesoro que le fue concedido desde el instante mismo de haber sido engendrado.

Pocos seres humanos se supieron tan amados en el vientre de su madre como él se había sentido.

Y ninguno había experimentado el amor de todo un pueblo que le adoró desde el momento mismo en que vino a este mundo.

Nada de cuanto quiso le faltó.

Nada de cuanto pidió le fue denegado.

Nada de cuanto soñó dejó de hacerse realidad.

Al aclamado príncipe le bastaba con una tímida sonrisa o una sola palabra para que el más injustificado capricho le fuera concedido.

Y ni un solo reproche, ni una mirada torva, ni un gesto de desagrado por parte de cuantos parecían disfrutar agradándole.

¿Quién tuvo tanto anteriormente?

¿Quién volvería a tenerlo en los siglos venideros?

¿Quién tenía más obligación de dar gracias a Dios, y quién se mostró no obstante más desagradecido?

A menudo, sentado allí, empapado en sudor y asaltado por miríadas de moscas, llegaba a la amarga conclusión de que el verdadero castigo se centraba en el mero hecho, que cualquier otro hubiera agradecido, de darle la oportunidad de seguir viviendo.

Despertar cada mañana era el tormento.

Obligarle a pasar largas noches en vela, la venganza.

No permitirle encontrar rincón alguno, por lejano que fuera, en el que ocultar remordimientos, la más refinada forma de obligarle a pagar un alto precio.

¿Para qué buscarle nuevos enemigos si resultaba evidente que jamás encontraría un enemigo más implacable que su propia memoria?

¿Qué verdugo actuaría con mayor saña que los recuerdos?

¿Qué instrumento inventado por la más sádica de las mentes humanas podía compararse a la imagen mil veces repetida de los rostros amigos, antaño sonrientes, que habían transformado sus sonrisas en muecas de espanto ante la brutal llegada de la muerte?

El mar continuaba tan quieto como siempre, deslumbrante bajo un sol que parecía extrañamente cercano pese a que fuera aquél el lugar del planeta del que más alejado se encontraba, dejando escapar en aquella hora maldita un denso vaho que se elevaba sobre su plateada superficie como si durante cada uno de aquellos bochornosos mediodías estuviera ofreciéndole a los cielos una pequeña parte de sí mismo.

Agonizaba.

Pese a que en verdad estuviera muerto desde hacía miles de años, observar cómo se evaporaba lentamente día tras día, mes tras mes y año tras año, era tanto como asistir impotente a esa agonía.

Nada quedaba ya de su antiguo esplendor o de la generosa vida que en otro tiempo debió de correr por sus entrañas.

Ni un mísero pez, ni un alga diminuta, ni tan siquiera una brizna de hierba en sus orillas. ¡Nada!

Muerte y desolación y allá en su fondo dos ciudades malditas.

Algunas noches, cuando la luna llena buscaba reflejar su hermosura en el mayor y más fiel de los espejos que la tierra le brindaba, y una suave brisa que avanzaba desde las alturas del Golán refrescaba el ambiente, solía descender por el empinado sendero hasta el borde del agua para introducirse largo rato en ella con el único fin de permitir que la siempre eficiente sal cauterizase sus heridas. «Por la herida abierta entra la lepra.»

Ésa había sido la primera advertencia que le hicieron al llegar, al tiempo que le recordaban que su principal obligación era la de conservar a toda costa la salud para no verse obligado a pasar de ser una gran ayuda a una nueva carga.

—Pocas manos tenemos para llevar a cabo tan ingente labor... —le había señalado el siempre prudente y bondadoso fray Bartolomé—. Pocas, viejas y fatigadas, y por lo tanto, cuando el Señor tiene a bien enviarnos manos tan jóvenes y fuertes como las tuyas, debemos protegerlas con el mismo ardor con que se protege un odre de agua en Wadi Rum. Sin agua nadie aspiraría a cruzar ese desierto de ardientes rocas, y sin manos como las tuyas nadie acierta a aliviar los sufrimientos de estos pobres infelices.

Las manos de fray Bartolomé, e incluso sus piernas y sus ojos, mostraban ya las huellas del mal contra el que con tanto empeño había luchado durante tantos años, pero aun así, su casi sobrenatural fuerza de voluntad le impulsaba a continuar considerándose ayuda antes que carga, y aunque con excesiva frecuencia el cansancio y el excesivo calor le derrotasen, esa victoria era siempre corta, y en los amaneceres, cuando a menudo el frío hacía su aparición por unas horas, era siempre el primero en alzarse del camastro para acudir a cubrir con harapos y jirones de viejas mantas a los agonizantes.

Cuando lo veía ir de aquí para allá, arrastrando sus años, su enfermedad y su fatiga, no podía por menos que preguntarse qué fuerza sobrehumana, o más bien qué don divino animaba su espíritu, y qué incalculable bagaje de fe se precisaba a la hora de entregar la única vida de la que se disponía, al servicio de una causa tan perdida y descorazonadora.

Cuidar leprosos entre las ruinas de una austera fortaleza de los cruzados alzada sobre una árida colina a orillas del mar Muerto constituía a todas luces la más inútil y desesperada labor a la que ser humano alguno pudiera dedicarse, pero fray Bartolomé y sus cuatro discípulos se entregaban a ella en cuerpo y alma convencidos de que estaban levantando un imperio.

—¿Qué imperio merece mi alma más rico y más extenso que el de su eterna salvación?

En ocasiones, por desgracia en muy escasas ocasiones, le asaltaba la imprecisa sensación de que ni tan siquiera la corona que en su día ciñera sobre su frente valía tanto como la paz de espíritu que le invadía cuando al caer la noche comprobaba que había sido aquélla una jornada en la que había contribuido de forma harto notable a aliviar las infinitas calamidades de los enfermos.

El simple hecho de agitar durante horas un plumero con el fin de evitar que las moscas se cebaran en las abiertas llagas le reconfortaba en el momento de cerrar los ojos a la espera de un sueño que no siempre llegaba, y cuando el agua del aljibe se agotaba y se veía en la obligación de descender hasta el lejano río para regresar a la caída de la tarde cargado con un odre, cada tambaleante paso era un paso que le parecía estar dando en la dirección más apropiada.

Cuál era su destino final aún no podía saberlo.

Tal vez seguir la huella de fray Bartolomé para acabar sus días como un leproso más, o tal vez templar a fuego su espíritu hasta llegar al firme convencimiento de que estaba en disposición de ser nuevamente un rey con todas sus consecuencias.

El día en que decidió peregrinar a Tierra Santa en busca de un perdón que no había sabido encontrar en parte alguna, descubrió que tal acción no bastaba, al igual que no habían bastado los años de oración en lo alto de una duna del desierto.

El tiempo le había enseñado que cada hombre es en realidad su propio juez y por lo tanto el único que puede determinar la severidad de la pena que debe serle impuesta.

Por desgracia suele ser, casi siempre, el más venal, corrompido y olvidadizo de los jueces, pero cuando, como en su caso, se comporta con verdadera honestidad, su condena suele ser, de igual modo, la más dura.

Y la que siempre hay que cumplir, puesto que jamás se inventó una cárcel más segura que la propia conciencia.

Nadie escapa de ella por mucho que intente sobornar a sus guardianes, ni nadie consigue huir lo suficientemente lejos, puesto que siempre lleva consigo al carcelero.

—Si tan grande es tu culpa... —le dijo un monje que le vio llorar sobre el Santo Sepulcro—. Te mostraré el único lugar de este mundo en el que podrás lavar hasta el último de tus pecados.

Fue así como llegó a la más olvidada y miserable de las leproserías.

Cada mañana al despertar maldecía a aquel monje, y cada noche sin embargo le bendecía, puesto que a pesar del calor, la sed, el hambre y las moscas, la repulsión y la fatiga que se veía obligado a padecer durante todo un día se veían recompensadas por la paz interior que le inundaba.

En cierta ocasión le suplicó a fray Bartolomé que le acompañara al remanso del río en el que según la leyenda san Juan bautizó a Jesús, y sumergiéndose por completo en el agua rogó al anciano que le volviera a bautizar en el nombre del Padre, del Hijo y del Espíritu Santo.

El buen fraile aceptó, pero más tarde, sentados a la sombra de un olivo, le hizo notar que ni toda el agua del Jordán, ni incluso la del cercano lago Tiberíades, ejercerían sobre su alma un efecto tan beneficioso como el de una sola hora dedicada al cuidado de un leproso.

—El bautismo lava el pecado original —dijo—. Y en ocasiones la confesión puede lavar también el resto. Pero únicamente la penitencia cumplida sin desmayo consigue borrar todas las cicatrices por profundas que sean.

—Demasiado profundas son en mi caso —fue su respuesta.

—Ninguna tan profunda que el amor al prójimo no cauterice —puntualizó el anciano—. Ten en cuenta que si el Señor se sacrificó subiendo a la cruz por amor a sus hijos, tanto más amará a quien se sacrifica amándolos.

—¿Por mucho que sea el daño que les haya causado anteriormente?

—Por mucho que éste sea, pues Cristo nos enseña que incluso un río de sangre se diluye en la nada cuando desemboca en un océano de auténtico arrepentimiento. Ignoro cuál es la magnitud de tu culpa, pues me consta que es ella y no la fe quien te trajo hasta aquí, pero al advertir con cuánta dedicación, respeto y cariño atiendes a quienes la mayoría de los seres humanos, incluso los mejores, no serían capaces de dedicar ni tan sólo una mirada, llego a la conclusión de que el mal que hayas hecho pronto quedará en el olvido.

—A veces creo que nunca conseguiré olvidar.

—Lo que tú creas no importa. Importa lo que crea quien en verdad decide, y ten presente que será él, únicamente él, quien te permita despertar una mañana sin amargos recuerdos.

Aquél fue un hermoso día, no sólo por el hecho de haber podido escuchar las reconfortantes palabras de un hombre bueno y sabio, sino por la impalpable y en cierto modo indescriptible sensación de intemporalidad que se experimentaba por estar sentado a la orilla del río en el que Jesucristo fue bautizado.

Nada parecía haber cambiado desde entonces.

Cuando un pastor cruzaba allá a los lejos, los mil quinientos años que habían pasado desde que otro pastor pasara de igual modo por el mismo lugar se habían esfumado.

El Redentor podría volver a sentarse en la colina y pronunciar un nuevo sermón, y las gentes que acudirían a escucharle en poco se diferenciarían de quienes en su tiempo le escucharon.

El paisaje era el mismo, idéntica la luz e incluso el olor de la retama.

Ni tan siquiera el mensaje de quien predicara cambiaría, puesto que el amor, el odio, el dolor o la alegría que anidaban en el fondo de un corazón humano tampoco habían cambiado de una forma apreciable.

Junio de 1594

La mayor parte de las luces del vetusto caserón se habían apagado tiempo atrás, mientras una luna en menguante y miríadas de estrellas iluminaban apenas los prados, el sendero de grava y el bosque que nacía a tiro de piedra del amplio establo de madera por cuyo entreabierto portalón surgía una larga raya de temblorosa claridad.

Un embozado, sombra furtiva que había permanecido agazapada entre unos arbustos, comenzó a avanzar sigilosamente en dirección a la luz y, pese a que se movía con la elegancia y la elasticidad de una pantera al acecho, al fin su presencia acabó por llamar la atención del hasta ese momento absorto Gabriel de Espinosa, que parecía encontrarse disfrutando plácidamente del frescor de la veraniega noche recostado en el alféizar de una de las ventanas del piso superior.

Al alcanzar el portalón del establo el intruso se inclinó para atisbar hacia el interior, momento que aprovechó quien ya le había descubierto para apoderarse de una afilada daga que descansaba sobre la mesa y desaparecer hacia el interior de la vivienda.

Desde su privilegiada situación, el embozado observó con profunda atención los mórbidos hombros y parte de la espalda de doña María de Souza, que con los brazos al aire y la ancha falda a medio muslo, se afanaba en la tarea de ordeñar a una aburrida vaca que fue la única que pareció reparar en la presencia del extraño, por lo que dio una pequeña coz mugiendo mansamente.

—¡Quieta, *Mariposa*! —le reconvino doña María—. Ya sé que éstas no son horas para el ordeño, pero tal vez te consuele saber que se trata de una poderosa «razón de estado».

La puerta acabó de abrirse con un casi imperceptible lamento de vieja madera y viejos goznes ya vencidos por los años y, cuando la luz del pequeño farol que colgaba de un poste alcanzó de lleno al desconocido que cruzaba de puntillas el umbral, desveló que no se trataba de un extraño, sino del excitado Luis Ferreira, cuyos brillantes ojos no se apartaban ni un segundo de la larga melena, la nuca, la espalda y los muslos de quien continuaba afanada en su tarea, ajena a cualquier tipo de amenaza.

Paso a paso, tan sigiloso como a la hora de deslizarse a través del jardín, Ferreira se fue aproximando a la mujer hasta que desde su privilegiada posición alcanzó a distinguir los rotundos senos que se agitaban siguiendo el ritmo del ordeño.

Instintivamente se vio obligado a tragar saliva humedeciéndose los labios como si se estuviera relamiendo al imaginar los maravillosos placeres que se le podrían brindar en un cercano futuro.

En la puerta, a sus espaldas, y con la larga y afilada daga firmemente empuñada y expresión recelosa y concentrada, hizo al poco su aparición Gabriel de Espinosa, quien pareció quedar desconcertado al descubrir la verdadera identidad del embozado, hasta el punto de que por unos instantes no supo qué hacer ni cómo reaccionar.

Permaneció inmóvil, casi como una estatua de piedra, siendo testigo del modo en que las manos del caballero portugués avanzaban muy despacio hacia los hombros de doña María de Souza, momento en que ésta musitó sin volverse:

—Llegué a pensar que no te decidirías a venir.

En un principio el sorprendido Ferreira pareció experimentar un ligero sobresalto, pero casi de inmediato dicho desconcierto dejó paso a la alegría, hasta el punto de que no fueron sus manos, sino sus labios los que se posaron en la nuca de la mujer que sin cesar en su tarea recibió la suave caricia con un leve estremecimiento de placer.

Espinosa observaba la escena, primero con asombro pero de inmediato con notorio regocijo, de tal modo que, enfundando la daga, se concentró en trepar en silencio por la corta escalera de mano que conducía a una inestable plataforma de madera repleta de sacos, que se alzaba a un par de metros de altura y desde la que podía convertirse en testigo excepcional de cuanto estaba a punto de ocurrir.

Mientras tanto las manos del portugués habían

descendido hasta posarse, como dos cuencos, sobre los espléndidos pechos de quien no pudo por menos que musitar en tono apasionado:

—¡Te necesito tanto!

Los dientes mordisquearon el cuello, la mujer cerró los ojos y los senos quedaron totalmente al descubierto con el fin de que el hombre comenzara a besarlos ansiosamente al tiempo que volteaba a su pareja colocándola cara al cielo.

Durante unos instantes la escena, allí, sobre la paja del establo y bajo la triste mirada de la impertérrita *Mariposa* constituyó un claro ejemplo de pasión hasta que doña María de Souza entreabrió los ojos, volvió a cerrarlos, pero de inmediato los abrió de nuevo para observar, atónita, al sonriente Gabriel de Espinosa, quien desde su privilegiado otero, le hizo un cariñoso y divertido gesto con la mano.

La anonadada mujer pareció no dar crédito a lo que estaba viendo, ni mucho menos a lo que estaba ocurriendo, fijó una vez más los ojos en el divertido testigo de sus hazañas, cayó en la cuenta de la naturaleza de su tremendo error, y sin la más mínima delicadeza aferró por los cabellos a quien le besaba los pechos y le obligó a mirarle.

Al descubrir al entusiasmado Luis Ferreira dio un violento salto, con tanta brusquedad, que tropezó con el poste que sujetaba el farol que se tambaleó peligrosamente.

—¡Santo Dios! —fue todo lo que acertó a exclamar.

—¿Qué ocurre? —quiso saber de inmediato su excitada pareja.

Doña María dudó tan sólo un segundo, alzó el rostro, se cercioró de que Espinosa se había ocultado, y con voz entrecortada replicó:

—¡Alguien se acerca!

—¡No es posible! Yo no oigo nada.

—Debe de ser la cocinera que viene a buscar huevos.

—¿A estas horas?

—Apenas duerme —fue la improvisada respuesta—. ¡Marchaos! Marchaos, por favor.

El frustrado amante lanzó un sonoro lamento.

—¿Y cómo me voy a marchar en este estado?

—Volved dentro de una hora.

—No estoy en condiciones de esperar una hora —protestó el otro.

—¿Preferís dejarlo para mañana?

—¡Para mañana, no, por Dios! Mañana nos vamos.

—En ese caso os ruego que si no queréis arrastrar por el fango mi buen nombre salgáis de aquí de inmediato. Me consta que esa vieja bruja tiene una lengua viperina. Regresad a la casa y volved cuando suenen las campanadas de las doce.

El atribulado Ferreira dudó unos instantes, alargó las manos en un vano intento por acariciar una vez más tan provocativos pechos, pero al advertir que el objeto de sus ansias se los cubría a la par que retrocedía unos metros, optó por dar media vuelta y salir a trompicones con una amarga expresión de suprema angustia en el semblante.

La culpable de semejante cúmulo de desdichas se apresuró a cerrar el portalón a sus espaldas, asegurándolo con una gruesa estaca, para volverse airadamente a Gabriel de Espinosa, quien descendía parsimonioso por la escalera, y susurrar casi mordiendo las palabras:

—¿Tan poco te importo y tan poco me respetas como para observar impertérrito cómo otro hombre me soba y babosea?

—Siempre aseguras que no te importa que me acueste con doña Ana.

—Se trata de una «razón de estado» y jamás aceptaría ser testigo.

Espinosa, que la había arrinconado contra la puerta comentó con una burlona sonrisa:

—Tal vez contentar a Ferreira podría ser considerada también «razón de estado».

—Eso no tiene gracia. ¡Me has ofendido y nunca entenderé cómo consigues comportarte de una manera tan vulgar en ciertas ocasiones, y tan maravillosa en otras! —protestó ella—. ¡Hace años que te conozco pero aún no dejas de sorprenderme!

Él extendió la mano tratando de acariciarle el rostro.

—¡Vamos! —suplicó—. Tan sólo se trata de una broma, y te juro que si hubiera continuado en su avance hubiera comenzado a gritar que había fuego en la casa.

Doña María se apartó para encaminarse a recoger el cubo de leche al tiempo que señalaba con evidente amargura:

—Demasiado a menudo juegas con los sentimientos de las personas que más te aman, y lo que en verdad me preocupa es que juegues también con los sentimientos de todo un pueblo que te adora.

Gabriel de Espinosa le aferró con fuerza el brazo al tiempo que le obligaba a volverse con el fin de que le mirara a los ojos.

—¿Es eso lo que en verdad opinas de mí? —inquirió él en un tono casi agresivo—. ¿Que me complazco en jugar con los sentimientos de las personas y los pueblos?

—¿Cómo evitarlo, si con tan excesiva frecuencia cambias de actitud hasta el punto de que incluso se te transforman la voz y la forma de mirar? —fue la cansina respuesta—. A menudo tengo la impresión de que eres Dios y el Diablo encarnados en la misma persona.

La actitud del hombre se transformó como por arte de magia, le soltó el brazo y fue a tomar asiento sobre un fardo de paja al tiempo que asentía repetidas veces con la cabeza.

—¿Cómo podría justificarme, si a todas horas me asalta idéntica impresión? —musitó—. Dios y el Diablo, el Bien y el Mal, la grandeza y la miseria libran una eterna batalla en mi interior hasta el punto de que ni yo mismo sé de qué lado estoy en cada instante.

—Y si ni siquiera tú no lo sabes, ¿cómo puedo saberlo yo? —quiso saber la atribulada mujer.

—De ninguna manera. Hace unos minutos disfrutaba con lo que se me antojaba un jocoso malentendido, pero ahora me duele el alma al comprender hasta qué punto te he ofendido y he dañado mi propia estima. —Gabriel de Espinosa agitó negativamente la cabeza como si le costara trabajo aceptar sus conclusiones—. Tal vez por eso mismo abrigo tan serias dudas a la hora de encarar una empresa que de igual modo me puede llevar al trono que al cadalso.

—Te llevará al trono; de eso estoy segura.

—¡Bendita tú que estás segura de algo! Por lo que a mí se refiere, lo único que puedo decirte es que en ocasiones me asusta más el primero que el segundo, puesto que por el cadalso se pasa tan sólo una vez, mientras que en el trono me tendré que sentar toda la vida.

La furia que evidentemente invadía a doña María de Souza pareció diluirse como un vaso de lejía lanzado al mar, y dejando a un lado el cubo de leche acudió a arrodillarse junto al hombre al que amaba para aferrar una de sus manos y llevársela tiernamente a los labios.

—¿Cómo puedo ayudarte? —quiso saber.

—Tal como sueles hacerlo —fue la respuesta—. Con mucho amor cuando me muestro adorable, y una infinita paciencia cuando me muestro odioso. El resto no es cuestión más que de mantenerme firme para no volverme loco antes de tiempo.

Las indias occidentales
son, según quien las ha catado,
mucho más apetitosas
que las indias orientales
que están hacia el otro lado.

Quien quiera saber la causa
que espere a que haga una pausa
y vea cómo está el plato,
pues no pienso pasar el rato
cantando sin conseguir
ni comida para el gato.

Este ciego ama el buen vino,
y el chorizo y el jamón,
le pirra una buena hoya,
y adora guardar su «joya»
en un jugoso rincón.

Eso no es gratis, señores,
y si quieren escuchar

la historia de nuestras indias
es hora de «apoquinar»,
pues a cambio de su plata
no pienso darles la lata
con lo que voy a contar.

La isla a la que había llegado
aquel grupo tan perdido
era lo más parecido
al paraíso soñado.

Agua limpia, muchas flores,
comida en gran abundancia,
aves de hermosos plumajes,
y recónditos parajes
en los que tumbarse a soñar.

Y sobre todo la gente
era de lo más bien dispuesta,
y a la hora de la siesta
gustaban de retozar.

Lo hacían siempre de día
pues la noche, según ellas,
era para ver las estrellas
y para sentarse a cantar.

Como iban en pelotas
no había tiempo que perder,
y bastaba con gustarse
para disfrutar a placer.

Los nativos sonreían
observando a su mujer
contentar a un sucio gaviero,
un vigía o un timonel.

Sé que les cuesta creerme,
que son cosas nunca vistas
y son temas peliagudos,
pero la verdad del cuento
es que, o ellas eran muy listas,
o ellos eran muy cornudos.

Es costumbre diferente
que no pienso compartir,
por no lucir en la frente
asta que me impida dormir.

El que canta no es un lerdo,
y a la hora de elegir,
prefiere pasar por cerdo
que por un ciervo en abril.

Mas olvidemos mi frente
que está bien como ahora está,
que mi Amancia es muy decente
y no me hará quedar mal.

Mujer hacendosa y limpia
me tiene como a un pincel
y no cambiaría a este viejo
por el más hermoso doncel.

Eso dice, y yo la creo,
y es que por lo que veo,
aunque de ver veo poco,
más vale viejo con coco
que doncel que sorbe el moco.

Mas creo que me he apartado
de mi auténtica misión
que no es otra que cantar
la historia de un vengador.

Remojemos el gaznate
y afinemos la guitarra
para ganarnos la vida
como una vieja cigarra.

Pero Nuño disfrutaba
con tanta india amistosa
mas su cabeza continuaba
¡ay dolor!, en otra cosa.

Su familia estaba lejos
y su honra maltratada,
cuando esas dos cosas se juntan
la vida no vale nada.

Abril de 1587

Fray Bartolomé tomó asiento en una ancha piedra, contempló largo rato el adusto paisaje que llevaba más de veinte años contemplando, y por último musitó muy quedamente:

—Anoche hablabas en sueños. Y no es la primera vez.

—¿Y qué decía?

—Algo a lo que durante mucho tiempo quise negarme a dar crédito, pero que la evidencia me impide continuar ignorando.

—Con frecuencia la ignorancia es mejor compañera de viaje que la certeza.

—Con frecuencia, sí, pero no creo que en esta ocasión pueda aplicarse esa teoría. Dime...: ¿eres por ventura el rey don Sebastián de Portugal, al que todos llaman El Deseado?

—Si lo fuera, no lo sería por ventura, sino más bien por desgracia.

—Poco importa ahora el término; importa la verdad, y creo merecerla aunque tan sólo sea por el afecto que te he demostrado a lo largo de todo este tiempo.

—Lo soy.

—¡Dios bendito! ¿Es ése el pecado que has venido a purgar al mismísimo corazón del infierno?

—Diecisiete mil pecados, padre. ¡Diecisiete mil pecados! Uno por cada hombre que conduje al desastre. ¿Se le antojan suficientes?

—¡Excesivos sin duda! Pero me niego a admitir que debas cargar con todos. Algo he oído contar de aquella horrenda batalla de Alcazarquivir, pero me niego a aceptar que toda la responsabilidad tenga que recaer sobre una sola espalda por ancha que ésta sea.

—El problema estriba en que todos los culpables pretenden eludir sus responsabilidades, pero en este caso no existe forma alguna de ocultar la verdad, al menos ante mis propios ojos. Si acaso mi tío, don Felipe, también debería compartir parte de dicha carga, puesto que, pese a cuanto en sentido contrario se haya dicho, durante las malhadadas Vistas de Guadalupe, en las que él asegura que trató de disuadirme, lo que en verdad hizo fue alentarme en mi empresa prometiéndome un respaldo con hombres y armas que a la hora de la verdad nunca llegó.

—Siempre tuvo fama de hombre ladino.

—¡Cierto! Pero ello no me exime de mi culpa, puesto que le conocía bien, me habían advertido de sus sucias artimañas y debería haber caído en la cuenta de que en el fondo lo que pretendía era mi trono.

El anciano fraile se tomó un largo tiempo para meditar sobre cuanto acababa de escuchar, puesto que en tan remoto lugar el tiempo era lo único que siempre sobraba, y cabría imaginar que para emitir un juicio lo mismo daba esperar una hora que un milenio.

Por último, cuando ya podría pensarse que no tenía nada que alegar, señaló sin inmutarse:

—Lamentaría en el alma que lo que en realidad te trajo hasta nosotros no hubiera sido el amor a Dios, el amor al prójimo o la necesidad de lavar tus culpas a base de imponerte la más dura de las penitencias, sino tan sólo la frustración y la rabia, que supongo que ni tú mismo te atreves a reconocer, que te invadió por el hecho de haber permitido que un hombre mucho más experimentado y astuto que tú te despojara, con engaños, de lo que el Señor tan graciosamente te había concedido.

Se puso de nuevo en pie, para alejarse, arrastrando a duras penas su maltrecha pierna, y dando al parecer por concluido tan espinoso tema.

Ello propició, no obstante, que su interlocutor no pudiera por menos que plantearse hasta qué punto había puesto el dedo en una abierta llaga que él mismo se había esforzado siempre, de un modo tal vez inconsciente, en ocultar.

Cuando aún era muy joven, y en su caso había pasado de la juventud a la madurez en menos de veinticuatro horas un ya muy lejano cuatro de agosto, llegó a creer, tal vez porque así se lo habían hecho creer cuantos le rodeaban, que se había convertido en un gobernante lo suficientemente capacitado como para mantener un encuentro de igual a igual con quien le aventajaba en veinte años de habilidad y experiencia en el siempre difícil arte de regir los destinos de una nación.

Se presentó, precedido de banderas y fanfarrias, ante el más poderoso y austero de los monarcas y, empujado por su desmedido entusiasmo y su inconsciencia, no supo comprender que, lo que él tomaba por cansancio y apatía de su «anciano» interlocutor, no constituía en realidad más que la astucia y premeditación propias de un hombre ladino.

El viejo zorro jugó al paternalismo, la desidia y la falta de ambición de quien está de vuelta de todo y lo único que pretende es vivir en paz lo poco que le queda de vida, contentándose con lo ya obtenido y con proporcionar buenos consejos a las generaciones venideras.

—Mi obligación hubiera sido —había musitado cansinamente don Felipe— atender a los deseos de la Reina Isabel, que tras expulsar a los moros de Granada, nos encomendó a sus descendientes la sagrada tarea de continuar la reconquista por el norte de África hasta que llegara un día en que se pudiera considerar al *Mare Nostrum* auténticamente cristiano de una a otra orilla. —Carraspeó como si buscara tomar aliento—. Admito que en este caso he hecho dejación de mis funciones, pero estoy de acuerdo en que tal vez deba ser un joven tan decidido como vos el llamado a iniciar tan hermosa tarea y dar cumplido colofón a los sueños de doña Isabel. Y si es así, lógicamente Marruecos tendrá que ser siempre el primer paso.

¡Qué apetitoso señuelo con el que deslumbrar a un incauto pececillo hambriento de victorias!

¡Qué cebo tan sabroso!

A solas, sin testigos, con el doliente semblante de quien por edad y achaques renuncia de mala gana a una gloria evidente y la temblorosa voz de quien admite contra su voluntad que ha llegado el momento de dejar paso a savia nueva en una gloriosa tarea que le queda demasiado grande, la vieja araña consiguió engatusar a la mosca.

Suavemente, pasándole la mano por el hombro y musitándole al oído frases de respeto, admiración y aliento, el anciano tío se las ingenió para ir empujando hasta el borde del precipicio a un confiado sobrino que no necesitaba excesiva ayudar, para lanzarse al abismo.

El ser humano suele perdonarse a sí mismo muchas cosas.

Casi todas, menos la propia estupidez.

A orillas del mar Muerto y a las puertas del ruinoso refugio de un centenar de leprosos, con todo perdido y sin esperanza alguna de futuro, don Sebastián no pudo por menos que preguntarse qué habría pasado por la mente de su tío, don Felipe, en el solemne momento de tomar posesión del trono de Portugal.

Si hubiera sido capaz de reír, se habría reído.

Si hubiera sido capaz de sonreír, habría sonreído.

Pero siendo tan severo como era, probablemente se habría mostrado tan impasible como de costumbre, por más que en su interior las campanas repicaran en honor de quien había sido capaz de traicionar a su propia sangre.

Y a diecisiete mil cristianos casi compatriotas, pues no parecía justo olvidar la evidencia de que a don Felipe siempre se le consideró «El hijo de la portuguesa», hasta el punto de que muchos de cuantos murieron en Alcazarquivir habían sido sus compañeros de juego en la infancia.

A su sobrino el sudor le corría ahora por todo el cuerpo, pero el alma parecía habérsele congelado.

Tantos años después un viejo fraile ajeno a las intrigas palaciegas le había obligado a abrir los ojos a algo que nunca quiso ver.

Su dolor era tanto más profundo cuanta más profunda tenía que admitir que había sido su candidez.

Reconocer por primera vez que su culpa era en cierto modo compartida no le reconfortaba, sino que por el contrario aumentaba de forma harto notable la angustia que sentía.

Siempre se había considerado un loco y un imprudente.

Ahora se veía obligado a considerarse además un imbécil.

La vieja Nurt acudió como tenía por costumbre a tomar asiento a su lado para que su único ojo sano se clavara en los suyos con aquella mirada que parecía estar rebuscando siempre en lo más recóndito del pensamiento ajeno.

—¡No estés triste! —le dijo—. No tienes derecho a estarlo. Estás sano.

—Solamente por fuera —le replicó esbozando apenas una amarga sonrisa—. A ti la lepra te devora el cuerpo y a mi el alma.

—Ningún cuerpo ha tenido nunca fuerzas suficientes como para vencer a la lepra —sentenció con su boca sin labios la espantosa mujer—. Pero mi alma es tan fuerte que vencería mil lepras que tuviera.

—Te creo. Quien lleva treinta años soportando tan terribles sufrimientos sin lanzarse de cabeza por ese acantilado tiene el alma de acero. Te pido perdón y me avergüenzo por haber dicho lo que he dicho.

—Si mis piernas me sostuvieran lo suficiente como para bajar hasta el río, y no supiera, como sé, que donde quiera que fuera me recibirían a pedradas, ya estaría muy lejos de aquí. Eso significa que mi alma puede ser más fuerte, pero la tuya es más generosa y por lo tanto más grande.

—¿Existe esa diferencia?

—Tú deberías saberlo.

Cuando Nurt le dejó de nuevo a solas, don Sebastián de Portugal se vio en la obligación de preguntarse si tal vez no sería cierto que a lo largo de todos los años de buscar un perdón que nadie más que él mismo podía concederse, no habría demostrado que en efecto tenía una alma quizá desmesurada, pero quizá por ello mismo no lo suficientemente templada.

Tuvo que ser de nuevo fray Bartolomé quien aclarara sus dudas cuando casi un mes más tarde le mandó llamar a su mísera celda.

—He estado pensando mucho en ti durante todo este tiempo —le dijo mientras le indicaba que tomara asiento en el único taburete de la austera estancia—. Y he llegado a la conclusión de que mi deber es pedirte que te marches.

—¿Irme? —se sorprendió—. ¿Por qué?

—Porque aquí únicamente puedes ayudar a cien infelices, y eso tan sólo hasta que te contagies y acabes convirtiéndote también en una carga.

—Puede que eso nunca ocurra.

—Por desgracia, casi siempre acaba ocurriendo.

—¡Si ésa es la voluntad de Dios!

—Con demasiada frecuencia lo es, y por lo tanto es bienvenida para quienes aceptamos el sacrificio como una prueba de amor a nuestro Señor. Pero para quien, como tú, se encuentra aquí, no por amor al Señor, sino por amor a sí mismo, la lepra constituye la más repelente de las enfermedades y acaba por convertirse en un martirio que a menudo le lleva a la desesperación y el suicidio. Y no quiero eso para ti porque te aprecio demasiado.

—Correré el riesgo.

—Tú sí, pero yo no. Yo no estoy dispuesto a correr el riesgo de contribuir a tu eterna condenación, porque además he llegado a la conclusión de que aquí tan sólo puedes aliviar un poco las penalidades de un puñado de seres cuyo destino está marcado definitivamente, mientras que fuera de aquí puedes hacer mucho por millones de seres humanos a los que puedes proporcionar un futuro mejor.

—¿Os referís a los portugueses?

—¡Exactamente! Me refiero a una nación que, por lo que ha llegado a mis oídos, sufre bajo la tiranía de un monarca al que no ama, lo cual significa que pronto o tarde acabará enfangándose en un baño de sangre inútil puesto que se verá obligada a enfrentarse, tal como ya lo ha hecho con anterioridad, a un invasor mucho más poderoso.

—Más sangre correrá si yo regreso.

—No si tus justas demandas se basan en el acuerdo y el diálogo.

—¿Dialogar con don Felipe? —se asombró don Sebastián—. Está claro que no lo conocéis.

—Pero te conozco a ti, y eso me basta. Admito que tiempo atrás debiste comportarte como un mozalbete impulsivo y alocado del que supieron burlarse, pero has conseguido convertirte en un hombre generoso, justo, prudente y reflexivo. Serás un gran rey si en verdad te lo propones.

—Encontraríais infinidad de hombres mucho más generosos, justos, prudentes y reflexivos que yo, y que no por eso aspirarían a reinar.

—Quizá porque ninguno de ellos fue elegido por Dios, ni por su pueblo. —Fray Bartolomé le apuntó casi acusadoramente con el dedo al añadir—: Lo que a ti se te concedió en el momento de nacer no fue un capricho de la naturaleza, ni un accidente de la historia; fue un mandato divino, y como tal tienes la obligación de acatarlo puesto que de lo contrario estarías poniendo en entredicho las bases mismas de la monarquía.

—Nunca se me había ocurrido mirarlo desde ese punto de vista.

Su ahora severo interlocutor, que había tomado asiento en el borde de su humilde camastro, que no era en realidad más que un grueso tablón colocado sobre un reborde de piedra, agitó varias veces las manos buscando alejar las moscas que acudían una y otra vez a cebarse en sus abiertas heridas, y tras un corto silencio, inquirió:

—¿Qué otra forma existe de verlo? —inquirió—. Si aceptas que naciste para ser rey por voluntad divina, el desastre de Marruecos se debió a que cometiste un error de apreciación, puesto que resulta evidente que el hecho de ser rey no te vuelve infalible. Pero si no aceptas que naciste para ser rey por voluntad divina, esa aventura se convierte en un crimen abominable puesto que no tenías el menor derecho a hacer lo que hiciste.

—Buscáis confundirme.

—¡En absoluto! Busco hacerte entender que tu obligación es cumplir con ese mandato, reclamando lo que el cielo te otorgó con razón o sin ella, que ése es otro problema. Y tu obligación, una vez en el trono, es ser el mejor rey que jamás haya existido, y el que marque el camino a las generaciones futuras. Olvida la soberbia, no atesores riquezas, no aceptes la esclavitud sea cual sea la raza o el color de la piel de los hombres, sé justo con tus súbditos y firme con tus colaboradores, rechaza los halagos, pero, sobre todo, y a eso se reduce el arte de gobernar, ama a tu pueblo como a ti mismo, y como tu pueblo te ama a ti.

—Son normas de conducta harto exigentes —le hizo notar su interlocutor—. ¿Existió alguna vez algún rey que cumpliera tamaños requisitos?

—Supongo que sí, pero el hecho de que quizá no haya existido no te exime del deber de serlo. —Le golpeó con afecto la mano al añadir con una leve sonrisa—: Ya que una vez fuiste el peor soberano, ahora te corresponde compensar tus muchos errores a base de muchos aciertos.

—Pensaré en ello.

—Por desgracia, tu tiempo de pensar se ha terminado, hijo. Ahora ha llegado el tiempo de actuar.

Pese a que tales palabras sonasen más a requerimiento que a consejo, don Sebastián aún dedicó casi un mes a reflexionar sobre cuanto allí se había dicho, puesto que el mero hecho de aceptar al fin que experimentaba un profundo rencor hacia quien le había burlado y traicionado de la forma más ignominiosa imaginable, no bastaba a la hora de plantearse la posibilidad de una hipotética venganza.

¿Qué posibilidades tenía, aun sabiendo que le asistía la razón, de desplazar del trono a quien tanta astucia y maldad había demostrado en su forma de apartarle de él?

Si se había dejado arrebatar la corona cuando lo tenía todo a su favor, ¿qué probabilidades existían de recuperarla en unos tiempos en los que le constaba que todo estaba en su contra?

Sabía muy bien que si se le ocurriera presentarse un buen día en Lisboa exigiendo pacíficamente sus derechos, los esbirros de don Felipe no dudarían ni un segundo a la hora de colgarle del árbol más cercano, y por más vueltas que le diera al tema no se le ocurría una fórmula que no pasara por el a su modo de ver inaceptable trance de arriesgarse a iniciar un nuevo baño de sangre.

Los tercios españoles al mando del duque de Alba más conocido por «El Espantajo» debido a su demostrada crueldad y su falta de escrúpulos cuando se trataba de obedecer las órdenes de su señor ya habían causado una matanza entre quienes intentaron oponerse a la toma de posesión de la corona por parte de don Felipe, y la sola idea de arrastrar de nuevo a su pueblo a una carnicería le repugnaba.

Se sentía a gusto allí, a orillas del mar Muerto, sabiéndose útil, querido y respetado, entregado en cuerpo y alma a la tarea de ayudar en la medida de sus fuerzas a los seres más afligidos de este mundo, y por grande y justa que fuera su inquina hacia quien tanto daño le había causado, no concebía que el destino se empeñara en obligarle a abandonar su pacífico retiro con objeto de lanzarse a una arriesgada aventura de incierto resultado.

Pero fray Bartolomé no parecía tan dispuesto como él a darse por vencido de antemano.

—Debes marcharte —insistió en tono perentorio una mañana—. Te ruego que te vayas porque no quiero seguir siendo cómplice de los padecimientos de tantos infelices. Portugal te reclama.

—Portugal ni siquiera sabe que existo.

—Lo sabe. Y si no lo sabe, lo presiente. A los pueblos no se les puede engañar tal como se engaña a las personas. Por más que despreciemos a las masas, considerándolas obtusas e irracionales, la Historia nos demuestra que a la larga siempre descubren dónde se oculta la verdad. Si no fuera así, Jesucristo nunca hubiese conseguido, sin más armas que su amor y su palabra, que cientos de millones de creyentes siguieran sus enseñanzas.

—Yo no soy Jesucristo.

—Lo sé, pero tu misión tampoco es la misma. Él inició su auténtica andadura desde aquel punto de allá abajo; el recodo del río en el que un día nos bañamos, y una vez que san Juan le hubo bautizado se lanzó, sin más armas que su convicción, a una empresa que ha llevado a millones de seres humanos a la salvación. Tú debes empezar desde aquí, un poco más arriba, aunque los dos sepamos que la magnitud de tu empeño será siempre mucho menos ambiciosa.

—¿Y por dónde empezaré?

—Por donde se empieza todo, hijo, por donde se empieza todo. Lo primero que tienes que hacer es ponerte en pie, cruzar el umbral de esa puerta, descender por el sendero, bordear el mar Muerto y regresar a Jerusalén. Más allá, Dios dirá.

Junio de 1594

Los gallos cantaban hacía ya más de una hora.

El sol se elevaba sobre la llanura castellana asesinando una por una a las miríadas de gotas de rocío que disfrutaban de sus últimos momentos de gloria abrazadas a las flores, los tallos o las hojas, conscientes de que muy pronto se convertirían en nada, pero conscientes también de que a la siguiente madrugada renacerían de esa nada para volver a abrazarse, hasta que el sol calentase, a otras hojas, otros tallos y otras flores.

Un rayo de ese sol se separó del resto para ir a colarse por entre las rendijas de los viejos maderos y buscar el rostro del hombre que dormía sobre la paja, arrebujado en su capa y ajeno a la negra gallina que no había tenido ocurrencia más caprichosa y absurda que depositar un huevo en el interior de su caído chambergo.

Alguien gritó a lo lejos.

—¡Ferreira!

Mugió la vaca que respondía al nombre de *Mariposa* agitando la cola como sin con ello quisiera indicar que aquel a quien buscaban descansaba a no más de tres metros de su pesebre.

—¡Ferreira!

Un altivo gallo hizo su aparición en busca de la negra ponedora.

—¡Ferreira! ¿Dónde diablos puede haberse metido? Es hora de partir. ¡Ferreira! ¡Siempre el mismo!

Por fin, don Luis Ferreira, noble y acaudalado caballero portugués acostumbrado a dormir en sábanas de seda y a ser despertado por el discreto y uniformado sirviente que le traía el desayuno a la cama, abrió los ojos para enfrentarse a la irónica mirada de la desconsiderada *Mariposa*, que a modo de saludo alzó la cola con el fin de dejar caer una desorbitada cantidad de humeantes excrementos.

El frustrado Romeo giró la vista a su alrededor, tardó largo rato en tomar conciencia de dónde se encontraba y cuál era su compañía, escuchó la lejana llamada, e irguiéndose de un salto dejó escapar un sonoro reniego:

—¡Perra suerte la mía!

Orinó largamente contra la pared más cercana, se sacudió unas briznas de hierba de la manga, recogió sin mirar su sombrero, y gritó a voz en cuello:

—¡Ya voy! ¡Ya voy! ¿A qué viene tanto alboroto?

Salió al jardín, guiñó los ojos al violento sol que le asaltó de frente y se encaró al desconcertado João Coimbra, quien inquirió estupefacto:

—¿Pero qué os ha ocurrido? ¿Dónde estabais?

—Quería ver una vaca de cerca.

El otro agitó la cabeza cada vez más incrédulo al

tiempo que comenzaba a despojarle de las briznas de paja que se le habían enredado entre los cabellos.

—¡Pues a fe mía que se podría asegurar que habéis hecho una amistad muy íntima! Cualquiera diría que os habéis pasado la noche retozando.

—¡Por Dios! —protestó el indignado caballero—. ¡No estoy de humor!

—Siempre resulta amargo despedirse del ser amado —admitió el otro con marcada ironía—. En especial a estas horas de la mañana.

—¿Callaréis de una vez?

—Punto en boca, pero debéis prometerme que cuando regresemos me presentaréis a vuestra apasionada amiga.

Se encaminaron juntos hacia la rotonda en la que les aguardaba un negro carruaje junto al que se encontraban fray Miguel de los Santos, don Pedro y Gabriel de Espinosa.

—¡Al fin lo encontré! —fue lo primero que dijo João Coimbra—. Tengo la impresión de que en este viaje además de reencontrarse con su rey se ha ganado el profundo afecto de una vaca.

—¡Ya está bien! —le espetó su amigo—. ¡No es éste mi mejor día!

Don Pedro no pudo evitar que una ancha sonrisa asomara a un rostro por demás severo y circunspecto al comentar:

—Ni vuestra mejor noche probablemente. ¿Tenéis hambre?

—¡En absoluto!

El veneciano fingió sorprenderse al señalar:

—En ese caso, ¿por qué lleváis un huevo en el sombrero?

Luis Ferreira observó el interior de su sombrero y cabría imaginar que menos sorpresa le hubiera producido descubrir que se encontraba ocupado por un gnomo.

—¡No es mío! —fue todo lo que acertó a balbucear.

—Por vuestro bien así lo espero, pues no es lugar para llevarlo por muy necesitado de amor que uno se encuentre.

—¡Dejad de ensañaros con mi mejor amigo de la infancia! —se decidió a intervenir Gabriel de Espinosa tomando al infeliz del brazo y atrayéndole hacia sí como si estuviera pretendiendo defenderle de unos supuestos enemigos al añadir—: Era el más joven de la pandilla y recuerdo que tenía que pasarme todo el tiempo impidiendo que el cabeza hueca de Fernando Namora le hiciera víctima de sus pesadas bromas —hizo una corta pausa para inquirir—: Por cierto... ¿qué ha sido de él?

—Murió.

—¡Lástima! A menudo tenía ocurrencias francamente graciosas. ¿Cómo murió?

—Le apresaron en Alcazarquivir y parece ser que no pudo soportar los malos tratos de una galera turca.

Se hizo un largo silencio; un pesado silencio durante el que cabría imaginar que los fantasmas de miles de difuntos volvían del pasado con la intención de extender sus negras alas sobre la cabeza de Gabriel de Espinosa, cuyo rostro se ensombreció de improviso.

—¡Dios misericordioso! —susurró—. ¡Tanto como he rezado por los muertos, y tan poco como he rezado por los que sufrieron terribles cautiverios!

Se apartó unos metros dando dos o tres tambaleantes pasos, se apoyó en el muro más cercano, y desde allí se volvió a observar a los demudados testigos de su repentina transformación, para inquirir con una voz profunda y dolorida que parecía surgirle de las mismísimas entrañas:

—¿Es ése el camino que intentamos reiniciar tantos años más tarde? ¿Es éste el comienzo de una nueva masacre en la que los que no caigan en el campo de batalla sufrirán en vida todas las penas del infierno?

—¡Señor!

—¡Calmaos, Señor!

—¿Calmarme? —se asombró—. ¿Por qué razón debería calmarme? ¿En qué se diferencia una galera española de una turca? ¿Acaso el látigo tiene menos colas? ¿No os dais cuenta de que nos estamos arriesgando a condenar a una nueva generación de jóvenes portugueses a sufrir el mismo fin que el infeliz Namora?

—Si lo sufren... —replicó seguro de lo que decía João Coimbra— será porque han tomado libremente la decisión de correr ese riesgo. Pero si no lo sufren, tened por seguro que ya no volverán a existir nuevas generaciones de jóvenes portugueses, porque me consta que antes de diez años el castellano será el único idioma que se hable en las escuelas, nuestra lengua será abolida, y nuestras banderas desterradas.

—¿Quién lo ha dicho?

—Ya es un secreto a voces —fue la calmosa respuesta—. Por mucho que secretarios y consejeros se esfuercen por guardar silencio, en Madrid siempre existe un amanuense dispuesto a pasar un documento por debajo de la mesa a cambio de unas monedas. Las evidencias no dejan excesivo margen a la duda: se está diseñando una campaña destinada a «castellanizar» Portugal a medio plazo, puesto que al parecer los últimos delirios de grandeza de don Felipe se centran en gobernar no un imperio en el que tengan cabida multitud de ideas, lenguas y culturas, sino más bien un gigantesco reino en el que las únicas diferencias que se acepten estén motivadas por el color de la piel o la forma de los ojos. —Sonrió con una extraña mezcla de amargura e ironía al aclarar—: Y esto último se debe a que ni siquiera vuestro todopoderoso tío está en disposición de conseguir que indios, chinos y negros se vuelvan blancos.

—Nuestra cultura jamás perderá sus auténticas raíces —protestó Espinosa.

—Cuando se tala un árbol por la base, pronto o tarde las raíces acaban muriendo o pasan a convertirse en un inútil estorbo —sentenció el anciano—. Y las hachas que pretenden cortarnos por la base ya están siendo afiladas.

—¡No lo consentiremos!

Luis Ferreira hizo intención de decir algo, pero se interrumpió al advertir que de la casa llegaba corriendo la pequeña Clara Eugenia, a la que perseguía entre risas doña María de Souza.

Atrapó a la niña al pasar, alzándola como si fuera una pluma al tiempo que exclamaba:

—¡Ven aquí, diablillo! Que algún día pueda yo decir que tuve una princesa entre mis brazos.

La chicuela jugueteó con él tirándole de la barba y tratando de escabullirse para ir a buscar refugio tras las piernas de su padre, que le acarició amorosamente el cabello.

Doña María, que había llegado a su altura, alargó a Ferreira una gran cesta y una bota de vino que parecía a punto de estallar, al tiempo que le dedicaba una de sus más encantadoras sonrisas.

—Vuestro almuerzo —dijo—. «Para el polvo del camino, nada mejor que pollo, jamón y vino.»

—«Y para el cuerpo alegrar, nada mejor que un pajar» —replicó el otro con manifiesta intención al tiempo que susurraba—. ¿Por qué no acudisteis anoche?

—¡Fuerza mayor! —replicó ella en idéntico tono—. La niña se despertó y tuve que meterla en mi cama.

—¡Quién fuera niña!

Minutos más tarde, cuando el carruaje se alejaba ya por el sendero de grava abriéndose paso entre la larga hilera de chopos, Gabriel de Espinosa se volvió a doña María de Souza para comentar con sorna:

—Me veré obligado a vigilarte de cerca, pues temo que provoques más víctimas entre mis seguidores que las mismísimas huestes del tirano.

—Yo nada hice —protestó ella fingiendo ofenderse.

—Por experiencia sé muy bien que no necesitas hacer nada para tenerlos a tus pies. —Se volvió a fray Miguel de los Santos para señalar—: Acompañad a Clara Eugenia al convento y anunciadle a doña Ana que acudiré a saludarla a la hora de vísperas.

—¿Lo juzgáis prudente? —inquirió el religioso en un tono levemente inquieto—. Cuanto menos se llame la atención en estos momentos, mejor para todos.

—Lo sé —fue la respuesta—. Pero he decidido que doña María y Clara Eugenia partan mañana hacia Venecia en compañía de don Pedro, y a doña Ana le dolería mucho no haberse despedido de la niña. —Inclinó la cabeza con un gesto de marcada intención al remarcar—: Y todos sabemos que el estado de ánimo de doña Ana constituye una de nuestras primeras preocupaciones.

Apenas una hora más tarde, doña Ana de Austria, una atractiva matrona a la que el severo hábito no bastaba para disimular que poseía un cuerpo exuberante y repleto de vitalidad, leía absorta casi tumbada en una amplia butaca, a la sombra de un ancho roble de largas ramas, y así permaneció ausente de cuanto le rodeaba, hasta que acudió a tomar asiento frente a ella la diminuta y vivaracha sor Esperanza de la Cruz, quien tras cerciorarse de que nadie más podía escucharla, musitó en tono confidencial:

—Ayer me visitó mi hermana.

—Lo sé —fue la escueta respuesta.

—La interrogué discretamente sobre cuanto deseabais saber.

—¿Y?

Los ojos de la buena mujer buscaron una vez más a su alrededor, incluso entre las ramas del árbol como si en verdad imaginara que alguien pudiera estar espiando, antes de replicar en el mismo tono monocorde:

—En efecto; por Madrid corren ciertos rumores.

—¿Pero por qué? ¿Qué razones pudieron empujarle a cometer tan horrenda vileza?

—Se dice que algunos de sus «consejeros», celosos de la gloria que don Juan había alcanzado en Lepanto, hicieron creer a don Felipe que vuestro padre estaba decidido a alzarse en armas contra la corona.

—¡Qué poco le conocían! —Doña Ana agitó la cabeza de un lado a otro como si le costara un tremendo esfuerzo aceptar que algo así pudiera haber ocurrido para inquirir amargamente—: ¿Y basándose tan sólo en tan viles calumnias le mandó asesinar?

—Nada es seguro, Señora. Tened en cuenta que tan sólo se trata de confusos rumores.

—¡Mi padre era incapaz de una traición! Jamás se hubiera alzado contra su rey y hermano. —El tono de su voz denotaba ahora la magnitud de su odio y frustración—. Pero de esa hedionda bestia se puede esperar cualquier cosa, y estoy convencido de que ni siquiera necesitó que nadie le incitara a tomar tan diabólica decisión.

Aferró el pesado medallón con el retrato del todopoderoso soberano que adornaba su pecho con intención de arrancárselo tratando de romper la gruesa cadena, pero una cada vez más asustada y nerviosa sor Esperanza se lo impidió sujetándole con fuerza la muñeca.

—¿Pero qué hacéis? —exclamó escandalizada—. Siempre, que yo recuerde, habéis lucido ese medallón y quitároslo en estos momentos significaría tanto como condenar públicamente a vuestro tío por algo que tan sólo está en boca de los maldicentes, y que a buen seguro no es más que una sucia invención de cualquiera de sus muchos enemigos.

—¡Yo lo creo!

—¿Sin pruebas?

—Conociéndolo como lo conozco no necesito pruebas. Me encerró aquí contra mi voluntad, aun a pesar de que le hice notar que nada se encontraba más lejos de mi deseo que tomar los hábitos, y jamás tuvo una sola palabra de afecto hacia quien, por más que trate de ignorarlo, lleva su sangre.

—Os colma de regalos.

—¡Joyas! —fue la despectiva respuesta—. Eso es lo único que sabe dar, puesto que es lo único que nada le cuesta. Casi a diario le llegan de las Indias barcos cargados de ellas, y las reparte como se reparten las sobras del almuerzo a una jauría de perros. ¡Le aborrezco! O más bien diría que en verdad, y Dios me perdone, le odio a muerte.

—¡Por favor, Señora! —se horrorizó la pobre mujer—. ¿Os dais cuenta de lo que podría ocurrir, no a vos, sino a toda la congregación si vuestras palabras llegaran a sus oídos?

—Me doy cuenta —admitió doña Ana haciendo un supremo esfuerzo por contenerse al advertir que la madre tornera se aproximaba llegando desde el interior del edificio—. Me doy cuenta, y eso es lo que me obliga a morderme la lengua, pero os juro que día llegará en que esté en disposición de devolverle a ese miserable todo el mal que me causa...

Se interrumpió al comprender que la madre tornera se encontraba ya lo suficientemente cerca como para poder oírla e inquirió no sin cierta agresividad:

—¿Ocurre algo, sor Inés?

—Fray Miguel de los Santos solicita audiencia.

La expresión de doña Ana de Austria cambió como por ensalmo al inquirir ansiosamente:

—¿Ha venido solo?

—Trae consigo a la niña.

—¡Gracias! Decidle que acudiré de inmediato.

Aguardó a que se hubiera alejado lo suficiente, para volverse, ahora sonriente y feliz, hacia la receptora de sus más íntimas confidencias al tiempo que exclamaba:

—¡Ha traído a la niña! ¿Os dais cuenta de lo que eso significa? Cuando Clara Eugenia me visita de día, su padre, Mi Señor, Mi Dueño, aquel por quien suspiro a todas horas, me visita de noche.

Aquí estoy, una vez más,
con la historia de Pero Nuño,
y espero que por mi bien,
les tenga el alma en un puño.

Es obligación del que canta,
y este ciego es cumplidor,
que a cambio de sus monedas
ofrezca risa y dolor.

Atentos pues a escuchar,
en silencio y con amor
el final de un violador
que también quiso escapar.

Rufino, el Fino decían
que era su mote allá en Ávila,
pero de fino tenía,
lo que yo tengo de águila.

Bruto como un burro viejo,
tartaja como su abuelo,
juran que como a los burros
el nabo le llegaba al suelo.

Destrozó con él a una niña
de dieciséis primaveras,
pero a aquel trozo de carne
ya veréis lo que le espera.

¡Lléname el vaso, muchacho,
que al cantar esta odisea,
al que canta, aunque no vea,
le conviene estar borracho!

Una helada mañana,
al conocer el regreso
de la América lejana
del temido Peregrino
Rufino el Fino
montó en un caballo bayo
y agarró el primer camino
a la velocidad del rayo.

Acabó alistado al tercio
al final de su escapada,
pues pensó en su estupidez,
«más vale un tercio que nada».

Jamás ganó una medalla
por haber sido hombre bravo,

jamás libró una batalla,
pero sí mostró su nabo.

¡Ay, Pero Nuño el decente!
¡Ay, Pero Nuño el honrado!
¡Ay, Pero Nuño el paciente!
¡Ay, Pero Nuño el porfiado!

Un año largo tardó
en oír a un confidente,
«en el tercio hay un soldado
que mea con una serpiente».

Un consejo quiero dar,
y es oferta gratuita,
si la tienes que ocultar,
procura que sea chiquita.

Agosto de 1588

El viaje fue muy largo.

Y muy duro.

Se vio obligado a bordear, bajo un calor infernal, el mar Muerto, ascender por las peladas montañas, pedir asilo en un convento de Jerusalén, continuar hasta la costa mendigando un mendrugo por los caminos para acabar por enrolarse en un sucio navío de cabotaje que le transportó hasta Creta, donde durante dos semanas vagó sin rumbo, hambriento y fatigado, a la espera de un nuevo barco que le desembarcara en Atenas.

Por fin, una bochornosa noche de agosto de 1588 alcanzó el atestado puerto de Nápoles, que se le antojó el lugar más sucio, ruidoso y maloliente que hubiera conocido en todos sus años de existencia y en sus incontables viajes por medio mundo.

Y durante tan agotador y peligroso periplo no dejó de preguntarse ni un solo día qué estúpido sueño perseguía alguien que tan sólo era dueño de unos mugrientos harapos, pero aun así aspiraba a enfrentarse sin más armas que la verdad y el ansia de justicia —o de venganza— al más poderoso monarca que jamás hubiera existido.

Pretendía arrebatarle a un avaro de imperios que atesoraba reinos como los prestamistas atesoran monedas su presa más preciada, él, que no sabría cómo enfrentarse a uno solo de los miles de soldados de aquel ante cuya sola mención los más temidos soberanos temblaban.

¿Quién se arriesgaría a secundarle en tan desigual contienda?

¿Quién estaría dispuesto a seguirle en un empeño perdido de antemano?

—La razón está de tu parte —le había repetido docenas de veces el bueno de fray Bartolomé, pero sabía muy bien que la razón era la más frágil de todas las armas que solían blandir los ejércitos.

Razones y cañones siempre habían sido irreconciliables enemigos, y en cuanto alcanzaba su memoria no recordaba un solo caso en el que la victoria hubiese sonreído a las primeras en detrimento de los segundos.

Habían pasado ya, día por día, diez interminables años.

Casi la tercera parte de su vida desde la mañana en que abandonó Lisboa con los estandartes desplegados al viento, marchando al son de tambores y trompetas.

Diez años de fatigas y suplicios; de soledad y hambre; de oraciones y lágrimas.

Una terrible penitencia a buen seguro.

Aquellos que murieron, demasiados sin duda, estaban en su derecho a la hora de echarle en cara muchas cosas, pero vivía convencido de que se verían obligados a reconocer que no había escatimado esfuerzos a la hora de cancelar, de forma voluntaria, sus muy cuantiosas deudas.

Siempre había admitido que hubiera resultado terriblemente injusto regresar a la comodidad de su palacio y los lujos de la corte cuando tantos valientes habían pagado de forma tan cruel por sus errores, pero ahora se veía obligado a admitir, de igual modo, que cumplida a conciencia la mayor parte de su amarga penitencia, tenía la ineludible obligación de intentar expulsar de su país a los españoles.

Se lo debía a cuantos un mal día pusieron su futuro en sus manos, puesto que no sólo les había privado de su vida o su libertad; también les había privado de su patria.

La peor consecuencia de la incuestionable derrota marroquí no se centraba ya en unos muertos que habían dejado tiempo atrás de sufrir, sino en la pérdida de la independencia de todo un pueblo, visto que los portugueses habían dejado de ser los dueños de su nación o su destino.

Se habían convertido en ciudadanos de segunda clase en su propia tierra, y para muchos ése era un castigo aún peor que la muerte.

Durante los exigentes exámenes de conciencia que solía hacerse casi a diario, el atribulado don Sebastián se empecinaba en buscar en lo más íntimo de su ser un anhelo, por minúsculo que fuera, que le indicara que estaba intentando recuperar el trono en su propio provecho, y a fuer de ser sincero consigo mismo no conseguía encontrarlo por lo que había llegado a la conclusión de que con el paso de toda una década había dejado de sentir apego a cualquier tipo de poder, gloria o riqueza.

No eran ésos sus sueños.

Ni ésos los motivos que le impulsaban a viajar hasta Nápoles.

La verdadera motivación que le había conducido hasta tan hediondas callejuelas no era la de convertirse nuevamente en rey, sino la de convertirse en el instrumento que sirviera para devolver el trono a sus legítimos propietarios.

El que dicho propietario no fuera otro que él mismo, carecía a su modo de ver de importancia, dado que se había hecho la promesa de que, una vez que hubiera arrebatado la corona al usurpador, la conservaría tan sólo el tiempo imprescindible para colocarla sobre la frente de un noble portugués que se la mereciese más que quien había hecho tan pésimo uso de ella.

Día y noche buscaba en su memoria al elegido, pero como ignoraba quiénes de entre los posibles candidatos a ser coronados habían perecido en Alcazarquivir o en los posteriores enfrentamientos con los tercios del duque de Alba, todas sus elucubraciones solían quedar en nada.

No obstante, ésa no era en absoluto la mayor de sus preocupaciones, puesto que estaba convencido de que pronto o tarde encontraría a alguien que ocupara el trono con más méritos que su intrigante, ambicioso y traicionero tío, y no valía la pena obsesionarse en dilucidar a quién le regalaría la piel, antes de haber cazado al oso.

Porque aquél, y de eso estaba más que convencido, era un oso oculto en lo más profundo de su cueva, y por lo tanto harto difícil de cazar.

En especial para alguien que carecía de armas.

Por eso estaba allí, en Nápoles, a la busca de la única arma que le podía servir en un futuro.

El sello real.

Aquel hermoso anillo que durante las ceremonias oficiales había adornado su mano desde que era apenas un muchacho, y que a menudo se veía obligado a sostener con el pulgar para evitar que se le escurriera de unos dedos aún demasiado delgados, se había convertido, a su modo de ver, en la pieza clave que quizás algún día aún muy lejano, le permitiría hacer públicos sus derechos frente a los del usurpador.

Si Aníbal Anibaldi aún vivía, lo conservaba, y estaba dispuesto a devolvérselo, existía una remota esperanza de salvación para el pueblo portugués.

De lo contrario, si todo tenía que basarse en su palabra de que era un rey resucitado, y que el cadáver que había sido enterrado con todos los honores en una pequeña iglesia no lejos de Lisboa pertenecía a un desconocido, sus posibilidades de triunfar en su empeño se convertían, sin duda, poco menos que en nulas.

—¿Aníbal Anibaldi?... No me suena.

—¿Aníbal Anibaldi? No conozco a nadie con ese nombre.

—¿Anibaldi? Sí, hace mucho tiempo vivía en esta calle una familia de ese apellido, pero se mudaron y no tengo la más mínima idea de adónde pudieron ir.

Sin embargo recordaba con meridiana claridad una corta conversación a orillas del Tajo, la primera vez en que Aníbal Anibaldi se desnudó con la intención de meterse en el río, dejando a la vista un viejo costurón que le desfiguraba en cierto modo el muslo derecho.

«—Esta cicatriz me la hice siendo un muchacho, cuando me caí en uno de los aljibes de las ruinas del palacio de Tiberio y permanecí allí, en la oscuridad, casi dos días. Jamás he pasado tanto miedo, convencido como estaba de que iba a morir, pero por fortuna mi madre sabía que yo acostumbraba a subir a la montaña en busca de las viejas monedas que a veces se encontraban entre tanto pedrusco. Mi padre esperó una semana a que me hubiese repuesto, y sólo entonces se quitó el cinturón y me propinó la mayor paliza de la historia de mi pobre culo.

»—¿Por qué?

»—En primer lugar por el susto que les había dado, y en segundo porque tenía tajantemente prohibido acercarme a un lugar sobre el que, según mi abuela, aún flotaba el maleficio del espíritu del más malvado de los seres de este mundo: el emperador Tiberio, que casi a diario mandaba arrojar a docenas de esclavos al mar por puro divertimiento.»

—¿Sabría decirme dónde se encuentra el Palacio de Tiberio?

—Tiberio jamás tuvo un palacio en Nápoles, señor —fue la áspera respuesta del hosco tabernero al que le había hecho la pregunta—. Todos sus palacios estaban en Capri.

—¿En Capri?

—¡Exactamente! Demasiadas desgracias hemos tenido los napolitanos a lo largo de la Historia como para tener que haber soportado, además, a aquel hijo de mala madre de Tiberio como uno de nuestros vecinos.

Al día siguiente un viejo pesquero le desembarcó en Marina Grande, y a los diez minutos de haber pisado la rocosa isla de Capri llegó a la conclusión de que se trataba del lugar más hermoso que hubiera visto nunca, aceptando de inmediato las razones que empujaron al tiránico emperador a elegirlo como lugar de retiro dejando en manos de validos y generales la administración de sus vastos dominios.

—¿El Palacio de Tiberio? ¿A cuál de ellos se refiere? Tan sólo aquí, en Capri, mandó construir doce, consagrados cada uno de ellos a cada una de las divinidades mayores del Imperio, aunque el más fastuoso fue sin duda el dedicado a Júpiter, que se alzaba allá arriba, en la cima de la colina de Santa María del Socorro. Pero si buscas objetos valiosos tendrás que cavar muy hondo.

Trepó sin prisas, advirtiendo que a cada paso le faltaba el resuello, tanto por lo escarpado del sendero como por el hecho de que la belleza del paisaje, con el sol recortándose tras la vecina isla de Ischia, tenía la extraña virtud de cortarle el aliento.

A medida que avanzaba la tarde el mar iba cobrando tonalidades plateadas que parecían querer confundirse con el gris plomizo de los farallones de roca que caían a pico como cortados de un solo tajo por una gigantesca espada de increíble filo, mientras mil aromas de flores silvestres flotaban por entre los olivos y tan sólo el leve resonar de una campana rompía el silencio de un momento inolvidable y en cierto modo mágico.

Se acomodó sobre una pequeña roca para extasiarse en la puesta de sol, y no pudo evitar que su peor enemigo, la nostalgia, acudiera a su encuentro.

Evocó aquellas otras tardes, tan lejanas, en que tomaba asiento sobre un banco de piedra de los portentosos jardines de Cintra para ver ponerse el sol de igual manera, y se preguntó una vez más cómo era posible que, habiendo tenido tanto, tuviera ahora tan poco.

Sus sandalias amenazaban con quedarse para siempre en el sendero a la menor provocación de una pequeña piedra, sus ropas eran meros harapos indignos incluso del más humilde pordiosero, y por todo alimento no contaba más que con un puñado de aceitunas y dos manzanas verdes que había conseguido robar por el camino.

Apartó de su mente, con un gesto de la mano, el recuerdo de las enormes langostas que le aguardaban antaño para la cena, los lechones crujientes y humeantes, los corderos asados frente a sus ojos, los cálidos vinos, o el oloroso Oporto al que tan excesivamente aficionado había sido desde siempre.

Apartó de su mente las risas de sus muchos amigos, las acertadas bromas de sus cuatro bufones, las increíbles imitaciones de Aníbal Anibaldi, y los atrevidos bailes de incontables y complacientes muchachas que no parecían aspirar a otro deseo que arrastrarle a su lecho.

Al girar la vista observó, en lo alto de la colina, lo poco que quedaba de los gruesos muros del que siglos atrás fuera altivo palacio consagrado a Júpiter, probablemente el más fastuoso que jamás se hubiera construido, y no pudo por menos que preguntarse si algún día el severo y majestuoso monasterio que al parecer su tío estaba alzando en honor a san Lorenzo acabaría por convertirse también en un montón de piedras desparramadas aquí y allá.

Existía en cierto modo una especie de paralelismo entre los destinos de ambos tiranos, ya que ambos habían sido los hombres más poderosos de la Historia; ambos nadaron en charcos de sangre; ambos habían demostrado ser ambiciosos gobernantes y expertos intrigantes, y ambos habían decidido concluir sus vidas alejados de los centros de poder, pero sin dejar por ello de detentarlo con inusual firmeza.

El depravado emperador romano ordenaba arrojar a sus enemigos desde el Salto de Tiberio que se alzaba ahora a su derecha, para regodearse observando cómo se precipitaban al mar lanzando alaridos de terror, mientras que don Felipe optaba por abrasarlos en las hogueras de la Santa Inquisición o permitir que cuatro caballos despedazaran a sus víctimas para hacer que se alejaran al galope, arrastrando hacia los cuatro puntos cardinales los macabros despojos.

Con el paso de los siglos los métodos habían cambiado, pero la crueldad continuaba siendo la misma.

Habían evolucionado, tal vez hacia peor, los hábitos, pero no las intenciones.

Rodeado de una cohorte de efebos y prostitutas Tiberio había dejado pasar los veinte últimos años de su existencia asistiendo a continuas orgías e indescriptibles matanzas, hasta el punto de caer en un profundo letargo; una especie de muerte en vida de la que tan sólo le libró su más fiel servidor, Macronio, estrangulándole con sus propias manos cuando comprendió que el viejo monstruo daba muestras de intentar recuperar el sentido.

Rodeado de un ejército de silenciosos frailes y severos cortesanos, don Felipe estaba dejando pasar los últimos años de su vida encerrado en una austera estancia, hediondo, sifilítico y consagrado como siempre al ejercicio de sus máximas aficiones: el abuso de poder, el ansia de riquezas y la eterna intriga.

Las miserias humanas se acrecientan con el paso de los años.

Las flores del mal se transforman con el tiempo en ásperos arbustos y degeneran hasta convertirse en recios árboles de gruesas raíces y venenosos frutos.

El excesivo poder, al igual que la excesiva luz, ciega a los hombres.

En el mismo momento en que el sol se ocultaba, un pastor rodeado de una docena de remolonas cabras hizo su aparición en el recodo del camino.

Cuando llegó a su altura, don Sebastián de Portugal le saludó con un leve ademán de la cabeza al tiempo que inquiría amablemente:

—¿Sabría decirme dónde vive la familia Anibaldi?

El buen hombre le observó entre atemorizado y sorprendido y por último se limitó a negar con un gesto.

Junio de 1594

Nadie se hubiera atrevido a intentar describir la violenta escena, más que de amor y pasión, de lujuria y desenfreno, puesto que despojada de sus severos hábitos, desnuda en toda la auténtica grandiosidad de una desnudez que parecía haberse convertido en desafío, con la melena alborotada, sudando a mares y dejando escapar suspiros, gritos, alguna que otra exclamación grosera y alabanzas sin freno al tamaño y consistencia del miembro viril de su pareja, doña Ana de Austria cabalgaba sobre Gabriel de Espinosa con la desesperación de quien acumula largos meses de obligada abstinencia y sabe muy bien que con el amanecer regresarán los malos tiempos.

Por fin, mordiéndose los nudillos con el fin de ahogar un alarido que hubiera puesto en pie a todo un pueblo, se dejó caer, o casi más bien se podría decir que se desplomó como si le hubieran quebrado la cintura en mil pedazos.

Cuando al fin consiguió recuperar el aliento y el habla, protestó:

—Me hacéis enloquecer hasta el punto de perder

la noción de quién soy, dónde me encuentro y qué normas de respeto debo guardar a mi condición de monja profesa, sobrina de reyes y nieta de emperadores.

Su compañero en tan desmesuradas aventuras carnales extendió la mano con el fin de acariciarle hábilmente entre los muslos.

—El amor, Señora, siempre ha estado por encima de votos y coronas, ya que en estos momentos no sois doña Ana, hija del glorioso don Juan de Austria, ni ésta es la celda de un convento. Sois mi esposa y ésta es nuestra cámara nupcial.

—¿Tampoco a vos os asusta la magnitud del pecado que cometemos a los ojos de Dios y de los hombres?

—Dios, en su inmensa sabiduría, comprende y perdona —fue la tranquila respuesta—. En cuanto a los hombres, poco me importa cuanto opinen.

Doña Ana se irguió hasta tomar asiento en la cama, frente a él, pero al advertir que con su gesto la mano de su amante se había desplazado, volvió a colocarla entre sus muslos al tiempo que replicaba:

—Lo sé; «con reyes no cuentan leyes». ¿Pero sois realmente el rey? —Al no obtener respuesta alguna insistió—: ¿Cuándo me diréis la verdad, Mi Señor?

—Pronto.

—¿Aún no merezco vuestra confianza pese a que os he entregado mi vida y mi honra?

Gabriel de Espinosa se alzó a su vez, se recostó contra el muro, y tras dirigirle una larga mirada de reconvención musitó amargamente:

—¿Por qué os agrada tanto herirme? Sabéis muy bien que seréis la primera persona de este mundo a la que revelaré mi identidad cuando me esté permitido hacerlo, pero por vuestro bien y el mío os ruego que no me pidáis un imposible.

Ella fue a decir algo pero pareció pensárselo mejor, y dando un salto se encaminó a un oscuro arcón del que extrajo una pesada bolsa de piel que colocó sobre las piernas de su amante.

—¡Tomad! —dijo.

—¿Qué es esto?

—Todo lo que tengo en el mundo —fue la humilde respuesta—. Las joyas que me ha ido regalando nuestro tío, don Felipe.

—¿Y qué pretendéis que haga con ellas?

—Emplearlas en favor de nuestra causa y en contra de esa bestia inmunda que el mismo día en que me envió ese medallón de oro y diamantes con su retrato mandó asesinar a mi padre.

Gabriel de Espinosa, que parecía en verdad impresionado por el incalculable valor de las joyas que había descubierto al entreabrir la bolsa, se impresionó aún más por el rencor sin límites que evidentemente anidaba en el corazón de su compañera de cama.

—¡Pero Señora...! —protestó—. ¿También vos dais pie a semejantes acusaciones...?

—¡Naturalmente!

—¡Pero tan sólo son rumores...!

—¡No! —fue la violenta respuesta—. ¡Vos lo sabéis! No son sólo rumores. Encarceló, torturó e hizo matar a su propio hijo, el hechizado Carlos, que en el fondo no era más que un pobre retrasado mental, y ahora me consta que ha mandado envenenar a mi padre, que hubiera dado su vida por él.

—Pero... ¿por qué? —quiso saber su oponente—. ¿Qué motivos podría tener don Felipe para hacer asesinar al mejor de sus generales, aquel en quien más podía confiar, y el más valiente y noble hermano que ningún rey haya tenido nunca...?

—¡Esos mismos motivos! —señaló en tono firme doña Ana—. La razón de su crimen se centra en que mi padre era espejo de nobleza y valentía, mientras que don Felipe siempre lo ha sido de cobardía y bajeza. Don Juan de Austria era la luz que idolatraban sus soldados, y su hermanastro las tinieblas que aborrecen su pueblo y resulta evidente que un rey odiado no puede soportar que le haga sombra un general amado. Por si todo ello no bastara mi padre estaba sano, siempre reía y le hacía el amor a mujeres con la misma pasión como vos me lo acabáis de hacer, pero mi tío padece una repugnante enfermedad que le ha vuelto impotente, mientras el peso de sus crímenes le impide ni tan siquiera sonreír. —Hizo una corta pausa remarcando mucho las palabras al concluir—: ¡Le mandó asesinar por celos y por envidia!

—¿Celos y envidia el monarca más poderoso que jamás haya existido? —repitió su incrédulo amante.

—Más suele envidiar el poderoso que el humilde —respondió ella en un tono que denotaba la profundidad de su rencor—. Al igual que más generoso suele ser el pobre que el rico.

—En eso puede que tengáis razón.

—¡Destruidle! —suplicó doña Ana como si le fuera en ello la vida—. Arrebatadle la corona de Portugal, que es su más preciada joya, y tened por seguro que eso acabará por llevarle a la tumba.

—Dudo que con ello baste.

—¡Bastará! Está ya casi putrefacto y los criados aseguran que sus familiares y cortesanos ni siquiera se atreven a penetrar en sus estancias porque la pestilencia que produce obliga a vomitar y hacerlo les conduciría al cadalso.

—¡Pobre hombre...! —no pudo por menos que musitar Espinosa en verdad desconcertado—. ¡Qué terriblemente infeliz debe de sentirse sabiéndose dueño del mundo y esclavo de sí mismo y de su cuerpo! Dicen que su celda es más austera y fría que la de un monje de clausura, y que pasa allí meses a solas con su dolor. ¿De qué le vale en ese caso su poder?

—De mucho, por no decir que de todo —le hizo notar ella—. Conociéndolo como lo conozco desde niña, me consta que no cedería ni una brizna de ese poder a cambio de la salud, el amor, o la alegría de vivir.

—Suena absurdo.

—Y lo es, pero aun a pesar de saberse tan aborrecido y desgraciado, el hecho de disponer de millones de vidas le permite sentirse un semidiós, y con eso le basta. Ésa es la mentalidad del auténtico tirano, semejante a la del auténtico avaro, que prefiere morir de hambre a comprar un pedazo de pan, puesto que para su mente enferma una sucia moneda llega a ser más importante que su propia vida.

—Puedo entenderlo mejor que nadie —admitió Gabriel de Espinosa—. También yo sé lo que siente un tirano que envía a miles de inocentes a la muerte.

—¡No es lo mismo!

—Lo es, Señora. En el fondo, lo es. Y cuanto más lucho por recobrar ese poder, más miedo experimento ante la posibilidad de volver a detentarlo.

—Vos nunca fuisteis un tirano. Jamás existió un rey que supiera darle tanto amor y tantas libertades a su pueblo.

—Ni tantos sufrimientos. Don Felipe, con toda su crueldad y su desprecio hacia sus súbditos, jamás ha causado tanto dolor ni derramado tanta sangre inocente como la que derrochó don Sebastián aquel cuatro de agosto en Marruecos. —Espinosa extendió la mano alargándole la bolsa que contenía las joyas al tiempo que señalaba—: Lo siento, pero no puedo aceptarlas. Y lo mejor sería que todos recobráramos el juicio abandonando esta insensata empresa.

—¡Eso nunca! —protestó doña Ana—. Ya nada en este mundo me obligará a volver atrás.

—¡Meditad, Señora! —insistió tercamente su amante—. Tenéis una vida armoniosa y contáis con el respeto de todos.

—Eso no es cierto. Lo único que tengo es una triste celda repleta de amargura, rencor y soledad. Y tan sólo cuento con vos.

—¿Pero qué os impulsa a arrojaros de una forma tan ciega a esta loca aventura condenada al fracaso? Estáis exponiendo vuestro honor, vuestras joyas y tal vez vuestra propia vida en una absurda empresa sin esperanzas. ¡Por favor! ¡Volved atrás y olvidaos de mí y de la corona de Portugal de una vez para siempre!

—¡No! Seguiré adelante pase lo que pase, porque no son sólo mis joyas lo que esta noche os entrego, sino también mi alma y todo cuanto soy y pueda ser en un futuro. —Doña Ana de Austria extendió las manos para aferrar con fuerza las de él, que se mostró una vez más sorprendido por la pasión que destilaban sus palabras al añadir—: No he sido nunca más que una pobre criatura encerrada contra su voluntad en un lúgubre convento, y obligada a demostrar una fe que no siente porque una hiena sin entrañas me juzga indigna de vivir como una mujer normal por el simple hecho de que nací bastarda. Pero yo me siento mujer, con todos sus deseos e ilusiones, y ahora soy, sobre todo, Señor, una mujer profundamente enamorada. No permitáis, mi amor, que mis noches sigan siendo eternamente frías noches de frustración y anhelo. Quiero al fin convertirme en una auténtica mujer a vuestro lado; conocer qué es lo que sienten aquellas que no fueron tan injustamente condenadas como yo sin ser oídas; vivir lo que hasta la última y más miserable campesina vive a diario; sentir lo que mi piel desea sentir a todas horas y raramente siente. ¡Os lo suplico, Mi Señor y Mi Rey, hacedme esa merced; aceptad cuanto tengo y cuanto soy!

Pero Nuño fue a la guerra
y no fue a matar franceses,
fue en busca de un cretino
que sólo decía sandeces.

Lo encontró haciendo alarde
de la picha que tenía,
pero cuatro días más tarde
apenas se la veía.

Y como era un año muy malo
y estaba hambrienta la tropa,
Pero Nuño con el nabo
preparó una buena sopa.

Cuentan, mas no doy fe que sea cierto,
que quien probó tal brebaje
se sintió muy satisfecho
ya que le aumentó «el coraje».

Y es que la verdad del cuento
es que el rabo de Rufino
por más que él no fuera fino
era en verdad un portento.

Terminó en una cazuela,
convertido en gelatina,
y ésa fue una acción muy ruda,
ya que aconseja mi abuela
que si hay que comer minina
es mejor comerla cruda.

Al perder su atributo
y saberse ya inservible
Rufino, que era muy bruto,
hizo lo más previsible;
desenvainó su otra espada,
la de verdad, la de acero,
y apoderándose de un hacha
atacó como el león más fiero
la retaguardia gabacha.

Pero como en luchar no era ducho
sino más bien desmañado
primero le mordió un chucho
y luego una bala de cañón
le atravesó el corazón
y le dejo «amorzillado».

Y ahora el ciego está cansado
y necesita ir al retrete,

pero lo que sí les promete
es que al volver al estrado
les contará con agrado
la historia del desgraciado
que inició este tenderete.

Agosto de 1588

Se despertó con un terrible dolor de cabeza y la angustiosa sensación de estarse ahogando.

Intentó moverse pero le resultó imposible.

Se encontraba maniatado, tumbado sobre unos sacos y rodeado de barricas de vino en lo que a primera vista se le antojó una enorme bodega que se mantenía en penumbras.

No tenía la menor idea de cómo había llegado hasta allí, ni de quién pudo haberle golpeado con tal saña que advertía cómo un hilo de sangre se le escurría por la frente para ir a empapar sus míseros andrajos.

¿Por qué?

¿Qué pretendían de un pordiosero sin más fortuna que un puñado de aceitunas y dos manzanas quienes se molestaron en atacarle mientras dormía acurrucado junto a los muros de un viejo palacio en ruinas?

¿Acaso aquel silencioso pastor le había reconocido pese al tiempo transcurrido y pese a que se trataba de un vagabundo famélico y barbudo que en nada recordaba al altivo rey de Portugal?

No sintió miedo, puesto que los años en el mar y en la leprosería habían agotado todos sus temores.

Morir no era lo peor que podría ocurrirle.

Morir significaba el descanso sin tener que recurrir a un suicidio que tanto le atraía, pero que le cerraría para siempre las puertas de la salvación eterna, si es que aún le quedaba alguna remota esperanza de salvación.

Se limitó a esperar.

No se escuchaba ni un solo ruido, ni siquiera un leve rumor, y en el pesado silencio de la oscura estancia al poco resonó una especie de trueno apagado que surgía de lo más profundo de sí mismo.

Le avergonzó reconocer que se trataba de sus tripas.

Tenía hambre.

Un hambre de días, de semanas, casi de meses, y el apetitoso olor que descendía de un techo del que colgaban en racimo jamones, chorizos y mortadelas, obligaba a rebelarse a un estómago excesivamente maltratado.

De no encontrarse tan agotado y dolorido se hubiera visto obligado a sonreír, puesto que la situación se le antojaba cuando menos pintoresca; se estaba orinando y las tripas continuaban con su alboroto, clamando por cualquiera de aquellos apetitosos embutidos.

Sacando fuerzas de su increíble flaqueza consiguió ponerse de rodillas, apoyar la frente en una barrica y erguirse a duras penas.

Lo primero que hizo fue permitir que su vejiga se

aliviara pese a que con ello se empapara las ropas y las piernas.

Luego trepó a un saco e intentó clavar los dientes en la mortadela más próxima, pero le resultó imposible puesto que se balanceaba en el aire como un ahorcado burlón.

Cuando al fin llegó a la conclusión de que no lo conseguiría, varió de táctica y se aplicó a la tarea de propinarle fuertes cabezazos en un difícil empeño de que acabara por desprenderse del gancho del que colgaba.

Tardó casi una hora, mientras el sol comenzaba a ascender en el exterior y el lugar se iba iluminando poco a poco, y en el momento en que la mortadela cayó al suelo se precipitó sobre ella mordiéndola con inusitada fiereza.

¡Dios bendito!

Había olvidado que pudiera existir algo tan sabroso.

Comía como un perro, pero al menos comía.

Quince minutos más tarde del grueso embutido no quedaba ya más que el cordel, por lo que se puso de nuevo en pie y le asestó una fuerte patada al grifo de la barrica que se encontraba más próxima.

De inmediato surgió un chorro de vino denso, oscuro y oloroso, y arrodillándose frente a él bebió a placer aunque sin duda fue más el que le empapó el cuerpo que el que descendió por su garganta.

Al concluir dejó escapar un sonoro eructo y tomó asiento sobre los sacos preguntándose una vez más por qué razón el propietario de tales manjares y tan excelentes caldos perdía su tiempo secuestrando mendigos.

Pasaron las horas.

Se quedó dormido.

La enorme barrica dejó escapar casi todo su contenido y un gran charco de vino cubrió el suelo y empapó varios sacos.

Fuera se escucharon voces.

Al poco, la puerta se abrió y penetraron dos hombres, uno de los cuales dejó escapar un malsonante exabrupto al advertir el increíble desaguisado.

—¡Hijo de la gran puta! —exclamó—. ¡La que ha organizado!

—Te ordené que lo mataras allá arriba.

—Siempre hay tiempo para matar a un hombre. Antes quiero que le eches un vistazo.

Se inclinaron sobre un cautivo que en verdad provocaba repulsión, sucio de vino, barbudo, desgreñado, andrajoso y maloliente, por lo que, tras colocarle de cara al cielo, ambos hombres se apartaron con gesto de desagrado.

El más grueso, que parecía llevar la voz cantante, soltó un reniego a la par que exclamaba malhumorado:

—¡Asco de tipo! ¿Por qué diantres me traes a casa algo así? ¡Acaba con esto de una vez!

—¡Fíjate bien!

—¿En qué quieres que me fije?

—¡Tú fíjate en él!

El desconocido se llevó las manos a la nariz, se inclinó y observó con atención a quien le observaba a su vez con gesto de profundo desconcierto.

—¡Rayos! —masculló al fin—. ¿Quién diablos eres?

La respuesta, que en realidad era una pregunta, le dejó helado:

—¿Aníbal? ¿Aníbal Anibaldi?

Se hizo un silencio en el que el hombre pareció haber sido golpeado con un mazo, agitó de un lado a otro la cabeza como si se negara a aceptar lo que estaba viendo, y al cabo de unos instantes inquirió temeroso:

—¿Quién eres? ¿De qué me conoces?

—¿Tanto he cambiado desde el malhadado día en que nos despedimos en Alcazarquivir?

—¿Qué quieres decir?

—Lo que he dicho, querido amigo. ¿Tan flaca es tu memoria que no recuerdas a quien te llevó a las mismísimas puertas del infierno?

—¿Mi Señor? ¡No es posible!

—Lo es.

—¡Mientes! ¡Mi Señor don Sebastián murió en el campo de batalla!

—¡Te equivocas, Aníbal! Por desgracia el cielo me tenía reservado otro destino infinitamente más amargo.

—¡No te creo!

—Y no te culpo por ello, pero dime, ¿aún conservas el anillo que te di en el último momento, rogándote que se lo entregaras a quien fuera digno de ceñir la corona que yo dejaba vacante?

Fue en ese justo instante cuando Aníbal Anibaldi pareció aceptar la evidencia de que aquel a quien creía muerto hacía diez años se encontraba frente a él, y sin poder contenerse estalló en sollozos al tiempo que le abrazaba con inusitada violencia.

—¡Mi Señor! ¡Mi Señor! —repetía incapaz de decir nada más—. ¡Mi querido dueño y Señor!

—¡Cálmate, querido amigo! —le suplicó el otro—. Entiendo que resulte difícil ante la presencia de un difunto que surge de la tumba, pero como no lo hagas te puede dar un pasmo. Y por favor... ¡desátame!

No fue Aníbal Anibaldi, al que se diría incapaz de coordinar una sola idea, el encargado de cortar las ligaduras, sino su acompañante que había asistido en silencio a la escena, y que tras hacerlo inquirió en un tono de absoluta incredulidad:

—¿Es que acaso se trata de tu rey?

El italiano dejó por un instante de sollozar, hipó sonoramente, y asintió con un gesto al tiempo que besaba las mugrientas manos recién liberadas.

—Éste es Mi Señor don Sebastián, *El Deseado*, rey de Portugal por la gracia de Dios.

—¡Quién lo diría!

—Os creía muerto, Majestad.

—Todos lo creían, pero ya ves que, para bien o para mal, el diablo no quiso llevarme con él, tal como yo hubiera deseado. ¿Conservas el anillo?

—No encontré a nadie que mereciera llevarlo, Majestad.

Don Sebastián, que se había puesto trabajosamente en pie, tendió la mano para que el otro le imitara y le atrajo luego hacia su pecho abrazándole con innegable afecto.

—Siempre supe que podía confiar en ti —dijo al tiempo que le limpiaba las lágrimas que le corrían por las mejillas—. Y olvida el tratamiento; ahora ya no soy rey de nada; tan sólo soy un viejo amigo caído en desgracia que se siente feliz de poder abrazarte. —Inclinó apenas la cabeza para observarle de medio lado al añadir—: ¿Y por qué querías que este buen hombre me matara, si es que puede saberse?

—Supuse que erais uno de los tantos esbirros de vuestro tío don Felipe, que andan tras mis huellas. Últimamente se han convertido en una pesadilla. Estuvieron a punto de acabar conmigo en Nápoles, donde asesinaron por error a uno de mis hermanos, e incluso me localizaron en Venecia, pero aquí en Capri estoy a salvo porque nadie pone un pie en la isla sin que yo me entere. Dos de esos malditos hijos de la gran puta duermen ya el sueño de los justos en el fondo de los aljibes del viejo palacio.

—¿Y por lo que veo estuve a punto de ser el tercero?

Aníbal Anibaldi asintió con un gesto al tiempo que señalaba a su acompañante.

—Por fortuna Luciano reparó en el parecido, aunque a decir verdad ya no nos parecemos tanto. Como podéis comprobar he engordado como un cerdo mientras que vos estáis en los huesos.

Don Sebastián hizo un amplio gesto hacia cuanto le rodeaba para señalar sonriente:

—Con tanto jamón, tanto chorizo, tanta mortadela y tanto vino no me extraña que hayas engordado. Me alegra comprobar que la vida te ha tratado bien.

—Mejor de lo que me merezco, Majestad. Pero ya tendremos tiempo de hablar de ello. Ahora os conviene descansar, tomar un buen baño y cambiaros de ropa. Escusado resulta asegurar que todo, absolutamente todo cuanto poseo, es vuestro.

—Me gustaría poder decir lo mismo, pero en mi caso no tendría valor porque te puedo asegurar sin miedo a equivocarme que no poseo absolutamente nada.

—Eso no es cierto, Mi Señor. Sois el hombre que más tiene en este mundo, puesto que sois dueño del amor de millones de súbditos que siempre se negaron a aceptar vuestra muerte. E incluso aquellos que la aceptaron os continúan amando de igual modo. Y eso es algo que ni el más poderoso de los monarcas tuvo nunca.

—¡Triste consuelo para alguien que como cetro ostenta un cayado, como corona un sombrero de paja, y como trono las piedras del camino!

—El cetro, el trono o la corona no son más que símbolos y ornamentos sin más valor que el del metal con que estén labrados si en realidad no sirven para reinar sobre los corazones. Tened presente que una simple palabra vuestra tendrá siempre mucho más valor para los portugueses que todos los ejércitos o las riquezas de vuestro tío, al que los cielos confundan.

—¿De veras lo crees?

—¡Pongo a Dios por testigo! Y aquí el propio Luciano os dará fe de ello, pues no hace mucho que ha regresado de Lisboa y me ha confirmado una vez más que en Portugal tanto se añora a don Sebastián como se odia a don Felipe.

Horas más tarde, tras un largo baño, y mientras el servicial Luciano le afeitaba y cortaba el cabello, don Sebastián no pudo por menos que hacer un amplio gesto hacia cuanto le rodeaba, para inquirir desconcertado:

—Lo que no entiendo es cómo alguien que se veía obligado a ganarse la vida haciendo de doble de un rey haya conseguido amasar una fortuna semejante. ¿Acaso has heredado todo esto?

—¡En absoluto!

—¿Entonces?

—¿No os enfadaréis si os lo cuento?

—¿Cómo podría enfadarme con el único amigo que me queda?

—Tal como hacíais a veces, que en multitud de ocasiones mostrabais un carácter harto arisco.

—Me enfadaré si no apeas el tratamiento y me cuentas la verdad por amarga que sea.

El otro meditó unos instantes, se aproximó al amplio ventanal desde el que se distinguían los imponentes farallones y el mar sobre el que muy pronto comenzaría a descender el sol, y tras rascarse pensativo la cabeza comenzó:

—¡De acuerdo! Apearé el tratamiento y te contaré la verdad. —Carraspeó como si necesitara tener la voz muy clara para lo que iba a decir y al fin añadió—: Los principios fueron en verdad muy duros. La terrible derrota de Alcazarquivir, y la seguridad de tu muerte me golpearon con fuerza, no sabía qué hacer con mi vida y me dediqué a vagabundear por Italia hasta que me uní a una compañía de titiriteros ambulantes con los que recorrí media Europa con más penas que alegrías y más hambre que hartura. Para colmo cometí el error de liarme con la mujer del patrón por lo que una noche me vi obligado a poner tierra de por medio a uña de caballo.

—¡Tú siempre el mismo en lo que se refiere a las mujeres!

—Por suerte o por desgracia, que las mozas, sobre todo las muy putas, me acarrean toda clase de problemas.

—Los que te buscas. Lo recuerdo muy bien.

—De casta le viene al galgo, que mi padre dejó medio mundo sembrado de hijos de todas las clases y colores. —Aníbal Anibaldi lanzó un profundo suspiro y regresó a tomar asiento frente a quien continuaba permitiendo que le trasquilaran las largas greñas—. Algunos de ellos me han ayudado y mucho. Pero a lo que iba; volví a encontrarme con una mano atrás y otra delante, y a la muerte de tu tío, don Enrique, decidí regresar a Portugal con la idea de que tal vez el sello real contribuiría a que don Antonio, el prior de Crato, tuviera más posibilidades que don Felipe de subir al trono, confiando en que al propio tiempo me recompensaría por devolvérselo. Sin embargo, al llegar a Lisboa don Antonio ya había huido a las Azores, y los españoles se estaban apoderando a toda prisa del país.

—¡En mala hora!

—No para mí, puesto que reinaba la más absoluta confusión, y visto lo que estaba ocurriendo, y suponiéndote como te suponía muerto y enterrado, llegué a la conclusión de que ya no le debía fidelidad alguna a una corona que pasaba a manos de un usurpador al que todos aborrecían. ¿Entiendes a lo que me refiero?

—¡En absoluto! —fue la sincera respuesta.

—¡Bien! Lo que sigue no me agrada contarlo, pero confío en que me disculpes teniendo en cuenta que yo no creía estar traicionando a los portugueses, por los que siempre he sentido afecto y agradecimiento, sino a unos invasores españoles a los que nada me unía.

—¿«Traicionando»? —inquirió su interlocutor inclinándose hacia delante y apartando con un gesto las tijeras que tenía ante los ojos—. ¿A qué tipo de traición te refieres?

—A la peor de las traiciones, querido amigo; a aquella que atenta contra la confianza que se ha depositado en una persona, porque durante los años que serví a tus órdenes pude ver y escuchar muchas cosas que te juro que bajo ninguna otra circunstancia hubiera utilizado en mi provecho.

—No acabo de entenderte.

—Pues es muy simple. Yo conocía las entradas secretas a tus palacios, los pasadizos que tantas veces recorrimos juntos, y los lugares en los que solías guardar documentos relacionados con las colonias de ultramar, su situación exacta, los vientos, las corrientes, las cartas marinas, y sobre todo las mejores rutas y las mejores épocas para viajar a Brasil o Extremo Oriente.

Su asombrado interlocutor parecía haberse quedado de piedra, y casi atragantándose inquirió temiendo escuchar la respuesta:

—¿Estás intentando hacerme creer que robaste los *Derroteros Secretos* de la corona portuguesa?

—Algunos.

—¿Cuántos?

—Bastantes.

—¡Dios sea loado! —exclamó su anonadado interlocutor—. ¿Acaso tienes una idea del esfuerzo que costó a generaciones de mis antepasados reunir toda esa información de la que nadie más que nuestros más fieles pilotos tenían conocimiento?

—La tengo, y por eso te suplico una vez más que me perdones. Y debes tener en cuenta que si yo no me hubiera apoderado de ella a estas alturas estaría en poder de don Felipe.

—Eso no te exime de culpa.

—Lo sé, pero a mi modo de ver, extinguida, tal como yo imaginaba, la dinastía de los Avís, más valía que sus secretos redundaran en mi propio provecho que en el de quien te había empujado al abismo, pues siempre he estado convencido de que el puerco de don Felipe te tendió una trampa que te llevó a la catástrofe.

—Eso es muy cierto —replicó de inmediato don Sebastián—. Aunque me ha costado años admitir que se burló de mí de la manera más sucia e ignominiosa que nadie haya sido capaz de imaginar, ahora me consta. El muy cerdo me precipitó a una muerte segura, y conmigo a miles de inocentes algunos de los cuales habían sido sus mejores amigos.

—Don Felipe no tiene amigos. Tan sólo tiene aquellos enemigos a los que aún no ha conseguido asesinar. Por eso te juro que no creía estar comportándome de un modo innoble al apoderarme de tales documentos.

—¿Y qué hiciste con ellos?

El napolitano aventuró un amplio gesto a su alrededor como si pretendiera destacar el lujo y el buen gusto que reinaba en el hermoso palacete en que habitaba.

—¡Aquí los tienes! —dijo—. Poco a poco, con paciencia y mesura, los he ido vendiendo aquí y allá a armadores genoveses, holandeses y venecianos ansiosos por enviar sus barcos a comerciar a países remotos y de difícil acceso.

—¿Y te creían sin más?

—Podía garantizar su autenticidad con el sello real que me confiaste, por lo que no me costó trabajo convencerles de que eran auténticos, cosa que además comprobaron de inmediato.

—¡Rayos! —fue la espontánea exclamación—. Es lo último que hubiera esperado escuchar en mi vida.

—Y jamás hubieras tenido que escucharlo de no haber tenido la absoluta certeza de que habías muerto. Nunca pretendí robarte a ti, ni a los tuyos, y como prueba de mi sincero arrepentimiento te suplico que aceptes cuanto tengo y que lo consideres tuyo a todos los efectos, puesto que en buena ley te pertenece.

—¡No digas bobadas! Lo hecho, hecho está y entiendo tus razones aunque no las apruebe. Esos mapas y esos *Derroteros* no me pertenecen a mí, sino al pueblo portugués, ya que le costaron la vida a muchos valientes que se arriesgaron en frágiles barquichuelos en los que ni tú ni yo nos hubiéramos atrevido ni a atravesar el Tajo.

—¿Le sigues teniendo miedo al mar?

El otro negó con un firme gesto de cabeza.

—El día que abandoné Marruecos decidí que ya no tenía derecho a tenerle miedo a nada, puesto que tenía plena conciencia de que habían sido mis miedos los causantes de tan terribles desastres.

—¿Pretendes decir con eso que estás dispuesto a enfrentarte al hombre más poderoso de la Tierra?

—A eso he venido. Si me devuelves el sello real tendré algo con lo que comenzar a luchar.

Aníbal Anibaldi meditó unos instantes, se puso en pie, se aproximó al muro de piedra, hizo girar un busto romano que descansaba sobre una hornacina, introdujo la mano en el hueco que había quedado bajo la peana, y extrayendo un anillo, se aproximó, se arrodillo ante don Sebastián y con una solemnidad casi cómica señaló:

—Con todo mi amor y mi respeto, Mi Señor, te devuelvo el sello real que un día de amarga memoria me entregaste. Con este gesto confío que me perdones y recuperes la confianza que en un tiempo me tuviste.

—¡Oh, vamos! —fue la respuesta—. ¡Déjate de payasadas, Aníbal! Sabes muy bien que nunca has perdido mi confianza. Si todos mis vasallos demuestran ser tan fieles como tú, estoy seguro de que recuperaré mi trono.

Enero de 1596

El hombre vestido de negro, chupado y casi ascético que sostenía en la mano una abultada carpeta de piel, se encontraba respetuosamente en pie frente a la oscura y amplia mesa tras la que se sentaba don Felipe, más chupado y ascético aún que él, y cuya ulcerosa y vendada pierna izquierda se apoyaba en un pequeño taburete.

Los rasgos del monarca apenas se distinguían en la penumbra, pero ese detalle parecía carecer de importancia, porque lo que en verdad destacaba en él era una voz ronca y profundamente cansada, pero que denotaba tanta firmeza de carácter y tan indiscutible autoritarismo, que tenía la virtud de atemorizar a unos interlocutores, ya de por sí predispuestos a atemorizarse en presencia de tan todopoderoso personaje.

—¿Y bien, Colina? —inquirió ásperamente el amo de la mitad del mundo—. ¿Cuáles son esas terribles nuevas de esta mañana?

—Sedición, Majestad.

—¿Otra vez? —refunfuñó en tono de hastío su

adusto soberano—. ¡Siempre lo mismo! ¿A quién acusáis ahora?

El circunspecto Pánfilo Colina carraspeó hasta conseguir que la saliva que tanto estaba necesitando acudiera a humedecer su lengua, y al fin balbuceó con un notable esfuerzo:

—Aún no lo sabemos con certeza, Majestad, pero corren insistentes rumores de que vuestro sobrino, don Sebastián, vive y ha regresado dispuesto a reclamar el trono, por lo que Portugal comienza a agitarse.

—¿Hasta cuándo tendremos que soportar los infantiles sueños de esos estúpidos «sebastianistas»? —masculló malhumorado el hombre que tanto atemorizaba a cuantos le rodeaban—: Pasará un milenio, todos nos habremos convertido en polvo, y aún existirá algún loco que pretenda resucitar el espíritu y aun el cuerpo de aquel malhadado «Rey Fantasma» que el diablo no ha conseguido llevarse lo suficientemente lejos.

—No podemos olvidar que Portugal continúa suspirando por su propio rey, sus propias leyes, y su propia capital.

—Yo soy su rey —fue la seca respuesta que no admitía la más mínima discusión—. Mi ley es su ley, donde quiera que me encuentre se encontrará su capital, y al que lo ponga en duda lo ahorco.

—Siempre hay quien se resiste a aceptarlo.

—Peor para él —fue la seca respuesta—. ¿Quién anda involucrado en esta ocasión en esa eterna conjura?

—Aún lo ignoramos, Majestad —replicó un inquieto Colina convencido de que lo que iba a decir no agradaría a su soberano—. Pero mis hombres se encuentran tras la pista y sospechan que se puede estar fraguando aquí mismo, en Castilla.

—¿En Castilla?—se sorprendió el «amo del mundo»—. ¿Pretendéis hacerme creer que conspiran contra mí desde el corazón de mis feudos?

—Así parece.

—Pues eso me irrita. Y me ofende.

El esquelético cortesano se limitó a extraer de su cartera un documento que examinó brevemente antes de depositarlo sobre la mesa:

—Existen dos personas cuyo parecido físico con el difunto don Sebastián pueda considerarse realmente notable—dijo—. El primero es un aventurero italiano de madre tunecina, Aníbal Anibaldi, que por lo visto también participó en la batalla de Alcazarquivir, y del que se asegura que vuestro sobrino utilizaba como «doble» con el fin de que acudiera en su lugar a las misas cantadas y a aquellas ceremonias que le aburrían porque dado su carácter las consideraba «farragosas».

Don Felipe echó un leve vistazo al documento al tiempo que emitía lo que podía tomarse por un leve gruñido de asentimiento.

—Conozco al personaje —admitió—. Pasé un buen rato y admito que incluso disfruté el día en que averigüé que don Sebastián me lo enviaba tratando de burlarme, y permití que cenara a solas con mi propio «doble», el difunto Juan de Mendiluce, mientras los observaba tras una celosía.

—¡No puedo creerlo! ¡Nada menos que don Juan de Mendiluce! Debió de ser una escena inolvidable.

—Realmente se me antojó de lo más divertido observar cómo aquel par de payasos se esforzaban por comportarse como auténticos reyes convencidos de que se estaban engañando el uno al otro.

—Lo imagino.

—¿Qué fue de ese tal Anibaldi?

—Lo localizamos en Nápoles pero logró escabullirse para refugiarse en la isla de Capri que convirtió en una especie de bastión inexpugnable. También fue visto en Venecia donde, por lo que tengo entendido, «sebastianistas» y herejes le protegieron, pero su rastro se perdió hace varios años.

—¿Por qué?

—Desapareció como por arte de magia.

—¿Pero por qué? —insistió su soberano—. Recuerdo haber ordenado que se le ejecutara, por lo que ya tendría que estar muerto.

—En Nápoles se cometió un error, y por lo visto a quien se ejecutó fue a uno de sus hermanos.

—Raro sería que hubieran atinado —comentó el hombre enfermo al que a cada rato parecía molestarle más la pierna ulcerosa—. ¿Quién es el otro?

—El segundón de una acaudalada familia segoviana que huyó tras matar en duelo a un rival por asuntos de faldas.

—Ramiro Pocaterra, lo recuerdo. Debí ordenar que lo ahorcaran antes de que cumpliera los dieciocho años.

—Era un auténtico rufián al que nunca le interesó la política, y que vivía de las mujeres, por las mujeres y para las mujeres.

—La atracción por la política acostumbra a ser un buen sucedáneo cuando la naturaleza reduce la atracción de las mujeres y por las mujeres, pero entonces suele ser demasiado tarde para aprender algo que hay que estudiar de niño —sentenció el tío de don Sebastián de Portugal.

—Vos sabéis bien de lo que habláis.

—¡Lógico! Me educaron para ser rey, y aun así a menudo la corona me agobia. ¿Cómo puede un advenedizo aspirar a un trono, sin tener la menor idea de los sacrificios que exige? ¿Dónde se encuentra ahora ese malnacido de Ramiro Pocaterra?

—Lo ignoramos.

—Demasiadas cosas se ignoran en mi reino cuando no debería moverse una hoja sin que yo lo supiera —sentenció aquel sobre cuyos dominios siempre estaba amaneciendo—. ¿Cómo se pretende que gobierne el mayor de los imperios que han existido si no estoy al corriente de cuanto ocurre en él? Sostengo, a costa de infinitos sacrificios, a miles de informadores, y de nada me vale.

—¿Y qué otra cosa puede hacerse, Majestad? Si ordenara a mis hombres que eliminaran de inmediato a todo aquel que a su juicio tuviera el más ligero parecido con don Sebastián, tendríamos que asesinar a cientos de sospechosos.

—¿Y eso a qué se debe?

—A que lo cierto es, Señor, que dieciséis años más

tarde, no tenemos más que una remota idea sobre cuál podría ser su aspecto actual; mediana estatura, fuerte, algo pecoso y quizá ligeramente pelirrojo.

—¡Bien! Sigamos. ¿Quién más podría encontrarse implicado en esta nueva conjura?

—El auténtico don Sebastián.

—¿Os burláis?

—¿Cómo osaría atreverme, Señor?

—¿Es que existe alguna remota posibilidad de que mi sobrino continúe con vida? —quiso saber un sorprendido don Felipe.

—Muy, muy remota.

—Os escucho.

—Ha llegado a mis oídos la extraña historia de que el cadáver cubierto con las ropas del joven rey, pero desfigurado por la acción de las hienas y los buitres, que acabó siendo enterrado con todos los honores en la iglesia de Belem, muy cerca de Lisboa, no era en realidad el suyo.

—¡Absurdo se me antoja!

—¡Sin duda alguna! Pero la mejor prueba de que tan absurda historia puede tener alguna base cierta se basa en el extraño hecho de que el cadáver continuaba luciendo sobre el pecho el valioso medallón que su abuela regaló a don Sebastián el día que cumplió diez años.

—No os entiendo —señaló el enfermo un tanto confundido—. Ese medallón le identificaba sin el menor género de dudas.

—Probablemente —admitió el atribulado Pánfilo Colina que parecía ir recuperando poco a poco la confianza en sí mismo—. ¿Pero no se os antoja altamente sospechoso que, con la gran cantidad de saqueadores de cadáveres que sistemáticamente se precipitan de inmediato sobre los campos de batalla, ninguno de ellos se lo llevara? ¿Qué mejor botín de guerra cabría desear que el medallón de un rey?

—Empiezo a intuir adónde pretendéis ir a parar.

—«Alguien» debió de mostrar un gran interés en que, contra toda lógica, aquella joya única no desapareciera en manos de los saqueadores, y no hace mucho he sabido que esa extraña circunstancia avivó la curiosidad de mi predecesor, que por desgracia ya no se encuentra entre nosotros.

—Era un traidor que merecía la horca.

—Me notificaron que había ordenado que se investigara sobre ello, y parece ser que cuatro años más tarde tuvo conocimiento de que poco después de la batalla el médico personal del Señor de Marrakech había salvado de la muerte a un caballero cristiano de muy alta alcurnia.

—¿Y...?

—El rastro de ese caballero se perdió en el desierto.

—¿En el desierto?

—Así es, Majestad. Desapareció en la inmensidad del Sahara, probablemente protegido por alguna tribu de beduinos a las que por desgracia ni nuestros mejores hombres consiguen tener acceso, puesto que cada vez que uno de ellos se interna en territorio de esos malditos nómadas parece como si se los hubiera tragado la arena.

—Eso lo entiendo y lo disculpo —admitió don Felipe tras morderse los labios en un gesto de dolor y mover apenas la pierna que descansaba sobre el taburete—. Ese desierto no ha sido creado para que lo recorran los cristianos. ¡Continuad!

—Por más que he rebuscado entre los archivos que me legó mi predecesor, no he conseguido encontrar ninguna otra mención a su posterior paradero.

—Tal vez se trataba de una falsa información.

—¡Tal vez! No obstante, y eso es lo que más me desconcierta, entre los documentos que hemos incautado últimamente hay uno, fechado en diciembre pasado, en el que figura el Sello Real que don Sebastián llevaba siempre consigo.

—¿El Sello Real? —repitió torciendo ahora el gesto con evidente preocupación el soberano—. ¡Vaya! Eso sí que resulta en verdad intrigante.

—Y muy sospechoso que tras la batalla apareciese un medallón que estaba a la vista, por lo que cualquier desaprensivo podía robarlo con suma facilidad, pero no obstante desapareciese un anillo que se hacía necesario arrancar del dedo de un supuesto cadáver.

—¿Estáis absolutamente seguro de que se trata del mismo Sello Real y no una copia?

Don Pánfilo Colina extrajo de su cartera dos nuevos documentos que colocó ante su regio interlocutor.

—¡Por completo, Majestad! —dijo—. Éste de aquí es el último decreto que firmó vuestro sobrino la víspera de zarpar hacia Marruecos, y como podréis advertir a simple vista en la esquina inferior derecha se distingue una pequeña muesca, probablemente resultado de un golpe fortuito y que no aparece en ningún otro decreto real de fechas anteriores.

—En efecto, veo esa muesca a la que os referís.

El hombre de negro colocó a su lado un nuevo pergamino remarcando una y otra vez con el dedo el punto que le interesaba destacar al comentar:

—Y en este otro documento un supuesto don Sebastián de Portugal solicita por cuarta vez al Dux que le permita abandonar la isla de San Lazzaro degli Armeni.

—¿Dónde lo habéis obtenido?

—Nos lo vendió, y a muy alto precio, justo es reconocerlo, un funcionario veneciano que nos ha hecho muchos otros servicios.

—O sea que, según este documento, si mi sobrino sigue con vida ha estado en Venecia y el Dux estaba al corriente de ello, lo cual me hace temer que también el Santo Padre debe de saberlo.

—Así es. Se trata sin duda de ese misterioso personaje llamado «El Huésped de Venecia», del que tanto se dice y nadie sabe nada en realidad.

—¿Quiere eso decir que Venecia y el Vaticano conjuran contra mí?

—Entra dentro de lo posible, porque como podéis comprobar este documento tiene una muesca idéntica a la del último que firmó «en vida» vuestro sobrino.

—¡Sorprendente!

—Con todos los respetos, Señor, yo más bien diría preocupante.

—Tal vez pudiera darse el caso de que fueran los marroquíes los que tras la batalla se apoderaran del sello y estén intentando utilizarlo con intención de desestabilizar el Imperio.

—Es una conjetura que yo mismo no he podido menos que hacerme —fue la respuesta—. Pero dudo mucho que la mano de los infieles se encuentre detrás de esta deleznable conjura, Señor.

—¿En qué os basáis para asegurar tal cosa?

—En que los marroquíes parecen más interesados en procurar que Su Majestad se desentienda de ellos, por lo que dudo que se arriesgaran a provocar vuestra ira con todos los problemas que ello les acarrearía.

—De vuestras palabras deduzco que dudáis de los marroquíes pero que ello no significa que no debamos tener en cuenta la posibilidad de que existan otras potencias implicadas.

—Me habéis entendido perfectamente.

—¿O sea que entra dentro de lo posible que nuestro bien amado sobrino «El Rey Fantasma» continúe siendo un fantasma, aunque resulta evidente que ya no es, ni volverá a ser nunca, un rey.

—Lo habéis explicado con total clarividencia, Majestad.

—¡Bien! Antes de un mes quiero saber con absoluta seguridad dónde se encuentran esos tres hombres. O mejor dicho, los cuatro.

—¿Los cuatro? —se sorprendió el cortesano ¿Cuál es el otro?

—El muerto. Que desentierren a don Sebastián y exhiban sus restos a todo lo largo y ancho de Portugal, para que esos empecinados «sebastianistas» se convenzan de que de su amado soberano no quedan más que jirones de carne hedionda y putrefacta.

—Un acto así agitaría al populacho.

—Los soldados del duque de Alba saben cómo tratar al populacho —fue la agria respuesta—. Mientras resulta evidente que vuestros espías no saben cómo atrapar a un fantasma.

—Si continúa en Venecia acabaremos con él, aunque para ello tengamos que asaltar la isla de San Lázaro.

—Intentadlo si es que puede servir de algo. —El dueño de la mitad del mundo hizo un significativo gesto con la mano alejando de sí el molesto documento al añadir—: Y ahora pasemos a lo que en verdad importa. ¿Qué posibilidades existen de poder abrir ese canal navegable entre los dos océanos que tanto me interesa?

—Por Panamá ninguna, Majestad. Eso ha quedado muy claro. La cadena montañosa que separa ambos mares resulta inabordable.

—¿Tanto así?

—Intentar abrir una brecha a través de la cordillera significaría un trabajo de miles de obreros durante cientos de años.

—¡Lástima!

—Sin embargo —añadió el esquelético personaje—, quienes conocen bien la región aseguran que se podría dragar y hacer navegable el río San Juan que constituye la salida al mar Caribe del gran lago de Nicaragua.

—¿Y qué se conseguiría con eso?

—Que subiendo por el río y tras atravesar el lago, los buques alcanzarían el Pacífico si se abriera un canal que no tendría en este caso más que unas cuatro o cinco leguas de longitud.

—¿Cuánto tiempo llevaría y cuántos hombres se necesitarían?

—He pedido a nuestros ingenieros que lo calculen, aunque el principal problema radica en que tal vez se corriera el riesgo de que al practicarle una salida tan directa al mar, el lago se vaciara.

—¡Diantre! —no pudo por menos que exclamar el sorprendido monarca—. ¿Acaso es eso posible?

—Es lo que están intentando dilucidar, Señor. Desean tener un perfecto conocimiento de cuáles son las cotas sobre el nivel del mar, y qué riesgo se corre de empeñarse en una obra de carácter faraónico que tal vez acabará convirtiéndose en un auténtico fiasco.

—Entiendo.

—Necesitamos miles de hombres a la hora de fortificar nuestras plazas de ultramar y constituiría un auténtico disparate empantanarse en una tarea de tan gigantescas proporciones sin estar absolutamente seguros de que constituirá un éxito.

—No obstante ordenad que se aceleren al máximo dichos cálculos puesto que resultaría de un innegable interés estratégico el hecho de que existiera una vía de comunicación rápida y segura entre el Caribe y el Pacífico.

Pues sigamos con la historia
del osado Pero Nuño,
y, o me falla la memoria,
o el siguiente fue el de Ortuño.

Éste era un gordo baboso
dueño de piaras de cerdos,
siempre andaba sudoroso
y olía peor que sus puercos.

Al comprender que muy pronto
pondrían sus nalgas al aire,
tomó las de Villadiego
mas sin decírselo a nadie.

Vendió cerdos y jamones,
vendió casa y alquería,
y si no vendió su alma
fue porque no la tenía.

Huyó tan presto aquel trasto
y a un país tan lejano,
que si se encontró su rastro
fue por culpa de su hermano.

Hijo también de un villano,
y carente de decencia
no dudó en cantar de plano
para no repartir la herencia.

Peregrino fue a Moscú
persiguiendo a aquel seboso
para arrancarle la piel
como se le arranca a un oso.

Pues no hay nieve suficiente,
ni siquiera en los Urales,
capaz de enfriar la ira
de quien sufre tantos males.

Cuentan quienes lo vieron,
que no fui yo, ¡voto al cielo!,
que le bajó los calzones
y le puso los cojones
sobre un pedazo de hielo.

Y hasta que no se quebraron
como bolas de cristal
no se sintió satisfecho
y no le dejó marchar.

Seis días vivió el marrano,
media docena, no más,
pues se le congeló el ano
y ya no podía cagar.

Murió tal como había vivido,
con la mierda hasta las cejas,
y no vengan a decirme
que éstos son cuentos de viejas.

Noviembre de 1588

—He estado meditando largamente en todo cuanto hemos hablado durante estos últimos meses, y se me ha ocurrido una idea que me consta que en un principio rechazarás, pero con la que estoy dispuesto a seguir adelante por mucho que te opongas.

—¿Y es?

—Que he llegado a la conclusión de que dos tienen el doble de posibilidades de conseguir un objetivo que uno solo.

—¡Gloriosa perogrullada, vive Dios!

Aníbal Anibaldi se limitó a sonreír sin dejar de contemplar los islotes de Marina Piccola que se recortaban a lo lejos, puesto que se encontraban sentados en la cumbre del Monte Solaro teniendo toda la isla a sus pies.

—Lo sé —admitió al fin—. Parece una perogrullada, pero por ello mismo no está exenta de una incuestionable lógica. Si intentas enfrentarte a tu tío sin más armas que la verdad, tus posibilidades de triunfo son nulas puesto que todos sabemos que es un hombre que desprecia la verdad, inmerso como está en un mundo de corrupción y engaños. Es un político nato, que mamó en la cuna el difícil arte de la diplomacia y el fingimiento, razón por la que vive tramando a cada instante nuevas argucias.

—Lo sé por experiencia; una muy dolorosa experiencia.

—Por ello, si un buen día descubre que estás vivo y pretendes arrebatarle lo que ya considera suyo, puedes jurar que encontrará la forma de destruirte.

—Ahora conozco sus trucos.

—Siempre guarda uno nuevo en la manga, y lo que importa es que consigamos desconcertarle.

—¿Cómo?

—Con dos reyes en lugar de uno.

—Continúo sin entenderte.

—Porque no quieres entenderme —fue la tranquila respuesta del italiano—. Tú y yo seguimos siendo muy parecidos, pese a que ahora nos separen una papada y una barriga que puedo reducir en un par de meses, a la par que a ti te vendría bien engordar un poco.

—En eso te doy la razón.

—Si nos lo proponemos, podemos llegar a ser idénticos, tanto en el físico, como en la forma de hablar y comportarnos.

—¿Qué pretendes decir?

—Que yo aprenderé a ser rey, y tú a ser un vividor napolitano.

—¿Y qué conseguiremos con eso?

—Desconcertarle —fue la segura respuesta—. Uno de los dos se sentará en el trono, y tal como tú deseas, se lo cederá de inmediato a un tercero que decidirás en su momento, y que sin duda se lo merecerá mucho más que ese ladino hijo de perra.

—Tenías razón al asegurar que es un plan que rechazaría de plano.

—¿Acaso no te fías de mí, o es que imaginas que trataré de suplantarte definitivamente?

—¡En absoluto! —fue la inmediata respuesta en un tono de absoluta sinceridad—. Estoy convencido de que actúas de buena fe, y de que si existe una sola persona en este mundo que puede contribuir a que algún día vuelva a sentarme en el trono, eres tú, pero no estoy dispuesto a que corras riesgos.

—¿Por qué?

—Porque no valoro en nada mi vida, pero la tuya en mucho.

Aníbal Anibaldi se apoderó de una brizna de hierba, se la colocó entre los dedos pulgares y sopló con fuerza haciéndola vibrar y entonando con ella una especie de sencilla melodía. Luego señaló, seguro de sí mismo:

—Escúchame bien, Sebastián, y ¡por Dios que me resulta difícil llamarte por tu nombre! En Alcazarquivir murieron muchos buenos amigos, y aunque me consta que la mayor parte de la culpa es tuya, también me consta que has pagado por ello un alto precio. Pero el otro culpable, el que tiró la piedra y escondió la mano; el hipócrita que en tu funeral se daba golpes de pecho e inclinaba la cabeza fingiendo que rezaba cuando se estaba regodeando por el éxito de su infamia, aún no ha pagado. Por el contrario disfruta de cuanto te arrebató sin sentir el menor remordimiento por el daño que causó. Ya es hora de que le metamos las cabras en el corral, aunque tan sólo sea para que se le meen encima.

—No creo que consiguiéramos mucho más que eso.

—¡Algo es algo! Para quien está tan alto y tan seguro de sí mismo, el simple hecho de que le muevan el pedestal le obliga a perder el sueño, puesto que significa que hay alguien a quien no aterroriza su simple nombre.

—Eso es muy cierto.

—Me gustaría que al menos recordase cuán malvado, traidor y rastrero llegó a ser con los de su propia sangre.

—Triste consuelo, sobre todo para los muertos, si a ello se les une dos nuevos cadáveres.

—Donde quiera que estén esos muertos nos echarán una mano.

—¿Lo crees posible?

—No lo sé, pero lo que sí sé es que al menos se sentirán aliviados al comprobar que alguien se acuerda de ellos.

Su interlocutor se apoderó ahora de una brizna de hierba, intentó imitar los sonidos que el italiano había conseguido, pero pronto renunció al tiempo que comentaba:

—No cabe duda de que eres un tipo extraño, querido Aníbal. Tu vida ha sido increíblemente azarosa y dura, pero cuando al fin has conseguido vivir sin agobios donde deseas y como deseas, estás dispuesto a arriesgar el pellejo por algo que ni te va ni te viene. ¡Olvídalo! Los muertos nunca te lo agradecerán.

—¿Cómo lo sabes?

—Porque por suerte o por desgracia los muertos se limitan a estar muertos.

—¿Y cómo lo sabes si nunca has estado muerto?

—¡Sí que lo he estado! Durante estos diez últimos años he bajado cada día a los infiernos, he convivido con ellos, y por lo tanto sé cómo piensan y cómo sienten. Al contrario que un difunto, mi alma había dejado de existir mientras que mi cuerpo aún respiraba, pero para el caso es lo mismo. Nada importa a los muertos; ni tan siquiera la venganza.

—En ese caso me alegra estar vivo puesto que la venganza ha sido siempre una de las principales razones de mi comportamiento —sentenció como si estuviera hablando ex cátedra Aníbal Anibaldi—. Mujeres, dinero, vino y venganza, constituyen mi credo, puesto que desde un principio mi fe se dividió entre un padre cristiano y una madre musulmana, y mi patriotismo entre mi lugar de nacimiento y mi patria de adopción.

—¿Nápoles y Portugal?

—Tú lo has dicho. Y hubo un tiempo, cuando tú reinabas, que Portugal y Nápoles se parecían mucho. La gente se divertía, hablaba con libertad, reía y alborotaba a todas horas en lo que parecía una eterna fiesta, puesto que el portugués era un pueblo feliz con su destino. Había pobres y ricos, como siempre los ha habido y los habrá en todas partes, pero incluso a los pobres se les advertía contentos por el simple hecho de que se les permitiese protestar abiertamente. Recuerdo que hacían muchos chistes sobre ti, y por lo general te reías cuando te los contaban.

—No siempre, puesto que recuerdo algunos bastante hirientes.

—Simples sopapos cariñosos en comparación con lo que te merecías.

—Resulta evidente que no eras la víctima.

—Pagabas un precio muy bajo por el hecho de ser rey y de que todos te quisieran y respetaran.

—¿Realmente crees que me querían y respetaban?

—Nunca he estado tan seguro de nada.

—Al menos eso sí que me sirve de consuelo.

—Sin embargo —insistió el italiano—. A su nuevo rey le temen, pero ni le aman, ni le respetan. El portugués se ha convertido en un pueblo triste y amargado que únicamente vive de recuerdos.

—Aunque así sea, sigo considerando que tu propuesta es una locura —sentenció convencido de lo que decía don Sebastián—. ¿Qué pueden hacer dos hombres solos contra el imperio de mi tío?

—Más que uno, ya te lo he dicho. Y pronto no estaremos solos. Estoy convencido de que miles de patriotas se nos unirán. Hace un par de años conocí a un agustino, fray Miguel de los Santos, que en cuanto me vio se me arrojó a los pies jurando que yo era el rey. Vive obsesionado con la idea de que no has muerto, y me consta que está en contacto con un gran número de nobles portugueses que continúan soñando con tu regreso.

—Con eso no basta.

—Lo sé —admitió el napolitano—. Pero tengo amigos en Venecia que nos ayudarán, y con poco esfuerzo conseguiremos la colaboración de Inglaterra, de Francia, e incluso del papado.

—Todos temen a don Felipe.

—Por eso mismo pretenden destruirle, o al menos debilitarle. Portugal e Inglaterra siempre han mantenido excelentes relaciones comerciales y si les prometemos alguna de las plazas de Extremo Oriente pondrán su flota a tu servicio.

—Todo eso lo entiendo —admitió don Sebastián al tiempo que asentía con un leve ademán de la mano—. Lo que no entiendo es por qué te empeñas en que seamos dos a arriesgar la cabeza.

—Porque pronto o tarde esto se convertirá en una especie de partida de ajedrez, y nuestro contrincante lo tendrá muy difícil si no tiene muy claro a cuál de los dos reyes debe acorralar.

—Empiezo a sospechar que te divierte este tipo de juegos.

—¡No puedes imaginar cuánto!

—¿Y por qué?

—Creo que resulta evidente. ¿Cuándo se le presentó a un pobre saltimbanqui, nacido en el más miserable de los barrios napolitanos, la posibilidad de hacer «alta política»?

—A ti la «alta política» nunca te importó gran cosa —fue la cruda respuesta que correspondía a una verdad absoluta—. Sospecho que hay algo más y no pienso cometer el error de embarcarme en una aventura de tan escasas esperanzas de éxito si no confío plenamente en mi compañero de viaje.

Aníbal Anibaldi meditó unos instantes, se rascó largo rato la nariz y al poco acabó por asentir.

—No cabe duda que el tiempo y los incontables golpes que te ha dado la vida te han cambiado y mucho —dijo—. Ahora eres un hombre harto prudente y a mi modo de ver eso es bueno. Tienes razón, y hay algo más.

—¿Y es?

—Pippo.

—¿Y quién es Pippo?

—Mi hermano. El que me seguía en edad, y con el que compartí toda mi infancia. Como ya te he dicho, un día, de eso hace ya casi tres años, lo asesinaron en una oscura callejuela, y estoy convencido de que fueron los esbirros de tu tío, que lo confundieron conmigo. Me consta que hacía tiempo que me venían pisando los talones.

—¿O sea que estás intentando vengarte?

—Como todos —fue la sencilla respuesta que parecía responder a un hecho natural e indiscutible—. Excepto aquellos gobernantes que aspiran a cortarle las alas, la inmensa mayoría de cuantos se enfrenten en alguna ocasión a tu aborrecido tío lo hacen impulsados por un lógico deseo de venganza puesto que dudo que haya existido nadie a lo largo de la historia que haya concitado tantas fobias y enemistades como esa hedionda araña que no se alimenta más que de sangre. Y a la cabeza de tan larga lista te encuentras tú.

—Eso también es muy cierto —admitió su interlocutor sin el más mínimo empacho—. Me he convertido en el general en jefe de la más numerosa armada que jamás haya existido, pero por desgracia mis ejércitos no disponen más que de inmensas dosis de rencor, mientras que a don Felipe le sobran cañones, espadas y arcabuces con los que nos correrá a patadas en el culo hasta arrojarnos al mar.

Diciembre de 1594

Murmullos y jadeos.

Poco a poco la luz del amanecer comenzó a filtrarse por el ventanal, permitiendo distinguir las confusas siluetas de una pareja que hacía el amor sobre la alfombra, junto a la chimenea, entrevistos apenas más allá de las patas de mesas y sillones.

Alcanzaron juntos, y entre gritos, el orgasmo, para que súbitamente la mujer se pusiera en pie de un salto dejando escapar una escandalosa carcajada.

—¡Me encanta joder en el suelo, los pajares, las carretas y los campos! —exclamó—. Las camas son para los burgueses aburridos y las esposas mojigatas.

Tal como vino al mundo Lucía *la Bronca*, una provocativa mozarrona de gestos vulgares, hablar desgarrado y risa provocativa, se aproximó a la pequeña mesa del rincón de donde se apoderó de un enorme pedazo de sandía que comenzó a devorar permitiendo que el jugo le corriera libremente por la barbilla, el cuello y los sudorosos pechos.

—¡Esto es vida...! —gruñó con la boca llena y tras

lanzar al aire varias negras semillas—. ¡Comer y follar! ¡Follar y comer! Una cosa provoca la otra.

Gabriel de Espinosa se había puesto lentamente en pie y en aquellos momentos se mostró como el personaje barriobajero y desconsiderado que hacía su aparición demasiado a menudo, al señalar en tono despectivo:

—Pues al ritmo que llevas pronto acabarás con todas las sandías y con todos los hombres de Castilla.

La muchacha se abalanzó sobre él con el fin de besarle el cuello y mordisquearle las tetillas al tiempo que señalaba zalamera:

—¡Tú eres el único hombre de mi vida y lo sabes!

—Ahora. Y hasta el día en que te canses.

—¡Eso sí que sí! —fue la rápida respuesta impregnada de una brutal sinceridad—. El día que me harte, adiós y no me busques.

—¿Y si soy yo el que se cansa? —quiso saber Gabriel de Espinosa con una sonrisa burlona.

La descarada barragana se detuvo como si acabara de escuchar una herejía, y escupiéndole al rostro unas pepitas de sandía exclamó riendo:

—¿Cansarte tú de mí? ¿Me has mirado bien? Yo soy Lucía, *la Bronca,* la reina del tablao, y aún no se ha dado el caso de que nadie me deje. Así los tengo llorando bajo mi ventana y lo sabes. ¿Adónde vas?

Espinosa, que se encaminaba al interior de la casa, sonrió de nuevo al tiempo que se olfateaba el hombro.

—A bañarme.

—¿Es que te he ensuciado? —inquirió la prostituta visiblemente molesta—. ¿Acaso crees que estoy enferma, o es que huelo mal...?

—No. No creo que estés enferma —fue la sincera respuesta—. En cuanto al olor..., ya sabes; cuando se hace tanto el amor, se suda.

Escapó entre risas puesto que Lucía le había arrojado a la cabeza la cáscara de la sandía que rebotó contra la puerta.

—¡El sudor es bueno! —casi aulló la muchacha—. Lo manda Dios, y mi confesor asegura que eso de bañarse es cosa de herejes. Atenta contra la moral y las buenas costumbres y provoca la lujuria. —Aspiró con fuerza de su propio sobaco para añadir—: ¡Y a mí me gusta...!

Como por toda respuesta obtuvo una divertida carcajada por unos instantes permaneció como desconcertada para acabar mascullando:

—¡Vete al infierno! ¡Mierda! Ahora me estoy meando. ¡Tanta sandía y tanto vino...!

Buscó a su alrededor hasta descubrir un jarrón al que despojó de las flores secas que lo adornaban, colocándolo en el suelo dispuesta a abrirse de piernas encima, pero al hacerlo su peso le sorprendió, por lo que decidió voltearlo permitiendo que una bolsa de piel cayera al suelo.

Se apoderó de ella y mientras orinaba sonoramente en el interior del jarrón, abrió la bolsa y estudió su contenido para concluir por dejar escapar un largo silbido de admiración.

—¡La puta, y esta vez no soy yo! —exclamó—. ¡Mira lo que esconde este cornudo en el jarrón!

Concluida su perentoria necesidad fisiológica se aproximó a la mesa, desparramó sobre ella el contenido de la bolsa e inmediatamente comenzó a ponerse encima collares, pulseras, diademas y anillos hasta convertirse en una especie de muestrario ambulante mientras no cesaba ni un solo instante de musitar:

—¡La leche, qué collar! ¡Es digno de una reina...! ¿De dónde lo habrá sacado este pedazo de cabrón?

Acudió a contemplarse frente a un pequeño espejo que se encontraba junto el mueble sobre el que descansaba el jarrón, se extasió a la vista del deslumbrante aspecto que ofrecía, y permaneció como embobada hasta que escuchó la lejana voz de Espinosa que canturreaba una pegadiza tonadilla.

Rápidamente lo guardó todo de nuevo en la bolsa, excepto un anillo adornado con un grueso brillante y que se resistía a salir de su dedo corazón por más esfuerzos que hiciera. Al fin masculló divertida:

—¿De modo que has decidido quedarte conmigo, pequeño? Pues quédate que no seré yo quien te lo impida.

Lo hizo girar colocando la piedra hacia abajo y a continuación dejó caer la bolsa en el interior del jarrón, donde chapoteó sonoramente.

Ensayó un leve gesto de asco al recordar que se había orinado dentro, pero no tuvo tiempo más que de colocarlo en su sitio, encajar las flores, y correr hacia el punto, junto a la chimenea, por el que se desparramaban sus ropas.

Fue en ese instante en el que hizo su aparición Gabriel de Espinosa, que pareció sorprenderse al verla.

—¿Aún estás aquí? —inquirió evidentemente molesto—. Creí que ya te habías ido.

—¿Así, sin más? —replicó la muchacha ensayando una zalamera sonrisa con la que pretendía disimular su azoramiento—. Me prometiste algo...

Él fingió hacer memoria, sonrió burlón, y sacando de la faltriquera una moneda se la lanzó para que la atrapara en el aire.

—¡Cierto! Te prometí unos zapatos nuevos. Pero no te acostumbres; no soy de los que pagan.

—Ni yo de las que cobran.

—¡Quién lo diría!

—Cuando lo doy, lo doy, y nunca lo pongo en venta, pero me encantan los regalos.

Concluyó de vestirse y aproximándose le dio un ligero beso en la mejilla dispuesta a marcharse.

—¿Te veré esta noche en el tablao? —inquirió casi por decir algo.

—Tal vez mañana. Hoy tengo muchas cosas que hacer...

—¿Qué cosas? —quiso saber—. Hace un mes que te conozco y aún no tengo ni la menor idea de a qué te dedicas.

—¿Y qué importa eso? —fue la evasiva respuesta—. Quizás, algún día, te lleves una sorpresa.

Ella le observó fijamente, se palpó el anillo sin que él lo advirtiera, ya que ocultaba las manos en la espalda, y por último, sonriendo con marcada intención, replicó al tiempo que se encaminaba a la puerta:

—¡Es muy posible! Pero también es muy posible que al final la sorpresa te la lleves tú. ¡Adiós mi rey!

El quinto fue el peor, el más ladino,
puesto que no siendo un cretino,
ni un patán, ni un animal indecente,
era no obstante impotente,
y lo que anhelaba era ver
cómo otros hacían
lo que él nunca podría hacer.

De nombre Sixto Cansino,
comprendió que El Peregrino
juraba que su destino
era pagar el entuerto
pasando a ser el último muerto.

Y fue el que más pagó
pues que la culpa era suya,
y para oír lo que pasó
dejen de hacer tanta bulla
y cesen de disputar
sobre si se acepta o no se acepta
esa historia de fumar.

Por el aire que respiro
y me dicta la experiencia
aquí hay tres que lo hacen,
y dos damas que protestan
y exigen con insistencia
que desistan de su empeño,
mas no pretendo mediar
porque cada cual es dueño,
mientras la ley no lo impida,
de elegir el día y la hora
de abandonar esta vida.

No quiero ni imaginar
que en un futuro lejano
el hermano riña al hermano
y cambie de habitación
por no aguantar el olor
de algún apestoso habano.

¡Volvamos pues a lo nuestro!
Hablaba, si mal no recuerdo,
del cruel Sixto Cansino,
y creo que no me pierdo
al decir, y no es cosa fea,
que era de un monje sobrino
y de ahí le vino la idea.

Creyó que en la curia romana
se sentiría protegido,
esperando entre tanta sotana
pasar desapercibido.

Un miembro del Vaticano
le ofreció cama y pensión
y el precio a su discreción
fue que con violenta pasión
su «miembro» le ensanchó el ano.

No quiero ser mentiroso,
no me gusta contar bulos,
ni denigrar a un buen fraile,
pero a fe que aquel asqueroso
sentía pasión por los culos
y por mostrarlos al aire.

Tres años estuvo Cansino
poniéndose boca abajo,
los mismos que su vecino
cabalgándole a destajo.

Nefando pecado es ese,
el peor que he conocido,
aunque muchos aseguran
que es bastante divertido.

Aunque un ciego siempre espera
que alguien le abra los ojos
tratándose de decencia
no me gustan los antojos,
y para una nueva experiencia
yo me aplico aquel refrán:
«que los dejen como están».

Julio de 1589

—Necesitamos un nombre.

—¿Un nombre? —repitió su sorprendido compañero de mesa—. ¿Qué clase de nombre y con qué fin?

—Un nombre vulgar, que se recuerde fácilmente y que pueda ser usado tanto por el «difunto» rey don Sebastián, es decir, tú, como por el acaudalado «mercader» Aníbal Anibaldi, es decir, yo.

—¿O sea que de ese modo nos convertiremos en una sola persona?

—Una que serían en realidad dos, y dos que a la hora de la verdad se comportarían como una sola.

—Entiendo.

—¿Estás seguro?

—Por completo.

—Me alegra oírlo, porque yo no acabo de entenderlo del todo —replicó el italiano dejando escapar una divertida carcajada.

Se encontraban cenando a solas en la amplia terraza de la soberbia mansión de Capri levantada con los beneficios producidos por la venta de los *Derroteros secretos de la marina portuguesa*, bajo una luna llena amarillenta, como de oro viejo que jugueteaba sobre el mar, y disfrutando de una suave brisa que llegaba del norte, y que por primera vez refrescaba el bochorno de un pegajoso día de julio.

Les atendían dos robustas mozas que olían a cocina, sudor y pescado fresco, y de las que cabría imaginar que de tanto en tanto atenderían también —quizás al unísono— alguna que otra necesidad más íntima de su patrón, pero que se mantenían siempre en una actitud discreta y en cierto modo ausente, lo que inducía a suponer que lo único que entendían a la perfección era un dialecto napolitano cerrado y casi ininteligible para quien no lo hubiera escuchado desde la misma cuna.

—A mi modo de ver, lo que sí que está muy claro —añadió al poco Aníbal Anibaldi— es que tenemos que agenciarnos una nueva personalidad de la que la legión de espías de tu tío lo ignore absolutamente todo y no levante sospechas.

—Para los esbirros de mi tío todo el que no sea español ya es en sí mismo sospechoso.

—En ese caso nuestro hombre tiene que ser español, y «castellano viejo» a ser posible. Ni muy pobre, ni muy rico, ni muy noble ni muy plebeyo, ni muy tonto ni muy listo. Es decir, que sea capaz de ganarse la vida cómoda y decentemente con un oficio de lo más vulgar.

En el momento en que escanciaba de una jarra de vino, don Sebastián inquirió señalándola con un leve gesto de la cabeza:

—¿Tal vez tabernero?

—¡No! Tabernero no. Es la soldadesca la que frecuenta las tabernas y son muchos los soldados que sirvieron a tus órdenes y que podrían reconocernos. Tiene que ser un oficio que estando a la vista de todos no resulte sin embargo demasiado «visible».

—Difícil me lo pones.

Aníbal Anibaldi asintió al tiempo que picoteaba del apetitoso plato de carne asada de su amigo puesto que por su parte había tenido que conformarse con una triste ensalada y unas verduras.

—¡Qué rico está esto, *mamma mia*! —exclamó—. Como no adelgace pronto me voy a morir de hambre. —Cambió bruscamente el tono de voz para señalar—: Todo lo que hagamos de ahora en adelante tiene que resultar difícil, puesto que nuestras únicas armas son la astucia y esta cara que Dios nos ha dado y que nos puede conducir a la victoria, pero que también se nos puede volver en contra llevándonos directamente al cadalso.

—Un carbonero puede disimular sus facciones de un minuto al siguiente tiznándose la cara —aventuró don Sebastián.

—No me veo de carbonero, ni se me antoja un oficio digno de quien aspira a un trono. No me vale.

—¿Y panadero? Un panadero también se puede cubrir de pronto la cara con harina de tal modo que nadie le reconozca.

Aníbal Anibaldi asintió con un leve gesto de cabeza aunque se advertía que no se encontraba del todo convencido.

—Eso de panadero estaría bien —admitió—. Pero a mi modo de ver ofrece un grave problema; los panaderos trabajan preferentemente de noche, lo que limitaría de forma harto notable nuestra capacidad de movimientos. Necesitamos algo que no nos mantenga tan atados al trabajo.

—¡Ya lo tengo! —exclamó un alborozado Sebastián de Portugal—. ¡Pastelero! Un pastelero es como un panadero que trabaja a la hora que le apetece. ¿Y quién sospecharía de un dulce y amable pastelero?

—Bien pensado —reconoció el napolitano—. Un honrado pastelero, con su gorro blanco, su mandil y su cara enharinada, cuyos principales clientes suelen ser niños y matronas que nunca conocieron a don Sebastián de Portugal pasaría por completo inadvertido. ¡Muy acertado, vive Dios! —Aníbal Anibaldi observó a su amigo y compañero de conjura con profunda fijeza al inquirir—: ¿Qué sabes de pastelería?

—Ni una palabra.

—¡Bien empezamos!

—Aprenderemos.

—¿Y qué remedio nos queda? Cosa sabia es que el primer paso para aspirar a un trono pasa por saber condimentar una buena tarta de arándanos. Segundo punto: el nombre. ¿Alguna preferencia?

—Menos Felipe, cualquiera.

—Era de suponer. —El napolitano sonrió al añadir—: Durante la campaña de Marruecos hice amistad con un soldado de fortuna, que cayó a mi lado, abierto casi en canal, y que, sin parecerse demasiado a nosotros, era medio pelirrojo y algo pecoso, por lo que tenía lo que podríamos llamar «un aire de familia». Era un tipo simpático, algo desvergonzado y borrachín, pero buena persona.

—¿Español?

El otro asintió con un ademán de cabeza:

—Si no recuerdo mal, había nacido en Palencia, aunque había pasado la mayor parte de su vida en Flandes —dijo—. Se llamaba Espinosa; Gabriel de Espinosa, y tendría nuestra edad, poco más o menos.

—¿Y por qué tendríamos que elegir a un difunto en lugar de inventarnos un nombre cualquiera? —quiso saber en buena lógica don Sebastián de Portugal.

—Porque los difuntos suelen tener partida de bautismo, y los nombres inventados, no —fue la rápida respuesta—. Y porque yo debo de ser de los pocos que están seguros de que el tal Gabriel de Espinosa murió en Alcazarquivir y no anda correteando por ahí dispuesto a darnos un disgusto en cualquier momento.

—¿Y qué sacamos con eso?

—Que si los espías de tu desconfiado tío investigan, y ten por seguro que casi siempre investigan a quien aparece de improviso en sus territorios, descubrirán que, efectivamente, un antiguo soldado de fortuna castellano, que tal vez pasó algunos años perdido por el interior del Brasil, donde ahorró algún dinero y adquirió un leve acento portugués, decidió un buen día regresar a sus lares para invertir dichos ahorros en un honrado negocio de pastelería, lo cual se les antojará de lo más natural y lógico. Sin embargo, alguien que surge de la nada con un nombre inventado se presta a que se investigue a fondo.

—Admito que empiezas a comportarte como un conjurado bastante aceptable, aunque el hecho de haber creado una nueva personalidad no nos lleve demasiado lejos. —Tras masticar con delectación un grueso pedazo de carne complaciéndose quizás en provocar la envidia de su acompañante, don Sebastián añadió—: ¿Dónde crees que debería establecerse nuestro común amigo «el pastelero Gabriel de Espinosa»?

—Supongo que en algún discreto lugar de Castilla, ni demasiado cerca ni demasiado lejos de la corte, pero tampoco demasiado lejos ni demasiado cerca de Portugal, de tal modo que pueda estar al tanto de cuanto se cuece en la capital y al mismo tiempo mantenerse en contacto con los rebeldes portugueses.

—¿Consideras «rebeldes» a quienes se muestren dispuestos a devolverme un trono que legítimamente me pertenece?

—«Rebelde» es todo aquel que se alza contra la autoridad establecida, y no debemos olvidar que, pese a que tus derechos no admiten discusión, la autoridad que cuenta, hoy por hoy, es la que emana de ese hijo de mala madre de don Felipe.

—Eso es muy cierto —reconoció muy a su pesar el portugués—. Lo queramos o no, si yo mandara ahorcar a alguien que no me aceptara como rey estaría cometiendo un crimen, mientras que mi tío se limitaría a ejercer un justo derecho.

—Me alegra que lo entiendas porque son conceptos que debemos tener muy claros; lo que importa no es la legalidad intrínseca, sino las circunstancias en que tienen lugar. Y curiosamente, para llegar a la auténtica legalidad tendremos que cometer actos que tal vez algunos consideraran casi ilegales.

—¿Como cuáles?

—Supongo que lo sabremos en su momento, y que será en ese momento cuando nuestra conciencia nos dicte si están o no justificados. Acceder al poder, aunque se trate, como en este caso, de un poder que en buena ley te pertenece, exige unos lógicos sacrificios.

—Cierto, y cierto es que los «sacrificados» suelen ser los que menos culpa tienen. Y no te puedo ocultar que eso me inquieta.

Aníbal Anibaldi aguardó a que las dos mozarronas concluyeran de retirar los platos, les indicó en su sonoro dialecto que podían irse a dormir, y cuando se encontraron de nuevo a solas, señaló con sorprendente calma:

—Me consta que nos vamos a embarcar en una aventura de casi nulas esperanzas de victoria y en la que nos jugamos la vida. Y lo acepto. Pero de igual modo me consta que además de la vida, nos jugamos años de esfuerzos, en los que tendremos que utilizar toda nuestra astucia y nuestro poder de persuasión con el fin de convencer, tanto a poderosos soberanos, como a humildes plebeyos. Y también lo acepto. —Apuntó a su compañero de mesa con el dedo, de una forma casi amenazadora al añadir—:

Pero lo que no acepto es abandonar mi cómoda existencia en este paraíso, comenzar a trabajar como un poseso y adelgazar casi veinte kilos de excelente carne de primera calidad, teniendo sobre mi cabeza la espada de Damocles de tu conciencia.

—¿A qué te refieres con esa expresión a todas luces harto rebuscada? —quiso saber su desconcertado interlocutor.

—A que no estoy dispuesto a seguir adelante con semejante empeño a no ser que me jures solemnemente y bajo tu palabra de rey coronado, que una vez iniciado el camino seguiremos hasta el final, cueste lo que cueste, por más que tus recuerdos del pasado y los remordimientos que te dominan te inviten en un momento dado a abandonar la lucha.

—¿Y pretendes que lo jure como rey?

—Exactamente.

—¿No crees que exiges demasiado?

—Tan sólo exijo en consonancia con lo que voy a dar.

—Pero estás exigiendo la palabra de honor de un rey, que es más que lo que le pueden exigir incluso las Cortes Generales.

—Estoy poniendo en tus manos todo lo que tengo, mi vida y mi futuro a cambio de una sola palabra. ¿Acaso se te antoja pedir demasiado?

Don Sebastián de Portugal, *el Deseado*, último descendiente de la noble estirpe de los Avís fundadores de imperios, observó largamente a Aníbal Anibaldi, tramposo de afición, titiritero de oficio, ladrón de secretos de estado, hijo natural de una bailarina mora y un buscavidas cristiano, y al fin asintió resignado:

—No —admitió—. Ciertamente no es pedir demasiado. Tienes mi palabra de honor de que a partir de este mismo instante seguiremos adelante, pase lo que pase, pese a quien pese, y sin tener en cuenta lo que me dicten mis remordimientos.

—Con eso me basta.

—¿Y qué vamos a hacer ahora?

—Convertirnos el uno en el otro.

—Acláramelo.

—Es fácil; tú me enseñarás a comportarme como se debe comportar en todo momento un soberano; es decir, con la mesura, el orgullo y la altivez propios de tu rango, y yo te enseñaré cómo actúa un rufián; es decir, como un chulo de putas, marrullero y deslenguado, de tal modo que ambos seamos capaces de cambiar de personalidad y actitud en un abrir y cerrar de ojos.

—¿Y qué supones que conseguiremos con eso?

—Desconcertar al enemigo. Si a base de mucho trabajo alcanzamos un punto de perfección en que en realidad somos dos, pero a la vez somos uno que se comporta como dos muy diferentes, quienes se opongan a nosotros nunca sabrán a quién se está enfrentando.

—Suena a galimatías.

—Y lo es, pero ten muy presente que la mejor forma de desarmar a aquellos que están acostumbrados a moverse dentro de unos determinados esquemas es destrozando dichos esquemas.

—No dudo que debe de ser una gran cosa, puesto que de momento me estás destrozando los míos. ¿De veras crees que llegará un día en que seré capaz de hablar y comportarme como un rufián chulo de putas?

—Tendrás al mejor maestro.

—Eso es muy cierto.

—De la misma forma que yo tendré el mejor maestro a la hora de comportarme como un rey, y a fe mía que resulta difícil aventurar quién será el primero en aprender el papel del otro. —Aníbal Anibaldi dejó escapar una corta carcajada al añadir—: Creo que incluso podríamos hacer apuestas sobre cuál de los dos resultará un alumno más aventajado.

—¿O quién resultará un profesor más eficiente?

—Viene a ser lo mismo.

—Ciertamente. —Don Sebastián esbozó una leve sonrisa al añadir—: Me temo que llevo las de perder, puesto que cuando te conocí ya eras un consumado actor que sabía imitar mi forma de hablar y cada uno de mis gestos, mientras yo tuve que esperar a ser derrotado por los moros para dejar de comportarme con la arrogancia y la soberbia de un rey pagado de sí mismo.

—Para mí nunca fuiste un rey pagado de sí mismo, sino más bien un pobre muchacho atemorizado por la pesada carga que el destino le había deparado, y que se esforzaba por mostrar un autoritarismo que en realidad no sentía. —El italiano sonrió de oreja a oreja al añadir—: Lo cual quiere decir que como actor tienes más experiencia que yo, puesto que aprendiste a fingir desde la cuna.

—En eso puede que tengas razón. El primer día, cuando aún no había cumplido trece años, en que contemplé la corona, tuve la sensación de que siempre me quedaría grande, y aun hoy, tanto tiempo después, aún opino lo mismo, por lo que creo que urge empezar a buscar quién deberá ceñirla en su momento.

—Lo primero es lo primero, y lo primero es arrancarla de la cabeza de quien ahora la luce... —Anibaldi fue a añadir algo más pero le interrumpió el lejano repicar de una campana, sorprendente a tan altas horas de la noche; prestó atención, llegó un nuevo tañido y su expresión cambió como por ensalmo al señalar—: He aquí una vez más la prueba de que quien la posee se muestra decidido a retenerla, puesto que por enésima vez envía a sus asesinos. ¿Aún recuerdas cómo se maneja una espada?

—Ésas son cosas, cuando se ha tenido tan buenos maestros, que nunca se olvidan.

—Atento entonces porque, o mucho me equivoco, o vamos a tener visita y aunque mi gente anda prevenida siempre puede darse el caso de que uno de cllos consiga atravesar sus filas. Son tres y al parecer de pésima catadura.

—¿Cómo puedes saberlo?

—Andaban haciendo preguntas en Nápoles, y a mediodía abordaron una falúa que al anochecer los desembarcó en Marina Piccola. La campana avisa que acaban de dejar atrás la ermita.

—Resulta evidente que has conseguido convertir la isla en un fortín.

—Pero ha llegado la hora de abandonarla, puesto que si llega el día en que don Felipe se siente tan amenazado que decida enviar un navío armado, escasa resistencia podremos ofrecerle.

El napolitano se encaminó al interior de la casa para regresar de inmediato con dos espadas, una de las cuales ofreció a su huésped al tiempo que apagaba el farol que les alumbraba.

—¡Empieza el baile! —dijo—. Y recuerda que a partir de este momento la música nunca parará de sonar.

Aguardaron sentados en la oscuridad del rincón más apartado de la amplia terraza, hasta que al cabo de casi media hora se escucharon voces apagadas, ruido de hierros al entrechocar, gritos ahogados, maldiciones, y al poco la conocida ronca voz de Luciano que gritaba:

—¡Todo en orden! Los pájaros han caído en la red.

Aníbal Anibaldi volvió a encender el farol y aguardó en pie y con su arma aún empuñada hasta que hicieron su aparición, surgiendo de entre los olivos, varios hombres que arrastraban a dos individuos fuertemente maniatados.

—¡Aquí están! —señaló Luciano que comandaba el grupo.

—¿Y el tercero?

—Ofreció demasiada resistencia y ya debe de estar dando cuentas al diablo, o a su amo don Felipe, que viene a ser lo mismo, de que una vez más la intentona ha fracasado.

El napolitano hizo un gesto al portugués para que se aproximara a observar de cerca a los dos esbirros que aparecían tan pálidos como si la muerte, que muy pronto acudiría a hacerse cargo de ellos, se hubiera adelantado a la hora de cumplir su cometido.

—¡Vaya por Dios! —exclamó en tono burlón dirigiéndose a sus prisioneros—. Decidme, amigos míos, ¿a cuál de los dos habíais recibido la orden de matar?

El par de atemorizados sicarios no pudieron ocultar su desconcierto al advertir la semejanza de quienes se encontraban frente a ellos, y al fin el más delgado se decidió a replicar sin el menor convencimiento:

—Os juro, señor, que nuestra intención no era la de matar a nadie, y aún ignoramos a qué se debe tan intempestivo asalto.

—¿Ah, no? —fue la pregunta—. ¿Qué hacíais entonces merodeando en plena noche y armados hasta los dientes por una isla de gente pacífica? ¿Y a qué se debe que hicierais tantas preguntas en Nápoles?

—¿Preguntas? ¿Qué clase de preguntas?

—¡Escucha, *mascalzone*! —se impacientó su interlocutor—. Tienes dos opciones: la primera admitir la verdad, con lo cual mi gente os arrojará al mar desde el acantilado, lo que constituirá un final rápido y escasamente doloroso. La segunda, continuar negando la evidencia y ello me obligará a ordenar que os despellejen vivos y os mantengan así, sufriendo lo indecible hasta que os llegue la muerte más horrenda que nadie pueda imaginar.

—¡Pero señor!

—¡Ni una palabra más! Quien ejerce vuestro oficio debe tener muy claro a lo que se expone, y a mí me importa poco que tengáis un fin o el otro. ¿Y bien?

—Teníamos órdenes de ajusticiar al traidor Aníbal Anibaldi.

—¡Eso está mejor! La sinceridad nunca hizo mal a nadie. Vuestro fin será rápido. ¡Lleváoslos!

El segundo esbirro, que hasta ese momento no había abierto la boca y al que se le advertía mucho más sereno que su compañero, intervino en un tono que sorprendía por su mesura.

—Ya que voy a morir, señor —dijo—, y por lo que veo mucho más presto de lo que nunca hubiera imaginado, ¿tendríais la bondad de aclararme si en realidad sois don Sebastián de Portugal, Aníbal Anibaldi o simples impostores?

El napolitano dudó, pero al fin hizo un leve gesto de asentimiento para replicar con naturalidad:

—Visto que os llevaréis el secreto, no a la tumba, sino al fondo del mar, y atendiendo al razonamiento de que es humano que el reo sepa por qué razón va a ser ejecutado, os aclararé que yo soy Aníbal Anibaldi, y él es, en efecto, y aunque os cueste creerlo, don Sebastián de Portugal, *El Deseado*.

—¡Tantos años persiguiendo un fantasma y al final resulta que el fantasma era de carne y hueso! —se lamentó el condenado.

—¡Así es, amigo mío! Perseguíais a un fantasma que al fin os alcanzó.

Minutos después, cuando ya Luciano y sus hombres se habían alejado en dirección al acantilado, el napolitano señaló:

—Creo que ha llegado el momento de emprender el camino hacia Venecia. ¡Me encanta esa ciudad!

Diciembre de 1594

Doña Ana de Austria y fray Miguel de los Santos rezaban en actitud de máximo recogimiento, arrodillados frente al gran crucifijo del fondo del salón principal de la casona en el momento en que se abrió la pesada puerta para que hiciera su entrada un Gabriel de Espinosa al que se le advertía un tanto alegre a causa del exceso de alcohol, puesto que aparecía con el cabello y las ropas revueltas y el equilibrio demasiado inestable al tiempo que canturreaba:

—«Cabalgaba Lanzarote tan apuesto en su rocín, e iba en busca de su dama de quien era paladín. Rey tudesco le retara a sus espadas cruzar...» —Se interrumpió avergonzado al descubrir a los dos severos personajes, por lo que no pudo por menos que exclamar con notoria aspereza—: ¡Doña Ana! ¿Vos aquí? ¿Es que os habéis vuelto loca? ¿Tenéis conciencia del riesgo en que nos ponéis a todos?

—No mayor que el que corre mi alma.

—¿Vuestra alma...? —inquirió el recién llegado visiblemente desconcertado—. ¿Qué diantres tiene que ver vuestra alma con todo este negocio?

—Está en pecado mortal.

—¡Tate! —se asombró el otro—. ¿Y cuál no? Perdonad, pero no acabo de entender a qué os estáis refiriendo.

Doña Ana, que había acudido junto a él para arrodillarse al tiempo que le besaba las manos hundiendo el rostro en ellas con desesperación, replicó en un tono que rozaba el histerismo:

—Me refiero a los remordimientos que me devoran, Majestad. Consagrada a Dios como estoy, os he entregado sin embargo mi cuerpo. —La religiosa hizo una corta pausa para añadir dándole aún más énfasis a sus palabras—: Y ahora ese cuerpo se consume por el fuego del deseo, y mi alma por el hielo del arrepentimiento.

—¡Podéis confesaros! —fue la descarada respuesta—. Aquí, fray Miguel, os echará una mano puesto que ése es su oficio.

—Ya lo he hecho —replicó en idéntico tono la dama—. Pero nada de cuanto intento consigue llevar la paz a mi espíritu. ¡Es tan terrible mi pecado!

—¡No tan terrible, señora! —fue el burlón comentario—. Y sólo han sido tres o cuatro veces.

—Seis.

—De acuerdo, seis, aunque tan seguidas que bien podrían considerarse un solo pecado. ¿Acaso fray Miguel no os ha absuelto...?

—Tan sólo mi conciencia puede hacerlo. Y tan sólo existe un medio de acallarla...: desposadme.

—¿Cómo habéis dicho? —inquirió su estupefacto interlocutor negándose a dar crédito a lo que estaba oyendo.

—He dicho que me desposéis —insistió la infeliz mujer—. Casaos conmigo y así, al estar unida a vos ante Dios y ante los hombres, mi conciencia quedará en paz, mi alma se habrá salvado, y mi cuerpo podrá saciarse de vos como reclama.

Profundamente desorientado por tan peregrina e inesperada proposición, Gabriel de Espinosa lanzó una significativa mirada a fray Miguel de los Santos, que se mantenía respetuosamente a espaldas de doña Ana, y que se limitó a encogerse de hombros y abrir las manos como queriendo dejar constancia de que su acompañante estaba fuera de control y no había nada que hacer ni forma de convencerla.

Por fin, calculando a marchas forzadas, Espinosa tomó las manos de la atribulada dama para conducirla hasta un sillón y acomodarse de inmediato frente a ella.

—Reflexionad, señora —suplicó—. Hasta que Su Santidad tenga a bien dispensaros de vuestros votos, como me consta que está dispuesto a hacer, esa boda no se convertiría en un sacramento, sino más bien en una burla a los mandatos de la Santa Madre Iglesia.

—Esa «Santa Madre Iglesia» es en sí misma una burla que sigue ciegamente los deseos de nuestro tío —fue la firme respuesta—. Y esos votos me fueron impuestos siendo una niña, en contra de mi más firme voluntad, por lo que a mi modo de ver no tienen la menor validez. Dios, que todo lo ve, sabe muy bien que nunca deseé profesar. Pero ahora, casarme con vos es cuanto anhelo y la auténtica razón por la que vine al mundo.

—¡Pero esa boda es imposible...!

—¿Por qué? ¿Acaso me habéis mentido y estáis casado?

Gabriel de Espinosa pareció comprender que se había metido en un complejo atolladero del que no sabía cómo escapar, podría creerse que se encontraba a punto de responder afirmativamente, pero fray Miguel, que continuaba a espaldas de doña Ana, agitó la cabeza negando con firmeza, al tiempo que intervenía conciliador:

—¡No! ¡Desde luego que Su Majestad jamás hizo tal cosa! —dijo—. Lo que ocurre es que, al ser menos ducho que nosotros en los negocios que se refieren a la Santa Madre Iglesia, no puede entender que existan circunstancias en las que, excepcionalmente, se pueda actuar en desacuerdo con las normas establecidas. Si para tranquilizar vuestra conciencia necesitáis contraer matrimonio, yo puedo administrároslo de inmediato y estoy convencido de que, por razón de estado, Roma lo aprobará en el momento oportuno.

Espinosa, que no acertaba a salir de su asombro, observó estupefacto al sacerdote como si le costara un enorme esfuerzo aceptar la magnitud de su desfachatez al inquirir:

—¿Estáis seguro de lo que decís, fray Miguel? ¿No incurrirá doña Ana en un pecado aún mayor que el que cree haber cometido?

—¡En absoluto! —replicó el aludido imperturbable—. Y aun en el peor de los casos, yo la absolvería de inmediato por haber renunciado a sus votos, y de ese modo, al estar casada, podría mantener relaciones con vos cuantas veces quisiera.

Resultó evidente que a Gabriel de Espinosa semejante solución se le antojaba de lo más rebuscada y arbitraria, pero los imperativos gestos del religioso, que parecían querer indicar que dejara las cosas en sus manos, le obligaron a encogerse de hombros como dando a entender que se desentendía en cuanto se refiriese a tan complejo asunto.

—¡Como vos digáis! —mascullÓ—. ¿Qué tengo que hacer?

—En primer lugar confesaos, puesto que el matrimonio no es un sacramento que se pueda recibir en pecado. —Se volvió a la que aún podía seguir considerándose religiosa—. ¿Os importaría dejarnos a solas unos momentos, Excelencia?

—¡Desde luego! —replicó de inmediato doña Ana sin esforzarse por ocultar su entusiasmo—. Esperaré en el patio, preparándome para mi nueva condición. —Se apoderó de las manos de Espinosa y se las besó una vez más al añadir—: Jamás sabréis, Mi Señor, lo profundamente feliz que me hacéis al aceptarme como esposa.

—La felicidad y el honor son todos míos, señora —fue la hipócrita respuesta de quien se encontraba en verdad desconcertado—. Nada he deseado con más ansias desde el momento mismo en que os conocí.

Doña Ana se encaminó a la puerta que conducía al interior del caserón, se volvió un instante a sonreír por última vez a su amado, y desapareció como si flotara de pura felicidad.

Por su parte Gabriel de Espinosa aguardó hasta cerciorarse de que se había alejado lo suficiente, y mientras atisbaba hacia afuera, comentó desabridamente:

—Si se os ha pasado por la cabeza la idea de que me confiese con vos, debéis de estar loco, fray Miguel. Como hombre de Dios me merecéis menos confianza que un marino borracho.

—Jamás se me ocurriría, Majestad —replicó el aludido sin inmutarse—. Pero resultaba imprescindible que nos dejara solos ya que me dio la impresión de que os encontrabais ciertamente confundido.

—¿Confundido? —repitió el otro—. ¿Cómo no estarlo cuando os veo decidido a llevar a cabo un matrimonio entre una monja profesa y un hombre casado? Porque sabéis que lo estoy, ¿verdad?

—¡Desde luego! Pero vos ignoráis, Majestad, que me encuentro temporalmente suspendido en mis funciones por orden expresa de mi obispo, y por lo tanto, a todos los efectos tal ceremonia será como si nunca se hubiese realizado.

—¡Dios del Cielo! —se horrorizó su interlocutor—. ¿Seréis capaz de llevar a efecto semejante engaño a sabiendas?

—¿Por el bien de Portugal...? ¡Desde luego! Y os garantizo que el obispo será el primero en felicitarme. Incluso el mismísimo Papa bendecirá esa unión porque Roma está convencida de que el excesivo poder que estos momentos detenta don Felipe constituye un peligro para la paz mundial y para la perfecta armonía entre la Santa Madre Iglesia y el resto de las naciones. Todo cuanto haga por sentaros nuevamente en el trono de Portugal será a la larga bien mirado, aun cuando en el intento esté poniendo en peligro mi alma inmortal.

Su acompañante se encaminó al mueble sobre el que descansaba el florero, lo abrió y extrajo una botella de la que se sirvió una copa sin molestarse en ofrecerle a su interlocutor, al tiempo que comentaba en un tono claramente despectivo:

—Sospecho que vuestra alma inmortal os importa bastante menos que un puesto de consejero real en Lisboa. ¿O no es a eso a lo que aspiráis?

—Una vez os acomodéis al trono, no me importará regresar al olvido de mi convento, Majestad. Pero si algún día deseáis llamarme a vuestro lado, no dependerá ya de mí y acudiré de inmediato.

—Aunque supongo que habéis tenido muy en cuenta el hecho de que me gustará tener cerca, y satisfecho, a alguien que conoce tantos de mis secretos, entre ellos el de una falsa ceremonia matrimonial con una monja.

—¿Me consideráis capaz de chantajearos? —protestó fingiendo ofenderse el religioso.

—De vos espero cualquier cosa —fue la descarada respuesta de quien alzaba su copa en un provocativo brindis—: Por la más extraña alianza que haya existido nunca: un fanático fraile y un rey (o pastelero) desvergonzado y liberal ¿Qué cara pondríais, fray Miguel, si al poco de subir al trono descubrieseis que despojaba de sus privilegios a la Iglesia y a los nobles para otorgárselos al pueblo?

—Un rey ungido por Dios puede actuar como mejor le plazca —replicó el agustino—. Pero en mi opinión estaríais cometiendo un grave error puesto que el poder es un bien tan escaso que debe repartirse entre muy pocas manos. El pueblo es mucho e ignorante, y el poder se le diluye hasta convertirse en nada.

—¿Preferís las fórmulas del odiado y tiránico don Felipe? ¿El autoritarismo a ultranza?

—Don Felipe sería un magnífico gobernante si no tuviera tantas cosas que gobernar —replicó el otro con absoluto descaro—. Peca por exceso de poder, y su mayor exceso es Portugal. Al librarle de esa carga estaremos haciéndole un gran favor, ya que le permitiremos concentrarse en otros graves problemas que ahora mismo reclaman su atención: en especial su lucha contra los moros y los herejes.

—Dudo que «mi tío» sepa apreciar tan extraña forma de abogar por su causa, y confío en que nunca tengáis la oportunidad de exponérsela puesto que os mandaría ahorcar en cuanto abrierais la boca. Pero lo que ahora importa es volver al problema que nos plantea doña Ana, que, por lo que veo, lo único que en realidad desea es alegrarse el cuerpo sin exponer el alma, al tiempo que garantiza el futuro de su inversión por si se diera el milagro de que algún día llegara a sentarme en el trono de Portugal. ¿Estáis decidido a seguir adelante con la farsa?

—¡Desde luego!

—En ese caso id a buscarla y acabemos cuanto antes, puesto que si mi destino es morir ahorcado, no lo será tan sólo por bigamia, y si acabo en el infierno, éste no constituirá sin duda el mayor de mis pecados.

En cuanto el religioso abandonó la estancia Espinosa guardó la copa y la botella y avanzó hasta el centro de la estancia a la espera de la aparición de doña Ana de Austria, a la que tendió ambas manos con exagerado entusiasmo al señalar:

—¡Mi Señora...! Bendito sea este momento en que, descargado de mis culpas, puedo acogeros como dueña de mi corazón y mi destino. ¡Aprisa, fray Miguel, que ardo de impaciencia...!

El aludido se limitó a observarle con sorna, tal vez divertido por su capacidad de fingimiento, y transportando el reclinatorio al centro de la estancia indicó a doña Ana que se arrodillase al tiempo que extraía del bolsillo una estola y se la colocaba sobre los hombros.

—*In nomine Patris, et Filii, et Spiritus Sancti*—comenzó a orar, pero de inmediato le interrumpieron unos golpes en la puerta que daba a la calle y los tres se volvieron hacia allí profundamente impresionados.

—¡Dios bendito! —sollozó doña Ana de Austria—. ¿Quién podrá ser a estas horas...?

Espinosa se limitó a llevarse un dedo a los labios indicando que guardasen silencio, y permanecieron así, completamente inmóviles, hasta que los golpes se repitieron y se escuchó una perentoria llamada:

—¡Ah, de la casa...! ¡Abran a la justicia...!

—¿La justicia? —se alarmó Gabriel de Espinosa volviéndose hacia sus acompañantes—. ¿Por qué la justicia? ¿Alguien os vio venir?

—¡Nadie! —se apresuró a responder la aterrorizada mujer—. ¡Estoy completamente segura! Todos creen que estoy en Segovia.

—¡En ese caso marchaos! —susurró—. ¡Acompañadla, fray Miguel! Salid por la puerta de atrás y atravesad el bosque mientras yo distraigo a quien quiera que sea... ¡Rápido!

Las urgentes llamadas se repitieron con mayor insistencia.

—¡Abrid de una vez!

—¡Ya va! ¡Ya va! —gritó hacia fuera Espinosa—. ¿A qué viene tanto alboroto?

—¿Vive aquí Gabriel de Espinosa...?

El aludido hizo imperativos gestos a sus acompañantes para que desaparecieran cuanto antes, y pese a que doña Ana se resistía, fray Miguel tiró prácticamente de ella hasta obligarla a salir casi a rastras. Tan sólo entonces Espinosa se decidió a descorrer los cerrojos.

—Aquí vive. ¿A qué viene importunar a estas horas?

Franqueó por completo la puerta para que hiciera su aparición don Rodrigo de Santillana, «Alcalde de Casa y Corte de Valladolid», seguido por su secretario Juan Bermúdez, quien empujaba ante él y sin el menor tipo de miramientos a una atemorizada Lucía *la Bronca*.

—¿Qué significa esto? —quiso saber el desconcertado dueño de la casa.

—¿Sois vos Gabriel de Espinosa? —inquirió sin responder a su pregunta Santillana.

—En efecto, lo soy.

—¿Conocéis a esta mujer...?

Espinosa dudó unos instantes, pero comprendiendo que resultaba inútil negarlo, asintió con un leve gesto de la cabeza:

—Ligeramente.

—Afirma que le habéis dado palabra de matrimonio.

—¿Yo? —se asombró el otro—. ¡Eso es absurdo!

—¿Absurdo...? —estalló la barragana fuera de sí—. ¿Por qué absurdo, maldito hijo de perra? La otra noche me regalaste un anillo y me pediste que me casara contigo. —Rompió a llorar desconsoladamente sin cesar de gritar—: ¡Falso...! ¡Canalla! ¡Maldito cabrón!

Resultó a todas luces evidente que Gabriel de Espinosa no tenía ni la menor idea de a qué se estaba refiriendo, puesto que se volvió desconcertado a don Rodrigo de Santillana para inquirir:

—¿Anillo? ¿De qué diablos está hablando esta desgraciada? ¡Yo jamás le he regalado ningún anillo!

—Lo suponía —replicó el aludido con naturalidad—. Además de puta y ladrona, mentirosa —extrajo de su faltriquera el anillo y lo alzó para que le diera la luz al añadir—: Intentó vendérselo a uno de mis informadores al que le extrañó que lo tuviera en su poder dado su extraordinario valor... ¿Es vuestro?

—Jamás lo he visto.

—¡Mientes! —le espetó Lucía *la Bronca* fuera de sí—. Es tuyo y me lo regalaste.

—¡Mujer! —le reconvino el secretario Juan Bermúdez aferrándola por el brazo—. ¡Aprende a respetar a un caballero.

—¡Digo que miente! —insistió ella llorando a lágrima viva—. Me lo regaló pero tal vez no quiera reconocerlo porque fue él quien lo robó. Tiene muchas joyas. ¡Una auténtica fortuna!

Gabriel de Espinosa advirtió que las piernas le flaqueaban y se vio obligado a buscar apoyo en el respaldo de una silla para no caer redondo. Palideció hasta quedar tan blanco como el papel y por último acertó a tartamudear evidentemente anonadado:

—¿Pero qué dice? ¿Qué inventos son ésos? ¿Cómo se atreve a acusarme? ¡Esta mujer está loca!

—¿Loca? —repitió ella fuera de sí—. ¿Loca yo? Yo sólo digo la verdad. —Se volvió bruscamente hacia Santillana para insistir—: ¡Compruébelo, Vuecencia! Allí, dentro de aquel jarrón, oculta las joyas.

El aludido pareció dudar unos instantes, pero ante la aparente seguridad de la imputada y el visible desasosiego del dueño de la casa, hizo un mudo gesto a su secretario, que se dirigió directamente al jarrón quitando las flores secas e introduciendo en él la mano.

Al poco extrajo la bolsa que surgió chorreando, y la depositó con profundo disgusto sobre la mesa al tiempo que arrugaba la nariz con un exagerado mohín de repugnancia.

—¡Mierda! —exclamó.

—No es mierda, es pis —le contradijo con aspereza la buscona—. No podía aguantar más y me oriné en el jarrón.

El asqueado secretario abrió como pudo la empapada bolsa de cuero para desparramar su contenido sobre la mesa, y pese a la repugnancia que sentía no pudo evitar que se le escapara una sonora exclamación de asombro:

—¡Qué barbaridad! ¿Pero qué fortuna es ésta?

—Nunca vi nada semejante —admitió su jefe al tiempo que se volvía interrogante a Gabriel de Espinosa—. ¿Qué explicación podéis darme?

Éste ni siquiera tuvo tiempo de intentar buscar dicha explicación, puesto que la puerta que conducía al interior de la casa se abrió en esos momentos para que hicieran su aparición doña Ana de Austria y fray Miguel de los Santos a los que escoltaban dos alguaciles fuertemente armados, el primero de los cuales señaló confuso:

—Los sorprendimos mientras trataban de escabullirse a través del bosque, y juzgué que sería prudente detenerles, Excelencia.

Tal como venía diciendo,
tras la etapa de amoríos
del activo y el Cansino
llegaron tremendos líos
siempre por culpa del vino.

Sixto era astuto y discreto,
y prudente en sus acciones,
raramente abría la boca,
pero no atendía a razones
ni conservaba un secreto
cuando empinaba la bota.

Cuando el tinto le corría
por la garganta hacia abajo
algo extraño sucedía
pues su miedo y discreción
se iban de pronto al carajo.

En realidad Sixto eran siete;
las seis caras que tenía

gracias a su hipocresía,
y que eran la tapadera
de una más, la verdadera,
que mostraba cuando bebía.

Y por el vino pasó
de ser el amante de un fraile
a ser la puta en un baile
en el que todo el que quiso bailó.

Bastaba un vaso de tinto
para desatarle el cinto,
levantarle la sotana
y «zurrarle la badana»,
por lo que muy pronto su fama
de estar ya en la otra orilla
llegó incluso hasta Castilla
donde aún vivía su hermana.

Mujer con alma de arpía
y que el pueblo aborrecía
por intrigante y falaz,
descubrió de sopetón
que un deslenguado rapaz
le cantaba esta canción:

«Si al Cansino
por delante le das vino
puedes darle lo que quieras
por detrás.
Y su hermana, la usurera

si le das una moneda
te deja participar.»

¡Ancha es Castilla, señores!
Eso dice quien la ha visto,
y aunque yo lo sé de oídas,
sé que por ancha que fuera,
las canciones divertidas
vuelan como vuela un mirlo
y suenan junto a la hoguera.

Fue una noche de verano
a la orilla del Pisuerga.
Pero Nuño estaba allí
cuando la cantó mi suegra.

Y ella misma me contó
que al escuchar aquel nombre
Pero Nuño se perdió
como una sombra en la noche.

Septiembre de 1592

Don Pedro, don Pablo, don Juan y don Antonio desembarcaron frente al pórtico de la iglesia que el eximio Andrea Palladio había concluido hacía apenas veinte años, atravesaron la amplia explanada y penetraron en el hermoso palacio contiguo en el que un discreto sirviente les condujo, escaleras arriba, hasta la amplia estancia en la que les aguardaba aquel que en principio habían decidido aceptar como el rey don Sebastián de Portugal.

Al concluir los ceremoniosos saludos de rigor, don Pedro fue el primero en señalar:

—Tras largas conversaciones, y admito que no pocas controversias, aquellos a quienes representamos han decidido apoyar en un principio la justa reivindicación de Su Majestad al trono de Portugal, siempre que se respeten unas determinadas cláusulas.

—¿Y son?

—En primer lugar, discreción absoluta, puesto que ni el Santo Padre, ni ninguno de nuestros gobernantes desean que sus nombres figuren en este negocio antes de tiempo.

—Resulta comprensible.

—Únicamente se mostrarán a la luz cuando consideren que se dan las circunstancias apropiadas para que el trono de Portugal regrese a manos de su legítimo propietario.

—Lo daba por supuesto.

—A nadie se le escapa que don Felipe no sólo es poderoso, sino también inteligente y vengativo —intervino el que se hacía llamar don Antonio, que a pesar de hablar un correcto italiano se le notaba un leve acento extranjero—. Nunca perdonaría a quien intentara arrebatarle su más preciada joya.

—¡Bien! —admitió don Sebastián de Portugal dando por cerrado un capítulo de la conversación sobre el que al parecer todos los presentes estaban de acuerdo—. Ese punto está claro... ¡Siguiente cuestión! ¿Qué piden a cambio?

Los cuatro hombres colocaron sobre la gran mesa que presidía el centro de la austera estancia los pergaminos cerrados y lacrados que traían consigo.

—Hemos decidido que cada uno de nosotros exponga por escrito, y sin conocimiento los unos de los otros, lo que cada cual exige por su colaboración en el caso de que Portugal recupere su independencia —señaló don Pablo que pese a que se esforzara por ocultarlo no podía negar que pertenecía a la Curia Romana—. Su Majestad deberá estudiar las peticiones con el debido detenimiento y discutir, si es que admiten discusión, cada caso y por separado con el representante del gobierno interesado.

—Les advierto, señores, que no estoy dispuesto a

malvender Portugal a cambio de recuperar el trono, por lo que confío en que sus exigencias se enmarquen dentro de cierta lógica.

—Su Majestad puede estar tranquilo a ese respecto —se apresuró a replicar don Pedro—. Supongo que expreso el sentir general al señalar que lo que en verdad importa en todo este asunto es debilitar a Madrid, no a Lisboa. El día de mañana necesitaremos un aliado, agradecido, pero fuerte.

—¡Me alegra oírlo!

—No podía ser de otro modo puesto que éste es un empeño de gran trascendencia para el futuro, no sólo de nuestras respectivas naciones, sino del resto de la humanidad —señaló don Juan—. El rey Felipe se ha convertido en un hombre egocéntrico al que la soberbia le impide aceptar cualquier consejo u opinión. El animoso emperador Carlos dialogaba y no dudaba en recorrer miles de leguas viendo el mundo y entrevistándose con otros gobernantes en un meritorio esfuerzo por llegar a acuerdos beneficiosos para todos, pero su misógino hijo se ha encerrado como una ostra en ese mausoleo de El Escorial, que el diablo confunda, y su concepto de los tiempos que corren responde a lo que le cuentan unos serviles cortesanos que tan sólo buscan su propio provecho.

—Y por desgracia le cuentan aquello que saben que quiere oír.

—Así es, en efecto —admitió don Pablo—. Su visión del mundo exterior es la de un mulo con orejeras, y su comprensión de los problemas de sus súbditos se ajusta a lo que sus informantes deciden comunicarle. Debido a ello consideramos que permitir que alguien cuyo juicio personal se encuentra tan mediatizado sea la autoridad que rige los destinos de millones de seres humanos, resulta de todo punto inaceptable.

—¿Es ésa la posición oficial del Vaticano?

—El Vaticano no puede permitirse tener una posición oficial en un tema de tanto calado y tan profunda trascendencia, pero sí estamos en disposición de admitir que es la opinión personal de un Santo Padre que a diferencia de don Felipe procura mantenerse en continuo contacto con sus fieles y entiende muy bien cuáles son sus necesidades. Por ese motivo, una de sus exigencias a la hora de contribuir a recuperar vuestra corona se centra en la promesa de que Portugal abolirá, tanto en la metrópoli como en sus colonias, la nefasta práctica de la esclavitud.

—Eso es algo que está fuera de toda discusión —admitió en tono decidido don Sebastián de Portugal—. Si vuelvo a sentarme en el trono mi primer decreto será suprimir por completo el tráfico de seres humanos.

—Los decretos no bastan —le hizo notar el otro—. Don Felipe ha promulgado decretos semejantes, pero nadie los cumple en la orilla opuesta del océano. Como suelen decir los propios españoles, «Una cosa es la ley que dicta el rey, y otra la que aplica el virrey».

—No será éste el caso, y empeño en ello mi palabra. Nadie, sea cual sea su color de piel, su nacionalidad, su lugar de origen o sus creencias religiosas podrá ser considerado, bajo ningún concepto, diferente del resto de los ciudadanos portugueses.

—Al Santo Padre le hará feliz saber tal cosa.

—Y a mí me hace feliz comprobar que estamos de acuerdo en ello. Durante años fui prisionero de los beduinos y compartí muchas cosas con sus esclavos, y aunque admito que por lo general los tratan relativamente bien, llegué a la conclusión de que no existe razón alguna para que un ser humano tenga que ser considerado inferior a otro. Y en la leprosería conocí a un somalí tan culto e inteligente que hubiera hecho un magnífico papel en la corte de Francia.

—¿Habéis vivido por ventura en una leprosería? —inquirió no sin cierta inquietud en el tono de voz el apodado don Juan.

El portugués asintió sin inmutarse.

—Dos años. En los Altos del mar Muerto.

—¿En los Altos del mar Muerto? —repitió con voz alterada un sorprendido don Pablo—. ¿No habréis conocido por casualidad a fray Bartolomé de Acquaviva?

—¡Naturalmente! —replicó de inmediato su interlocutor—. Y no por casualidad. Fue mi maestro, mi confesor y quien mantuvo mi entereza en los peores momentos. También fue quien me obligó a abandonar el lazareto asegurando que mi destino era otro.

—¿Cómo se encuentra?

—Feliz.

—¿Estáis seguro?

—Conociéndolo como lo conozco, sí. ¿Le conocéis?

—Es mi hermano.

Don Sebastián quedó tan desconcertado que por unos instantes no supo cómo reaccionar, lo que aprovechó el otro para inquirir:

—¿Tenéis idea de cuándo piensa regresar?

El interrogado se tomó un tiempo para reflexionar, observó a quien le observaba buscando en su rostro algún rasgo que le recordara al anciano que tanto había significado para él, y por último replicó:

—Nunca.

—¿Nunca? ¿Y eso por qué?

—Porque el amor al prójimo que siente vuestro hermano es tan intenso, y su fe en el Señor tan profunda, que no sólo le ha entregado su espíritu, sino también su cuerpo, lo cual significa que ya nunca saldrá de allí.

Don Pablo, que había palidecido hasta quedar blanco como el papel, buscó apoyo en la mesa, aspiró con intensidad como si de pronto advirtiera que le faltaba el aire, y con apenas un hilo de voz inquirió:

—¿Debo deducir de vuestras palabras que lo peor que se puede imaginar en estos casos ha sucedido?

—Lo que para vos, para mí, y para cualquier otro sería sin duda «lo peor», para vuestro hermano tan sólo significa haber ascendido un peldaño en el camino que le lleva hacia Dios. Insisto en asegurar que se siente feliz porque sabe que cada vez que limpia una llaga, o venda una herida su parcela en el Cielo aumenta de tamaño.

Su interlocutor, que se mordía los labios en un supremo esfuerzo por no romper a llorar mientras el resto de los presentes se mantenían muy quietos y en silencio, impresionados sin duda por el inesperado rumbo que había tomado la conversación, acabó por asentir:

—¡Gracias por el consuelo! —musitó.

—No ha sido ésa mi intención, Señor, puesto que no existe razón para estar triste —fue la firme respuesta—. Si es vuestro hermano y lo conocéis como se supone que se conoce a un hermano, estaréis de acuerdo conmigo en que ése era el destino que buscaba, y el hecho de que lo haya encontrado no es motivo de amargura sino de regocijo.

—Puede que tengáis razón y sea cierto, pero la lepra es la lepra.

En ese justo momento se escucharon unos discretos golpes en una de las puertas que comunicaban con el interior del palacio; don Sebastián la entreabrió, hizo un gesto para indicar que le esperaran unos instantes, y al punto desapareció cerrando a sus espaldas.

Los presentes se consultaron con la mirada algo sorprendidos, pero ni siquiera tuvieron tiempo de hacer comentario alguno, puesto que su anfitrión reapareció de inmediato para señalar sonriente:

—Les suplico que me disculpen, pero es que mi secretario insiste en que haga hincapié sobre un delicado asunto que está muy directamente relacionado con el lugar en que nos encontramos.

—¿Y es? —quiso saber don Pedro, que como veneciano era el más directamente interesado en el tema.

—Nos resultaría muy útil que sus autoridades elijan a un personaje de la nobleza que se encuentre condenado a una larga pena de prisión, con el fin de trasladarlo en secreto a alguna de las pequeñas islas de los alrededores, en la que se le mantendrá encerrado, bien vigilado y lejos de la vista de extraños, pero atendido a cuerpo de rey.

—¿Y la razón de tan sorprendente petición?

—Haríamos correr el rumor de que tan misterioso personaje no es otro que el mismísimo rey de Portugal.

—¿Y por qué razón los venecianos estarían interesados en mantenerle encerrado?

—Porque al parecer no se deciden a ejecutarlo ante la duda de que en realidad pueda ser don Sebastián, pero tampoco se arriesgan a dejarlo en libertad por temor a ofender y molestar al todopoderoso don Felipe de España.

—¿Y qué ocurriría si, lógicamente, ese rumor llegara a oídos del embajador español y pidiera explicaciones?

—Que se negaría rotundamente tan absurda posibilidad, y si el embajador insistiera en demasía, se le conduciría ante el reo para que se convenciera por sí mismo de que no es otra cosa que un noble veneciano que goza de un trato de favor porque ha pagado por ello a algún funcionario corrupto.

—De todo ello deduzco —intervino don Antonio, que llevaba largo rato en silencio— que lo que pretendéis es distraer la atención de los espías de vuestro tío haciéndoles creer que os mantienen preso en Venecia, cuando en realidad os encontraréis en España.

—Veo que lo habéis entendido a la perfección —fue la respuesta—. Me consta que mi tío me llama irónicamente «El Rey Fantasma», pero de igual modo me consta que le inquieta la idea de que a quien envió a la muerte con sus maquinaciones pueda haber regresado de la tumba, por lo que una y otra vez envía a sus mastines tras mi rastro.

—Siendo así, bueno será hacerles creer que un hueso, al que no pueden acceder, se encuentra a mil leguas de distancia de donde está realmente —admitió don Pedro con una leve sonrisa para añadir al poco—: Advierto que el alocado príncipe, que tantas y tan graves muestras de inmadurez diera en su día, se ha convertido en un hábil conspirador que puede acabar proporcionándole auténticos quebraderos de cabeza a quien le engañó hace ya tanto tiempo.

—No pretendo proporcionarle únicamente quebraderos de cabeza —fue la respuesta firme—. Lo que pretendo es arrancarle de la cabeza mi corona.

—Pues si le arrancarais de paso la cabeza, dudo que nadie os lo fuera a echar en cara —sentenció don Juan—. Pero nos gustaría estar al corriente de cuál es el *tempo* y la estrategia que tenéis previsto emplear en tan difícil y compleja aventura con el fin de poder brindaros la mayor ayuda que esté en nuestra mano.

—El *tempo* lo marcará el pueblo portugués, puesto que debemos esperar a que esté lo suficientemente maduro como para enfrentarse a esta gran prueba. En ese aspecto contamos con todas las bazas a nuestro favor, pero es necesario jugarlas con extrema prudencia.

—De acuerdo en que la prudencia será nuestra mejor aliada en este negocio. En cuanto a la estrategia, ¿qué tenéis que decirnos?

—Que la única que no se empleará, más que en caso extremo, será la de la lucha armada. La razón y la justicia que necesitan de la fuerza bruta, acaban por no ser ni justas, ni razonables. Preferimos decantarnos por la astucia y, sobre todo, el desconcierto.

—Lo de la astucia lo entiendo —reconoció el veneciano—. ¿Pero qué pretendéis decir con eso del «desconcierto»?

El interrogado tardó en responder; observó a sus interlocutores uno por uno como si estuviera dándose tiempo para encontrar una respuesta apropiada, y por fin fue a acomodarse en un amplio diván.

—¡Pongamos un ejemplo cercano...! —dijo al tiempo que les señalaba con un amplio gesto—. Tengo ante mí a cuatro hombres cultos, honrados e inteligentes, representantes de cuatro poderosos estados, que han acudido a verme con el fin de hacerme una serie de promesas que están decididos a cumplir. ¿Estoy en lo cierto?

—Totalmente.

—No obstante, ninguno de los cuatro podría cumplir sus promesas por mucho que se lo propusiera... —Les apuntó con el dedo en el momento de inquirir—: ¿Por qué?

Don Pedro, don Pablo, don Juan y don Antonio se observaron evidentemente perplejos, clavaron la vista en su sonriente anfitrión, volvieron a mirarse, y al fin uno de ellos no pudo por menos que preguntar evidentemente molesto:

—¿Se trata de una charada?

—Más bien de una «estrategia» —fue la tranquila respuesta—. ¡Decidme! ¿Por qué razón no podríais cumplir lo que me habíais prometido?

Resultó evidente que los cuatro caballeros se encontraban harto sorprendidos o desconcertados, por lo que optaron por permanecer en silencio a la espera de que su oponente les aclarase el motivo por el que, según él, no estaban en condiciones de hacer honor a la palabra empeñada.

A la vista de que ninguno de ellos encontraba una solución al difícil problema planteado, la explicación que dio resultó, no obstante, de lo más sencilla:

—Nunca podríais cumplir lo que me habíais prometido puesto que ya se lo habíais prometido a otro, y no se puede ofrecer lo mismo a dos personas diferentes y pretender quedar bien con ambas.

—¿Pero qué es lo que estáis diciendo? —señaló entre incrédulo y ofendido don Juan—. No hemos prometido nada a nadie.

—¿Estáis seguro?

—Por completo.

—¿Seríais capaz de jurarlo?

—¡Naturalmente!

—Sin embargo, os recuerdo que hace unos minutos le habéis prometido a don Sebastián de Portugal que le ayudaríais a recuperar su trono.

—Eso es muy cierto.

—Y poco después me lo habéis prometido a mí.

Los cuatro hombres le observaron como si se hubiera vuelto loco y no reaccionaron hasta que la puerta que daba al interior del palacio se abrió y en el umbral hizo su aparición una réplica exacta, ropa y peinado incluidos, de aquel con quien estaban hablando.

—¡Dios bendito!

—¡No puedo creerlo!

—¿Pero qué es esto?

—«Esto» es parte de nuestra estrategia, caballeros... —replicó don Sebastián de Portugal avanzando hasta colocarse junto a quien se acomodaba en el sofá con el fin de que los presentes pudieran comprobar que eran idénticos—. Les presento a Aníbal Aniballdi, mi doble en la corte de Lisboa, y que continuará haciendo su papel con el fin de desconcertar en cuanto sea posible a los espías del tirano.

Tras unos minutos de lógica confusión y multitud de preguntas, y cuando al fin los cuatro caballeros acabaron por entender qué era lo que estaba sucediendo, don Pablo inquirió:

—¿O sea que lo que pretendéis es que don Felipe se tenga que enfrentar a tres posibles sobrinos; uno supuestamente encerrado en Venecia y dos que rondarán por esos mundos de Dios?

—¡Exactamente! Si quería un fantasma, tendrá

tres. La idea es que cuando uno de nosotros se encuentre en peligro, el otro surgirá en otra parte desviando la atención de la policía, que tardará en darse cuenta de lo que ocurre en realidad.

—Suena a truco de prestidigitador —sentenció don Pablo.

—Pero puede llegar a ser muy efectivo —le hizo notar el auténtico don Sebastián al tiempo que colocaba la mano sobre el hombre de su doble—. A lo largo de estos años hemos conseguido perfeccionar nuestro parecido hasta el punto de que ni siquiera la esposa de Aníbal tiene la menor idea de que existo, pese a que he hablado con ella en varias ocasiones. Siempre lo hizo convencida de que se encontraba frente a su marido.

—¡De acuerdo! —intervino don Antonio—. Imaginemos que conseguimos desconcertar a los espías de don Felipe, que los portugueses reaccionan como esperamos, y con la ayuda de Dios, del que siempre cabe esperar algún milagro, la conjura tiene éxito... —Apuntó con el dedo a quien se encontraba en el diván al tiempo que inquiría—: ¿Quién nos garantizaría en ese caso que no será él, un impostor, quien acabará sentándose en el trono de Portugal?

—Yo.

—¿Y si por desgracia en esos momentos estáis muerto? ¿Os dais cuenta de lo que podría significar que Francia, Inglaterra, Venecia y el Vaticano hubieran contribuido de forma tan directa a entregar la corona de un país históricamente tan importante a un plebeyo?

—Me doy cuenta... —admitió su interlocutor—. Y es un peligro en el que no creo, puesto que conozco a Aníbal, pero como me consta que ello preocuparía seriamente a mis aliados, he tomado las medidas oportunas con el fin de tranquilizaros.

—¿Y son?

—He firmado, con cuatro copias selladas que os serán entregadas antes de partir, una declaración por la que, una vez en el trono, abdico con carácter irrevocable en un noble portugués cuya designación dejo al criterio del Santo Padre.

—¿Podrá considerarse eso legal? —quiso saber don Antonio tras un corto silencio en el que todos parecieron estar sopesando los pros y los contras de tan singular propuesta.

—Es de suponer que el mandato de un rey ungido debe considerarse legal siempre que no sea inmoral, y éste no parece ser el caso. Un monarca está en su derecho de abdicar en el momento en que lo estime conveniente.

—Abdicación un tanto insólita, se me antoja.

—Todo cuanto estamos tratando en esta estancia es insólito, empezando por el hecho, nunca visto anteriormente, de que un hombre gravemente enfermo gobierne el mundo y nos imponga su voluntad sin moverse de sus habitaciones en un remoto lugar de Castilla —puntualizó don Pedro.

—En eso estoy de acuerdo —admitió don Juan—. Cuanto se intente, por insólito que parezca, para acabar con semejante tiranía, debe ser respaldado.

Septiembre de 1595

El tímido piar de unos pájaros y la primera claridad del alba se filtraron a través del enrejado ventanuco de la lóbrega mazmorra sobre cuyo camastro aparecía acurrucada una figura humana.

Al poco la reja se abrió con un chirriar de hierros oxidados para que hiciera su entrada don Rodrigo de Santillana que contempló, entre severo y compasivo, al hombre que dormía.

—¡Espinosa...! —llamó—. ¿Podéis oírme, Espinosa?

Gabriel de Espinosa se irguió muy lentamente hasta quedar sentado en el camastro alzando el rostro hacia el recién llegado.

Su aspecto resultaba francamente patético: sucio, barbudo y harapiento, con un ojo amoratado, sangre coagulada en cada centímetro de su cuerpo, y una mirada entre perdida y febril que en nada recordaba a la del altivo «rey» o el desvergonzado truhán de antaño.

—Os oigo, Santillana —mascculló al fin—. Oír y pensar son casi las dos únicas cosas que aún me son permitidas. ¿Por qué tenéis la horrenda costumbre de madrugar tanto?

—Me crié en el campo, ya os lo he dicho.

—¿Y qué queréis ahora?

—Lo mismo de ayer y de todos los días... Nombres.

—No tengo nombres que dar.

Don Rodrigo tomó asiento en un taburete frente a su prisionero con el fin de observarle aún más de cerca con una indescriptible mezcla de incomodidad, cansancio y admiración, al tiempo que inquiría en tono desabrido:

—¿Hasta cuándo creéis que podréis soportar tanta tortura? El rey quiere los nombres de vuestros compinches, y os garantizo que está acostumbrado a obtener lo que desea.

—Pues en esta ocasión, y aunque tan sólo sea por una única vez, pienso vencer a don Felipe.

—¿Y de qué os valdrá tan pírrica victoria?

—De nada, pero ¿por qué hacer que me acompañen a la horca quienes tan sólo buscaban el bien de Portugal? Con una víctima es bastante.

—Hacéis mal al sacrificaros de este modo por quienes os han olvidado —le hizo notar el severo Alcalde de Casa y Corte—. Vuestros cómplices, quienes quiera que sean, no moverán un dedo por vos.

—Eso espero —fue la segura respuesta no exenta de una cierta altivez—. Y demuestran con ello ser buenos súbditos, puesto que así lo ordené; tenían que ganar un rey o perder un impostor, y ya veis que obedecen. ¿Qué puede importarle a los portugueses un miserable pastelero castellano?

—En verdad sois un hombre extraño que me intriga —admitió su interlocutor agitando una y otra vez la cabeza como si le costara aceptar la realidad—. Aún no me siento capaz de discernir si estoy hablando con el auténtico don Sebastián o con el más astuto usurpador de personalidades que jamás pisara estas tierras.

—Lo cual no evitará que me ahorquéis en cuanto vuestro amo lo ordene, puesto que siempre seréis vasallo antes que juez.

—Contened la lengua o no respondo de mis actos —fue la agria advertencia de quien parecía a punto de perder la paciencia—. A fe que estoy convencido de que me enfrento a un auténtico maestro del enredo y la simulación, pero os juro que encontraré la forma de hacer que entréis en razón.

—¿Y qué podríais hacerme que no me hayan hecho ya vuestros verdugos? —quiso saber su interlocutor—. Me han torturado de todas las formas y maneras que ha sido capaz de inventar el ser humano, y ya se sabe hasta qué punto alcanza su maldad. —Gabriel de Espinosa dejó escapar un triste lamento al añadir—: ¡Oh, Dios! Años preparando la gloria del retorno, y entre una monja histérica y una prostituta ladrona me han perdido. ¡Qué triste, Señor, qué triste! Ni en mis peores pesadillas imaginé tan amargo destino.

El otro le colocó la mano sobre el hombro como si de verdad sintiera lástima por él, y era más que probable que así fuera.

—Bien hacéis en lamentaros —dijo en un tono

muy diferente al empleado hasta ese momento—. Quien aspira a altas empresas en las que están en juego tronos y coronas no debería mezclarse con gentes de baja estofa.

—Lo sé mejor que nadie, pero ¿quién os pide consejo o compasión? —fue la agresiva reacción del reo—. Limitaos a cumplir con vuestro papel de esbirro, ahorcadme de una vez, y acabemos.

—No sin averiguar antes la verdad que mi Señor me pide —puntualizó Santillana sin inmutarse—. Don Felipe no busca únicamente el nombre de los traidores que os ayudan: quiere saber a ciencia cierta a quién ahorca.

Espinosa alzó la cabeza para inquirir:

—¿Y os extraña en él? Aunque tuviera la certeza de que soy su sobrino, me ejecutaría de igual modo. ¡Incluso con mayor placer probablemente! —añadió—. Pero no pienso darle ese gusto.

—¿Pero por qué?

—Porque deseo que le digáis que tan sólo ha conseguido aplastar a un estúpido embaucador de tres al cuarto, bueno tan sólo para engañar a monjas histéricas y frailecillos ambiciosos. Pero el verdadero don Sebastián, aquel que algún día que ya se acerca le arrebatará para siempre el trono de Portugal, continúa vivo. —Hizo un sobrehumano esfuerzo y comenzó a tararear con voz quebrada—: «Cabalgaba Lanzarote tan apuesto en su rocín, e iba en busca de su dama de quien era paladín. Rey tudesco le retara a sus espadas cruzar y allí mismo le...»

—¡No empecéis de nuevo con vuestros sucios

trucos de comediante! —le atajó un impaciente Santillana al que los cambios de actitud de su prisionero sacaban de quicio—. ¡Después de tantos meses me los conozco todos!

—¿Estáis seguro? —inquirió el otro burlón—. Aclaradme en ese caso si le resulta más sencillo a un hambriento comediante fingirse rey, o a un altivo rey comportarse como un desvergonzado comediante. Me gustaría saberlo aunque tan sólo fuera por saber quién ganó al fin la maldita apuesta.

—¿De qué apuesta estáis hablando?

—De una que este Gabriel de Espinosa hizo con otro Gabriel de Espinosa hace ya muchos años. En verdad que aún no sé con certeza quién fue mejor alumno o mejor maestro, y me inclino a pensar que todo depende de mi estado de ánimo, puesto que hay días en que me despierto rey, y muchos otros en que apenas alcanzo a sentirme pastelero.

—¡Basta, Espinosa! —protestó el hastiado Alcalde de Casa y Corte—. Me aburren vuestros modos. Habláis y habláis hasta convencerme de que no sois más que un charlatán embaucador, para cambiar bruscamente y pasar a comportaros como un auténtico príncipe. ¡No os soporto!

—De eso mismo trataba la apuesta —replicó el otro con sorprendente naturalidad—. De aprender a confundir al enemigo.

—Yo nunca me he considerado vuestro enemigo; no soy más que un simple servidor de la Corona que intenta cumplir lo mejor posible con su difícil misión de hacer justicia.

—¿Justicia? —fingió escandalizarse su interlocutor—. Hacedme la merced de no volver a pronunciar una palabra que se ensucia en vuestra boca.

—¿Pero cómo os atrevéis...?

—Me atrevo porque me consta que a vos no os interesa en absoluto la justicia; no sois más que una marioneta de don Felipe.

—Yo no soy marioneta de nadie.

—¿Ah, no? ¿En ese caso dónde están los testigos que podrían reconocerme?

—¿Os estáis refiriendo acaso al intrigante fray Miguel de los Santos que sería capaz de aceptar como rey de Portugal al mismísimo diablo, o a esa infeliz de doña Ana de Austria, a la que la ambición y el deseo carnal nublan la vista? Que yo sepa nadie más ha admitido que os conozca más que como un buscavidas palentino que hizo fortuna en Brasil, y que cometió el error de meterse a intrigante pastelero.

—¿Y qué habéis hecho de los documentos que estaban en mi casa y que respaldan a las claras mis derechos a la corona?

—En manos de Su Majestad se encuentran, por lo que será él quien decida sobre su autenticidad o no.

—Es como poner al zorro a cuidar de las gallinas. En ese caso, ¿por qué me encerráis en una oscura mazmorra sin permitirme exponer en público mis reivindicaciones? ¿Es justicia ocultar, mentir y falsear...?

—Muy altas razones de estado impiden manejar este caso como si se tratara de una simple disputa por una propiedad rural o un coto de caza.

—Esas supuestas «altas razones» deberían ser razón de más para exigir transparencia en tan espinoso litigio. No es sólo una propiedad, sino el destino de millones de seres lo que está en juego.

—¿El destino de millones de seres? ¿A qué os referís?

—A que lo que se dilucida aquí es el futuro de un imperio. Y ello significa que la vida de los portugueses tomaría un rumbo muy distinto si los gobernara yo, que estoy dispuesto a respetar todos sus derechos, o don Felipe, que no admite otro derecho que su indiscutible voluntad.

—¿Y quién habla así? —quiso saber don Rodrigo de Santillana—. ¿El pastelero impostor, o el caprichoso rey que arrastró a su país a una guerra estúpida desoyendo todos los consejos y a sabiendas de que conducía a su pueblo a una matanza? ¿Desde cuándo acucia semejante amor por los derechos de sus «vasallos» a quien tan estúpidamente los pisoteó en Alcazarquivir?

Gabriel de Espinosa tardó en responder; se puso trabajosamente en pie, se aproximó al muro, bajo el tragaluz, para alzar el rostro hacia el minúsculo rectángulo de cielo que apenas alcanzaba a distinguirse, y ya de espaldas a su interlocutor respondió al fin:

—Admito que tenéis razón. ¿Quién soy yo para opinar sobre el destino de los hombres, cuando tan mal uso hice de él, e incluso de mi propio destino? ¡Dejadme, por favor! Dejadme y suplicadle a vuestro amo que fije cuanto antes la fecha de mi ejecución y acabemos de una vez por todas con tan absurda farsa.

—¿A qué viene tanta prisa?

—A que la muerte tan sólo dura unos instantes, mientras que esta triste agonía se vuelve ya infinita.

De vuestro silencio deduzco
y no es presunción de artista,
que la historia que estoy contando
os continúa intrigando
y confiáis en que insista.

Yo insistiré con sumo gusto
en hablar del Peregrino,
contar cuentos es mi oficio
y lo ejerzo con pasión,
pero no lo hago por vicio
y si no da beneficio
me busco otra ocupación.

Por eso digo, señores,
todo el que quiera saber
qué paso con Pero Nuño
y en qué acabaron sus males,
que se olvide de las flores
y me lance unos reales.

Que alabar mi buen hacer
me emborracha de alegría
y es cosa que asaz me place,
pero que a una bolsa vacía
poco provecho le hace
y no produce placer.

¡Ahora sí!, ya lo he escuchado,
una de plata ha caído,
eso me alegra el oído
y me hace estar aliviado,
pues que si tanto cantar
no produce emolumentos
nunca me pondré a llorar
pero emitiré mil lamentos.

Sigamos con el Cansino,
mas lo haré más animado,
había perdido el rumbo
y andaba ya desbocado.

Su trasero era llamado
Piazza del Popolo,
quizá por lo frecuentado,
y dicen que en él se perdieron
un centenar de cristianos.

Pero Nuño lo encontró
sin mayor dificultad
y como otros muchos pidió
tener su oportunidad.

El Sixto accedió encantado,
mas grande fue su sorpresa
cuando ya en pleno delirio,
y lo digo con embarazo,
en lugar de lo esperado
le introdujeron un cirio
tan grueso como mi brazo
y largo como esta mesa.

Y por lo que me han contado
era un cirio perfumado,
por lo que no cometo error,
ni digo barbaridad
si me atrevo a asegurar
que aquel sucio pecador
pasó presto al otro mundo
en olor de santidad.

Cuentan, mas no lo aseguro,
que la famosa expresión
«pasarse la noche en vela»
alude la horrenda agonía
que padeció aquel villano
antes de estirar la pata
con un velón en el ano.

El caso fue tan sonado
por el empacho de cera
que sufrió el mal penitente,
que atendiendo a sus dolores

a la hora de alumbrar
la triste capilla ardiente
en lugar de cuatro cirios
brillaron cuatro faroles.

Octubre de 1595

—¿Ejecutarle? —repitió el amo de la mitad del mundo—. ¿Por qué? No pienso ejecutarle hasta que confiese quiénes son sus cómplices, puesto que lo que en verdad importa es acabar de una vez por todas con los sediciosos que continúan lloriqueando por su fantástico rey.

—Se niega a hablar.

—Pues si vuestros verdugos no son capaces de obtener la información que deseo, buscad otros, pero que le mantengan con vida hasta que yo lo ordene. —Don Felipe alzó la vista hacia el circunspecto Pánfilo Colina que se mantenía en pie al otro lado de la mesa al añadir—: ¿Qué opina ese tal Santillana?

—¿Sobre qué?

—Sobre si existe alguna remota posibilidad de que ese hombre sea en realidad el estúpido de mi sobrino.

—Santillana no opina, Majestad. Y si opina, calla. Mi impresión es que se encuentra profundamente desconcertado.

—¿Desconcertado?

—O quizá sería mejor decir asustado ante la tremenda responsabilidad que significa para un simple funcionario el hecho de que tuviera que verse obligado a acabar derramando sangre real.

—¿Cómo es?

—¿Don Rodrigo de Santillana? Un vasallo incorruptible que cumplirá a ojos cerrados cualquier orden que reciba.

—¿Inteligente?

—El importante puesto que ocupa como Alcalde de Casa y Corte de una ciudad como Valladolid así lo exige.

—Que lo exija el puesto no garantiza que lo sea, y a diario me dan mil pruebas de ello —sentenció don Felipe—. Y en este caso en particular preferiría un obtuso fiel, a un inteligente que abrigara dudas. ¿Tiene familia?

—Esposa y tres hijos.

—Invitadles a venir a Madrid, y procurad que no abandonen la Corte bajo ninguna circunstancia.

—¿Me permitís que inquiera la razón?

—Sospecho que tanto los portugueses, como los franceses, y en especial los venecianos, estarían dispuestos a comprar a cualquier precio la libertad de tan peligroso prisionero.

—¿Y por qué habrían de hacer tal cosa?

—Porque el mundo, ¡todo el mundo!, está siempre en contra mía, y muchos estados no repararían en gastos con tal de hacerme daño y debilitarme. Ese tal Santillana tendrá que pensar mucho en la seguridad de su familia antes de decidirse a dar un paso en falso.

—Su fidelidad no admite dudas —se aventuró a protestar con cierta timidez el atribulado jefe de la policía secreta del amo del mundo.

—¿Y quién lo asegura? —fue la agresiva pregunta—. Mi vida no ha sido más que un continuo y doloroso tránsito de una infidelidad a otra, y si tuviera que recordar de cuántas traiciones he sido víctima me pasaría la noche, si es que aún es de noche, enumerándolas.

—¡Lamento oíros decir eso, Majestad!

—Más lamento yo tener que decirlo. Mi padre, el emperador Carlos, fue el más grande de los gobernantes gracias al hecho de que le rodeaban hombres honrados que le ayudaron en su magna labor. Pero son otros los tiempos, por desgracia, y gran parte de mis esfuerzos se han visto malogrados por el hecho de tener que luchar tanto contra el enemigo externo como contra aquellos que me acosaban desde dentro.

—Ya esos tiempos han pasado.

—¿Y quién me lo asegura? Si incluso los de mi propia sangre se han vuelto contra mí, ¿cómo no desconfiar de un simple Alcalde de Casa y Corte? ¡Vigiladle! A él y a su familia. —El hombre de las piernas ulceradas pareció dar el asunto por zanjado al añadir—: ¿Qué hay de fray Miguel de los Santos?

—Tampoco habla, aunque está en manos de la Santa Inquisición.

—Ésos saben bien lo que se hacen.

—Según parece se encuentra ya al borde de la muerte.

—¡Muy duro debe de ser el cura si resiste los métodos de los inquisidores! Haced que lo ahorquen en cuanto se reciba la autorización papal. ¿En qué estado se encuentra doña Ana de Austria?

—Encerrada, a pan y agua, en la más húmeda de las celdas del convento. Su salud se resiente.

—¡Por contenta puede darse con que no la mande ahorcar de igual modo! —El poderoso soberano enfermo y amargado lanzó un corto reniego al señalar—: ¡Volverse contra mí, su rey, una sucia bastarda que me debe cuanto tiene y cuanto ha sido en esta vida...!

—En verdad que su traición no admite la más mínima excusa, Señor, y a fe mía que constituye la parte más oscura y sorprendente de toda esta grotesca conjura.

—¿Entendéis por tanto cuanto os digo sobre las mil traiciones que me acechan? Que nunca, nunca y bajo ninguna circunstancia, doña Ana abandone su encierro, ni le sea concedida gracia ni privilegio alguno. ¿Qué se sabe de esa niña, Clara Eugenia, a la que ha hecho mención en sus declaraciones?

—Que la sacaron del país hace ya más de un año.

—¿Es hija suya?

—Difícil asegurarlo, Majestad. Todos los implicados se niegan a responder de un modo claro.

—Pues arrancadles la verdad a cualquier precio. Lo único que me preocupa de todo este turbio negocio es que una criatura, que además lleva el mismo nombre que mi hija, pueda vagar por esos mundos de Dios portando en sus venas sangre de los Austria.

—¿Me autorizáis a someter a doña Ana a la tortura?

—¡Naturalmente! Todo antes que consentir que una posible biznieta del emperador Carlos caiga en manos desaprensivas. Quiero tener la seguridad de que está en un convento... —Hizo una breve pausa para concluir—: O muerta.

—La encontraré donde quiera que se esconda.

—¡Más os vale! En cuanto a don Rodrigo de Santillana, si cuando todo esto acabe abriga aún la más mínima duda sobre la personalidad del prisionero, ocupaos de él. Que no pueda contarle nunca a nadie lo que sabe. Y tened algo muy presente: si me falláis en este asunto podéis daros por muerto.

Hizo un significativo gesto para que le ayudara a mover la vendada pierna que apoyaba en el taburete, para añadir al poco en un tono mucho más conciliador:

—Y ahora dejémonos de majaderías y vayamos a lo que en verdad importa. ¿Qué nuevas tenéis sobre ese posible canal transoceánico a través del lago Nicaragua que tanto me interesa?

—Un primer cálculo establece, muy grosso modo, que diez mil hombres podrían abrirlo en quince o veinte años.

—¡Quince o veinte años! —se escandalizó el soberano evidentemente decepcionado—. Dudo que esta maldita pierna me permita vivir tanto. ¿Es posible que el doble de hombres redujera ese tiempo a la mitad?

—En buena lógica matemática sí —fue la sencilla

respuesta—. Pero en opinión del gobernador de Nicaragua resultaría imposible abastecer a tantas bocas en un lugar tan alejado de la mano de Dios. Nos enfrentaríamos a un problema de logística de muy difícil solución, sin tener en cuenta el hecho evidente de que se trata de tierras insalubres en las que la gente muere como moscas por culpa de las fiebres y la disentería.

—Por lo que tengo oído, los negros soportan mejor que los nativos y los blancos esas fiebres y esa disentería.

—Eso dicen, Majestad —respondió el esquelético cortesano sin inmutarse—. Pero el problema se centraría entonces en el coste de veinte mil esclavos, que adquiridos a los actuales precios del mercado nos remontaría a una cifra fabulosa. Y a ello habría que añadir lógicamente un considerable número de guardianes.

—¡No! ¡Esclavos no! —fue la firme respuesta de don Felipe—. Y no sólo por el coste económico, que eso es algo que supongo que podríamos asumir visto los cuantiosos beneficios que a la larga reportaría una ruta comercial directa entre Oriente y Occidente, sino por el coste político que significaría el hecho de que la Corona española se involucrase hasta ese punto en un negocio ciertamente abominable.

—Me permito advertiros una vez más, Señor, que pese a todas vuestras leyes y recomendaciones, el tráfico de esclavos africanos aumenta día a día en las posesiones de ultramar.

—No es necesario que me lo recordéis tan a menudo —le hizo notar su interlocutor en tono de profundo desagrado—. Me consta que ciertos gobernadores se están mostrando demasiado benévolos a ese respecto con los terratenientes y propietarios de minas, pero también soy consciente de que no podemos exigirles un aporte económico cada vez más gravoso sin permitirles, en determinados casos, cierta libertad de movimientos.

—Consentir que centenares de hombres, mujeres y niños se subasten en plazas públicas y frente a edificios oficiales no debería ser considerado simplemente «libertad de movimientos», Majestad —puntualizó con innegable acierto don Pánfilo Colina—. Entiendo que en el Nuevo Mundo existen determinadas tareas que tan sólo las pueden llevar a cabo gentes de color, pero entiendo también, con todos los respetos, que si ciertos gobernadores se limitan a «mirar hacia otro lado» deberían tener algún otro lado hacia el que mirar.

—Siempre habéis sido un auténtico maestro en el arte del disimulo y la hipocresía, Colina, pero en este caso entiendo que os asiste la razón.

—¿Imparto órdenes al respecto?

—Hacedlo. Que en todos aquellos casos en los que el aprovechamiento de los recursos resulte imprescindible la mano de obra esclava se permita utilizarla, aunque naturalmente con la lógica discreción que tan delicado asunto requiere.

—¿Y con respecto al canal qué debe hacerse?

—Ganar una guerra.

—¿Cómo habéis dicho, Señor?

—He dicho que ese dichoso canal tendrá que esperar a que ganemos una guerra que nos proporcione veinte mil prisioneros. —El «rey del mundo» hizo una corta pausa para añadir con marcada intención—: A ser posible ingleses.

Abril de 1596

Un Rodrigo de Santillana, más severo y pálido que nunca, ya que se le advertía agobiado por el inmenso cúmulo de problemas que le acosaban en los últimos tiempos, se atrincheraba tras la austera mesa de su sencillo despacho, teniendo frente a sí a doña María de Souza que, igualmente desmejorada, poco tenía en común con la hermosa mujer de un año atrás.

Con las manos entrelazadas, apoyando en ellas la barbilla, el meditabundo Alcalde de Casa y Corte aguardó largo rato hasta que al fin puntualizó en tono seco y cortante:

—He aceptado recibiros porque monseñor D'Agostini, al que tengo en la más alta estima, así me lo ha suplicado, pero quiero advertiros que si vuestra visita se encuentra relacionada con una determinada persona que se encuentra bajo mi custodia, perdéis vuestro tiempo y me hacéis perder el mío.

—En realidad, Señor, mi visita está más bien relacionada con vos —fue la respuesta.

—¿Y eso? ¿A qué os referís?

—A que me interesaría saber si tenéis clara conciencia de que vuestra familia se encuentra secuestrada en Madrid.

—¡Eso es inexacto...! —se indignó don Rodrigo—. Mi familia se encuentra de visita en Madrid, que no es lo mismo.

La abatida mujer inclinó a un lado la cabeza con el aparente fin de observarle mejor mientras inquiría con evidente intención:

—¿Desde hace cinco meses, sujeta a continua vigilancia y sin posibilidad de regresar o que la visitéis?

—No entiendo de qué me estáis hablando.

—¿No entendéis o no queréis entender?

—Aborrezco los juegos de palabras.

—¡Como queráis! Pero extraño se me antoja cuanto ocurre, y cualquiera pensaría que vuestra mujer e hijos se han convertido en rehenes que responden con sus vidas de vuestra conducta, en lugar de ser personas libres sin miedo a represalias y que puedan moverse a su antojo.

—Eso sería todo lo más una simple cuestión de puntos de vista que en realidad sólo a mí y a los míos concierne.

Doña María de Souza negó convencida al insistir:

—Os equivocáis y mucho, Excelencia. Concierne sobre todo a aquellos que confían en que impartáis justicia sin estar coaccionado.

—¡Nadie me coacciona! —protestó con excesiva vehemencia el Alcalde de Casa y Corte de Valladolid.

—Eso no es del todo cierto y os consta —fue la firme respuesta—. El rey exige que obedezcáis sus órdenes sin rechistar, lo cual resulta lógico, puesto que al fin y al cabo él es quien paga.

—Empieza a impacientarme vuestra insolencia, Señora. Ni tan siquiera el respeto que siento por Monseñor me obliga a continuar con una conversación que se está volviendo harto desagradable.

—Pues aún os guardo una noticia todavía más desagradable —fue la tranquila respuesta de la portuguesa—. ¿Sabíais por ventura que don Felipe ha ordenado vuestra muerte dado que os habéis convertido en un testigo demasiado comprometedor?

—¿Pero cómo os atrevéis...?

—Es cierto y puedo demostrarlo.

—¡Me niego a admitirlo! —protestó sonoramente Santillana aunque le resultó imposible ocultar un leve temblor en el tono de su voz—. Don Felipe es un rey católico que nunca haría eso.

—No estéis tan seguro —insistió doña María de Souza—. Las paredes de palacio tienen oídos, y se asegura que el rey no desea que alguien que tiene un total conocimiento de cuanto ocurrió entre doña Ana de Austria y don Sebastián de Portugal en una conjura que contó con la abierta complicidad del Papa y algunas de las principales potencias extranjeras, viva más allá de lo estrictamente necesario. —La mujer hizo una corta pausa como para dar más énfasis a sus palabras al concluir—: Sobre todo teniendo en cuenta que al parecer existe una niña que lleva en sus venas sangre de los poderosos e intocables Austria.

—¡Mentís!

—No miento y os consta, don Rodrigo. —Ante el silencio del otro, la antaño hermosa dama ahora tan visiblemente deteriorada añadió segura de lo que decía—: Cientos de personas han sido eliminadas por mucho menos que eso, y sois consciente de la desmedida afición de don Pánfilo Colina a toda clase de venenos.

—¿Qué estáis insinuando?

—Que a partir del momento mismo en que ahorquéis a mi esposo vuestros días estarán contados.

—¿Vuestro esposo? —no pudo por menos que repetir un cada vez más desconcertado Rodrigo de Santillana—. ¿Pretendéis hacerme creer que Gabriel de Espinosa es vuestro legítimo esposo?

—Como supongo que imagináis ése no es su verdadero nombre, pero hace tres años que nos casó en Venecia el mismísimo Monseñor D'Agostini. —Hizo una corta pausa para añadir—: Lógicamente y debido a los complejos motivos que conocéis mejor que nadie, nos hemos visto obligados a ocultar dicho compromiso durante todo este tiempo.

—¿Pero aun así permitíais que mantuviera relaciones carnales con doña Ana de Austria? ¡Dios sea loado! ¡Qué absurda locura!

—Admito que tenéis razón, y a estas alturas y visto desde este lado de la mesa aún se me antoja mayor insensatez, pero no es momento de lamentarse, sino de intentar salvar cuanto pueda salvarse.

—Si lo que pretendéis salvar es la vida de Espinosa, o quien quiera que sea o como se llame, ninguna esperanza os queda.

—Pues tened por seguro que vuestro destino está ligado al suyo, porque a los diez días de su muerte recibiréis la visita de don Pánfilo Colina, que amablemente os invitará a brindar por el éxito de la misión que os encomendaron. Y el contenido de esa copa marcará vuestro fin.

—Continúo sin aceptarlo —replicó sin demasiado convencimiento su interlocutor—. Pero aunque así fuese, don Felipe es mi rey, y por lo tanto tiene derecho a hacer con mi vida lo que mejor le plazca.

—¿Derecho? —pareció escandalizarse doña María de Souza—. ¿Qué derecho y quién se lo ha otorgado?

—Supongo que Dios.

—Pero sólo lo suponéis.

—Con eso basta.

—En ese caso lo lamento por vos, porque por encima del derecho que dicte el rey, existe un orden natural que señala que castigar con la muerte a un fiel vasallo por cumplir con lo que se le ha ordenado está en frontal oposición con toda ley, sea humana o sea divina.

—Es una simple cuestión de puntos de vista.

—¡Es injusto!

—Nadie habla aquí de justicia, Señora —le hizo notar el Alcalde de Casa y Corte—. La justicia en el orden natural no existe, porque en la Naturaleza el lobo devora al cordero, el halcón abate a la paloma y el fuerte avasalla al débil. El concepto de justicia es un invento humano adaptado a cada circunstancia, y si esta circunstancia impone que yo muera, moriré porque así lo ordena el rey que es Ley Viva.

—¿Ley Viva? —repitió su asombrada interlocutora—. ¿Y quién le ha concedido tan alto privilegio?

—Os repito que Dios.

—¿Y a don Sebastián, que también nació rey, no le concedió Dios idénticos privilegios? —quiso saber ella en tono agresivo—. ¿O tan sólo es el rey de España el que los tiene?

—Supongo que también los tendría —fue la desabrida contestación de quien cada vez tenía menos argumentos que oponer.

—¿Y aun así estáis decidido a mancharos las manos con la sangre de alguien a quien según vos Dios hizo rey?

—No me consta que lo sea.

—Pero tampoco estáis seguro de que no lo sea. ¿No es cierto? Abrigáis serias dudas, lo sé. ¡Muy serias dudas!

—Si abrigo dudas o no, tan sólo a mí me atañe —le hizo notar el otro—. ¡Y acabemos con esto de una vez! Yo me limito a cumplir con mi misión: cuando haya obtenido los nombres de los conjurados ahorcaré a vuestro esposo, sea rey coronado o simple pastelero.

Doña María de Souza se puso en pie puesto que parecía incapaz de mantenerse quieta por más tiempo, recorrió la estancia por dos veces, se detuvo ante el ventanal para lanzar una distraída mirada al exterior, y al fin negó una y otra vez sin volverse.

—Nunca os dará esos nombres —afirmó—. Alguien que ha sido capaz de guardar tanto tiempo el secreto sobre su propia realeza sabrá guardarlo sobre quienes depositaron en él su confianza.

—Lo sentiré por él y por lo mucho que le pueden hacer sufrir los verdugos. No está en mis manos impedir que esos salvajes lo estén convirtiendo en un despojo.

Cuando la mujer giró sobre sí misma, en su mano había hecho su aparición un refulgente diamante del tamaño de un huevo de paloma, que depositó con sumo cuidado sobre la mesa al tiempo que musitaba de un modo apenas audible:

—Con esto os sobrará para poner a salvo a vuestra familia y residir en paz en Italia cien años que vivierais, ya que el propio Santo Padre y el Dux de Venecia os brindan su protección.

—¡Apartadlo de mi vista o llamo a los alguaciles! —exclamó fuera de sí un sinceramente ofendido Rodrigo de Santillana.

Pero doña María de Souza se limitó a dirigirse parsimoniosamente a la puerta; una vez allá, señaló segura de sí misma:

—Creo conoceros lo suficiente como para estar convencida de que no los llamaréis porque tenéis la obligación de pensar en el futuro de vuestra familia el día que vos faltéis, lo cual por desgracia será muy pronto. Guardad esa joya y meditad sobre el hecho de que tan sólo se trata de una pequeña parte del precio que el pueblo portugués está dispuesto a pagar a cambio de la vida de su rey.

—No lo acepto. Ni para mí, ni para mi familia, sea cual sea mi destino.

—La decisión es vuestra y en verdad que admiro que llevéis vuestro sentido de la fidelidad hasta el límite de entregar la vida a la Corona, pero resulta abominable la simple idea de que estéis dispuestos a condenar a la mujer que amáis y a unas criaturas inocentes al peor de los destinos por el simple satisfacer los bajos instintos de un tirano del que se asegura que ha mandado asesinar a su hijo y su hermano.

—¡Habladurías!

—Habladurías o no, muertos están y no fue Dios quien se los llevó a su gloria por las buenas. —Le apuntó con el dedo al añadir—: Y tened en cuenta otra cosa: os juro, por la vida de mi hija, que si permitís que mi esposo continúe con vida, saldrá para siempre de los dominios de don Felipe y jamás se volverá a saber de él.

—No puedo hacerlo.

—¡Pensadlo!

—Os repito que no puedo. Aunque quisiera, no puedo. Don Felipe es mi Señor, y yo soy tan sólo su vasallo.

—Nadie puede ser únicamente vasallo para siempre.

Cuando doña María de Souza hubo abandonado la estancia, don Rodrigo de Santillana permaneció un largo rato meditabundo y con la mirada perdida en el vacío. Por último pareció reaccionar agitando la cabeza como si rechazase un mal sueño, y guardando en un cajón de su escritorio la increíble joya que descansaba aún sobre la mesa, agitó una pequeña campanilla de plata.

A los pocos instantes la puerta se abrió para que hiciera su respetuosa entrada su secretario personal, Juan Bermúdez.

—¡Excelencia! —fue todo cuanto dijo.

—Que traigan al reo.

—¿Aquí? —inquirió el otro visiblemente desconcertado.

—¿Por qué no? Ya me he cansado de tener que descender a esas lúgubres y hediondas mazmorras. Tal vez un poco de amabilidad y el hecho de cambiar de ambiente tengan la virtud de soltarle la lengua a ese infeliz, pues resulta evidente que la tortura no nos está llevando a parte alguna.

—¡Como ordenéis, Excelencia!

Se encaminó a la salida pero su superior le detuvo con un gesto al tiempo que señalaba:

—Y disponeos a emprender viaje a El Escorial y Madrid. Llevaréis unos despachos confidenciales al rey, y cartas a mi familia.

—¿Cuándo debo partir?

—Al alba.

De nuevo a solas, y tras otros largos minutos de concentrada meditación, el abrumado Alcalde de Casa y Corte se sirvió un vaso de vino de una pequeña jarra que extrajo del escritorio que se encontraba a sus espaldas, bebió a cortos sorbos y se quedó muy quieto, profundamente preocupado, hasta que se escucharon unos discretos golpes en la puerta, ésta se abrió y un alguacil empujó brutalmente a un Gabriel de Espinosa encadenado de pies y manos y cuyo deplorable aspecto provocaba auténtico espanto.

—¡Dios bendito! —no pudo por menos que exclamar su impresionado carcelero—. Me duele veros de este modo, Espinosa. Sentaos. Y vos esperad fuera —ordenó secamente al alguacil.

Éste tuvo que ayudar al reo a acomodarse, puesto que se diría que le costaba un tremendo esfuerzo moverse, y a continuación abandonó la estancia cerrando a sus espaldas.

Don Rodrigo de Santillana dio media docena de pasos de un lado a otro como si no supiera qué era lo que tenía que hacer, y por ultimo acudió a enfrentarse al recién llegado para inquirir con una desconcertante mezcla de rabia y tristeza:

—¿Hasta cuándo, Espinosa? ¿Hasta cuándo continuaréis soportando este suplicio? ¡Parecéis un cadáver! ¡Dadme esos nombres! —suplicó juntando las manos como en oración—. Dadme uno al menos, y acabemos con tanto sufrimiento y tanta humillación que a mí mismo me ofende como ser humano.

—¡Nunca!

—¡Por los clavos de Cristo!

—¡Nunca!

—¡Maldita sea la madre que os trajo al mundo aunque fuera una reina! —masculló el otro—. Supongo que jamás existió alguien tan increíblemente testarudo. —El Alcalde de Casa y Corte pareció llegar una vez más al convencimiento de que no iba a obtener nada en limpio y, al fin, añadió de mala gana—: ¡De acuerdo! Visto que no me queda nada que añadir, he decidido que seáis ejecutado.

—¿Cuándo?

—El próximo cuatro de agosto.

—¿El cuatro de agosto? —se sorprendió su prisionero—. ¿Por qué precisamente en un día tan señalado?

—¿Y qué más da un día que otro? —fue la áspera respuesta—. Supongo que parar morir todos deben de ser igual de malos.

—¿Acaso ignoráis lo que se conmemora en esa fecha?

—No tengo ni la menor idea —admitió Santillana, que evidentemente no comprendía a qué venía todo aquello.

—El cuatro de agosto de mil quinientos setenta y ocho se libró la batalla de Alcazarquivir que se convirtió en la peor derrota de la historia de Portugal, y durante la cual desapareció su amadísimo rey don Sebastián.

—Ahora que me lo recordáis admito que es cierto —replicó su interlocutor al que tan curiosa circunstancia parecía haber impresionado de forma harto notable—. ¡Qué extraña casualidad!

—Tal vez no se trate de una simple casualidad, sino de un macabro capricho de los dioses —fue el comentario no exento de un leve tono irónico—. Se dará el insólito caso de que moriré dos veces, el mismo día, con dieciocho años de diferencia. ¿Cuál es la sentencia?

—Seréis azotado, se os obligará a beber plomo

derretido y por último seréis ahorcado para que más tarde cuatro caballos descuarticen vuestros miembros y los arrastren por las calles de Madrigal de las Altas Torres.

—¡Vive Dios, qué día tan agitado...!

Don Rodrigo de Santillana no pudo evitar asombrarse ante la indiferencia y casi el sentido del humor con que su prisionero aceptaba tan terrible destino.

—¡En verdad resultáis increíble, Espinosa! —dijo—. Y en verdad que me duele ejecutaros, pero ya nada queda por hacer más que prepararos a bien morir.

—No es ésa mi intención, os lo aseguro —replicó el reo sin perder para nada la calma—. Si tengo que morir, lo haré como un auténtico usurpador; como pudiera hacerlo el más desvergonzado de los embaucadores, farsante, deslenguado, truhán y mujeriego.

—¿Pero por qué, si ya habéis probado sobradamente vuestro valor? —quiso saber su desconcertado carcelero.

—En primer lugar por vos, que a pesar de todo sois un hombre honrado al que la Historia no deberá acusar de haber ahorcado a un rey —fue la curiosa explicación—. En segundo lugar, por la memoria de don Sebastián, puesto que más noble resultara para él caer en el campo de batalla que colgando de una soga en una plaza pública. Y por último, por el honor de Portugal, que no debe recordar al más querido de sus monarcas a la sombra del patíbulo.

—Entiendo —admitió Santillana—. Y creedme si os digo que en estos momentos merecéis más que nunca ser don Sebastián.

—¿Vos qué pensáis?

—Yo, como los monos del cuento, nada veo, nada oigo, nada digo. Y además, nada pienso. El destino me jugó una mala pasada cargando sobre mis hombros un peso excesivo para mis escasas fuerzas, y me siento cansado: muy cansado.

—¡Pobre Santillana! —musitó el reo agitando pesaroso la cabeza—. En el fondo sois el más desgraciado de toda esta tragicomedia puesto que al menos yo muero por mis ansias de libertad y la firmeza de mis creencias, mientras que a vos os ejecutarán por vuestra necesidad de ser siervo y por la inmensidad de vuestras dudas.

—¿También vos creéis que el rey me mandará matar?

—¡Oh, vamos, don Rodrigo, no seáis niño! —le hizo notar el reo—. Eso es tan evidente como que estamos aquí.

—¿Y por qué habría de hacerlo? ¿Por saber demasiado? En realidad yo no sé nada, y estoy más a oscuras sobre todo este asunto que aquella maldita noche de triste memoria en que os detuve en Valladolid.

—¡Noche amarga, en efecto!

—¡Qué absurdo cúmulo de circunstancias adversas tuvieron que producirse para que llegáramos hasta aquí!

—¿Qué fue de la muchacha? —quiso saber Espinosa.

—¿Lucía *la Bronca*? —inquirió el otro—. Una mañana apareció degollada en un burdel y jamás conseguimos dar con el culpable.

—¡Lógico! ¿Y fray Miguel?

—Lo ahorcarán cualquier día de estos.

—¿Ahorcarán también a doña Ana?

—¡Lo dudo! Ella, que es la única que en verdad desea la muerte, ha sido condenada a vivir, pero como un animal enjaulado hasta que Dios tenga a bien poner fin a sus sufrimientos. Será trasladada a Madrigal de las Altas Torres para que pueda asistir, desde su celda, a vuestra ejecución.

—¡Hermosa muestra de la refinada forma de vengarse de don Felipe! —admitió el procesado—. ¿Sabéis una cosa? Ya de niño, cuando en ocasiones me llevaban a visitarle, experimentaba una profunda sensación de asco, y me daba la impresión de una inmensa araña negra, peluda y hedionda. Cuando me besaba, corría de inmediato a lavarme. —Se interrumpió unos instantes para cambiar de improviso el tono de su voz al añadir—: ¿Pero qué estupideces digo? Quien me producía tal repugnancia era mi tío Benito, el carbonero. Tantos años de fingir han acabado por hacer que me crea mis propias mentiras, y confunda a los pobres palurdos de mi mísera familia con miembros de la realeza. —Hizo ademán de ponerse en pie para musitar sonriendo—. Y ahora, si no necesitáis nada más de mí, permitid que me retire a mis aposentos.

Don Rodrigo de Santillana le detuvo con un gesto, invitándole a continuar sentado.

—¡Esperad! —pidió—. Aún hay algo más que necesito de vos.

—¿Y es...?

—Un juramento.

—¿Un juramento? —se sorprendió el cautivo—. Sabéis mejor que nadie que ya no estoy en disposición de hacer juramentos.

—A mí sí.

—¡Si vos lo creéis!

—En realidad no es uno, sino varios —fue la respuesta, y tras meditar unos instantes el Alcalde de Casa y Corte insistió—: Imaginad por un momento, ¡sólo imaginad!, que consiguiera que don Felipe os perdonara la vida. ¿Juraríais por vuestro honor de rey, o de truhán, cumplir con cuanto os pidiera?

—¿A cambio de la vida? ¡Menuda tontería! ¡Desde luego!

—¿Juraríais abandonar España, Portugal y todos sus territorios sin volver a poner jamás los pies en ellos?

La respuesta no se hizo esperar ni un segundo.

—¡Lo juro!

—¿Y juráis prolongar la promesa que hicisteis de no revelar a nadie vuestra auténtica identidad ni aun después de muerto?

—¡Lo juro!

—¿Y juráis igualmente que renunciáis al trono de Portugal, tanto para vos como para vuestros descendientes?

—¡Lo juro!

—¿Y juráis, por último, no intentar poneros en contacto jamás con doña Ana de Austria, ni revelar a nadie el contenido de esta conversación?

—Mucho estáis exigiendo a cambio tan sólo de una vida —fue la agriada respuesta—. ¿En qué me habré convertido si acepto tan férreas condiciones?

—En lo que siempre fuisteis —le recordó Santillana—. En un hombre sin pasado ni futuro, que nació de la nada y hacia la nada se encamina. En un usurpador de personalidades condenado a simular eternamente y a ocultar un terrible secreto. En una palabra: ¡en nadie!

—¡Suena espantoso!

—Peor suenan la trampilla de la horca, el piafar de los caballos desbocados, o el bullir del plomo derretido. ¡Decidíos! Si juráis, existe una remota posibilidad, una entre un millón, de que pueda obtener el perdón del rey.

—En ese caso lo juro. ¡Naturalmente que lo juro!

El Alcalde de Casa y Corte colocó ante él un documento en blanco y le alargó una pluma y un tintero.

—Firmad aquí —ordenó—. Es una postrera petición de clemencia. La redactaré como Dios me dé a entender, y espero que con eso, y mis buenos oficios, consiga convencer a Su Majestad de que ambos corremos el peligro de condenarnos eternamente si ejecutamos a quien pudiera llevar sangre real en las venas.

—Inútil se me antoja —fue la convencida respuesta—. Pero visto que al salvarme a mí también os estaréis salvando a vos, es de esperar que invirtáis en ello toda vuestra astucia y capacidad de seducción.

—Confiad más en el Altísimo que en mi habilidad.

—El Altísimo me olvidó hace ya mucho tiempo.

Julio de 1596

El oscuro carruaje avanzaba sin prisas, chirriante y algo desvencijado, por las adoquinadas y mal iluminadas callejuelas.

Atravesó una ancha plaza casi vacía a aquellas horas de la noche y giró a la izquierda para enfilar por un largo paseo arbolado en el que el repiquetear de los cascos de la cansina yegua quedó de pronto ahogado por la gruesa capa de tierra empapada por la fina lluvia que no había dejado de caer desde media mañana.

Una mortecina farola que brillaba a lo lejos parecía bastar a la bestia a la hora de seguir un camino que al parecer conocía de memoria, pero a pesar de que tal vez a su final le aguardaba un acogedor y tibio establo, no aceleró un ápice su ritmo, convencida como debía estar de que el descanso le aguardaría siempre por mucho que tardara.

No obstante, aquella húmeda noche impropia del verano las cosas prometían ser diferentes, puesto que de improviso de entre la espesura surgieron dos negras siluetas que se abalanzaron al unísono sobre el desprevenido animal, al que sujetaron por las riendas al tiempo que un tercer agresor se encaramaba al pescante con el fin de colocar una afilada daga sobre la yugular del aterrorizado cochero.

—¡Un grito y te degüello! —musitó—. ¡Abajo!

El pobre hombre obedeció, pero en cuanto hubo puesto el pie en el suelo le golpearon con fuerza en la cabeza para arrastrarlo de inmediato y dejarle caer, como un fardo, entre los matojos.

El adormilado pasajero del vetusto vehículo ni tan siquiera pareció haberse dado cuenta de lo ocurrido, puesto que hasta que no advirtió que un embozado tomaba asiento frente a él no se decidió a alzar la cabeza para abrir los ojos e inquirir de mala gana:

—¿Qué diablos ocurre?

—Nada grave, Excelencia. No temáis.

—¿Quién sois y cómo os atrevéis a irrumpir de este modo en un carruaje oficial? ¿Acaso no sabéis con quién estáis hablando?

—Lo sé muy bien, Excelencia; hablo con don Rodrigo de Santillana, Alcalde de Casa y Corte de Valladolid. Pero conservad la calma. No tengo la menor intención de haceros daño.

—¿A qué viene entonces semejante asalto nocturno con tan absurda y grotesca parafernalia?

—A que necesitaba hablar con vos sin testigos.

—Podíais haber pedido audiencia. Nadie es testigo de mis conversaciones cuando yo no lo quiero.

—Lo sé —admitió sin el menor rastro de duda el desconocido—. Pero os aseguro que es mucho mejor así.

—¡De acuerdo! —replicó cansinamente y sin el menor rastro de temor el fatigado Alcalde de Casa y Corte—. He tenido un día muy duro y lo único que deseo es meterme en la cama cuanto antes. ¿Qué queréis?

—En primer lugar notificaros que la última petición de indulto que habéis hecho a Madrid ha sido denegada. Don Felipe ni tan siquiera se ha dignado leerla.

—Era de suponer.

—Advierto que no os sorprende.

—Más me hubiera sorprendido su aceptación —fue la sincera respuesta—. Pero mi deber era intentarlo.

—¿Y qué pensáis hacer ahora? —quiso saber el intruso.

—¿Qué puedo hacer más que cumplir con mi obligación mal que me pese?

—¿Ejecutaréis a un inocente?

—¿Inocente de qué? —quiso saber con notoria acritud don Rodrigo de Santillana—. La ley estipula que todo aquel que participe en una conjura contra el poder real debe ser ejecutado. ¿O es que aún no lo sabíais?

—Lo sabía.

—Pues aquel a quien sin duda nos estamos refiriendo, sea quien sea su auténtica personalidad, conocía sobradamente dicha ley. Si la infringió deberá atenerse a las consecuencias por duras que éstas puedan parecer.

—Quien está intentando recuperar un trono que

legítimamente le pertenece no puede ser acusado de participar en una conjura.

El largo suspiro de fastidio mostró sin el menor género de dudas hasta qué punto aquél era un tema por demás repetido y sin futuro.

—¡Por los clavos de Cristo! —exclamó el pobre hombre—. «Hasta cuándo, Catilina, agotarás nuestra paciencia.» Hace ya casi dos años que giro y giro en torno a la misma noria y os juro que hace tiempo que renuncié a saber la verdad, cualquiera que ésta sea.

—¿Realmente no deseáis conocer la verdad?

—Cierto que no. Han intentado corromperme, seducirme, confundirme y atemorizarme, por lo que ahora lo único que os queda por hacer es asesinarme, con lo cual no creo que adelantarais mucho, puesto que ya nada depende de mí, sino de los verdugos.

—Queda una cosa por hacer —fue la tranquila respuesta.

—¿Ah, sí? ¿Cuál?

—Convenceros.

—¿Y cómo esperáis lograrlo?

Por toda respuesta el desconocido bajó el embozo de su capa y aproximó mucho su rostro al de su desconcertado interlocutor.

—¡De este modo! —dijo—. ¡Miradme!

—¡Dios sea loado! ¡No es posible!

—Lo es.

—El Diablo está consiguiendo que me confunda.

—El Diablo tiene cosas mejores que hacer que confundiros —le hizo notar el desconocido con sorprendente calma.

—¡Pero ayer mismo os dejé...!

—En una oscura celda, torturado y destruido —fue la continuación a la frase—. ¿No es eso lo que ibais a decir?

—¿Cómo se explica entonces?

—Quizá con un milagro —replicó el misterioso asaltante nocturno—. Pero no un milagro cualquiera, fruto de la intervención de una fuerza sobrenatural, sino por un milagro muy especial, fruto del espíritu de sacrificio de los hombres.

—No os comprendo.

—Lo imaginaba, y para que consiguierais entenderlo sería necesario que os contase una pequeña historia. —El desconocido se inclinó apoyando los codos en las rodillas para observar más de cerca a su interlocutor y poder estudiar así mejor sus reacciones al inquirir—: ¿Os interesa oírla?

—¡Desde luego!

—Hace ya muchos años... —continuó el otro— casi veinte, había dos hombres a los que les separaba todo en este mundo, pero a los que no se sabe por qué extraña razón unía sin embargo un extraordinario parecido físico.

—¿Os estáis refiriendo naturalmente al rey don Sebastián de Portugal y a su doble, el saltimbanqui italiano Aníbal Anibaldi?

—¡Naturalmente!

—Se trata de una vieja historia de sobra conocida, pero continuad por si se da el caso de que haya algo en ella que ignore.

—Lo hay, porque dudo que sepáis que poco a

poco esa primera relación fue transformándose en un profundo afecto; ese inexplicable sentimiento que entre personas de distinto sexo suele llamarse amor, y entre personas del mismo sexo sincera amistad.

—¿Solamente «sincera amistad»?

—Solamente sincera amistad —admitió el otro convencido—. Aunque a ella se unía la admiración, el respeto y la mutua confianza. Todo cuanto de bueno puede unir a dos hombres pasando por encima de cualquier tipo de barreras sociales.

—¡De acuerdo! ¿Y qué más?

—Los dos amigos se fueron juntos a la guerra, y un malhadado cuatro de agosto el destino los separó de la forma más cruel imaginable.

—También conozco esa parte de la historia.

—Pues el caso es que los dos viejos amigos volvieron a encontrarse muchos años más tarde, y mientras el uno seguía siendo rey, aunque en la más absoluta miseria y ya sin corona, el otro continuaba siendo un truhán, pero un truhán con muchísimo dinero.

—¡Hermosa pareja!

—Poderosa pareja diría yo, puesto que además de esa sangre azul y ese dinero, poseían también dos cosas muy importantes: el conocimiento de infinidad de secretos sobre infinidad de asuntos y personas de todo el mundo, así como el auténtico Sello Real de Portugal. —El visitante nocturno avanzó la mano para mostrar a la luz el pesado anillo que lucía en su mano derecha—. ¡Éste!

—¡El Sello Real! —no pudo por menos que exclamar un impresionado don Rodrigo de Santillana—. ¡Válgame Dios!

—Más vale que os valga —señaló con una leve sonrisa su interlocutor—. De lo contrario me temo que lo vais a pasar muy mal, no sólo en este mundo, sino sobre todo en el otro, ya que a ese Dios no debe de gustarle demasiado que un simple funcionario asesine por miedo a su rey, a quien él ha elegido para muy altas misiones.

—Yo no asesino a nadie. Tan sólo ejecuto a un reo.

—Os consta que dicha ejecución equivale a un asesinato.

—¿Y quién me asegura que a quien se va a ejecutar es al rey don Sebastián y no a ese tal Aníbal Anibaldi?

—Nadie.

—¿Ni siquiera vos?

—Yo menos que nadie.

—¿Por qué?

—Os voy a dar una respuesta que supongo que ya habréis escuchado varias veces: por el honor de Portugal.

—¿Para que no pase por la vergüenza de saber que el más querido de sus soberanos acabó en la horca? En efecto, ya la había oído.

—Pues sabed que si no consigo convenceros de que pongáis en libertad a mi mejor amigo, y por desgracia termina en el patíbulo, me mostraré en público en plena plaza de San Marcos de Venecia proclamando a los cuatro vientos, y apoyado por la prueba irrefutable de este anillo, que don Felipe es un usurpador de mi corona y que además ejecuta a inocentes.

—¿Y quién os creerá?

—Millones de portugueses que sueñan con creerme, y otros tantos millones de «no portugueses» a los que les interesa mucho creerme.

—Eso acarrearía muy graves consecuencias.

—Lo supongo —admitió el otro—. Correrían ríos de sangre y mi regreso al poder seguiría el camino que nunca quise que siguiera: el de la guerra civil, la violencia y la muerte.

—¿Pretendéis impresionarme enarbolando la bandera del pacifismo? —inquirió desabridamente don Rodrigo de Santillana—. ¿No se os antoja impropio de quien arrastró a su pueblo a la más absurda contienda que recuerdan los anales de la Historia?

—¿Tan estúpido me consideráis como para suponer que todos estos años no me han servido de nada, y no he aprendido a base de lágrimas y sangre, que me comporté como el más insensato de los hombres? —El intruso hizo una larga pausa para añadir con manifiesta intención—: ¿Y si yo fuera en realidad Aníbal Anibaldi, consideráis que el reo que se encuentra en vuestro poder es de igual modo tan estúpido como para no haber aprendido a base de lágrimas y sangre, que se comportó como el más insensato de los hombres? —Negó con un firme ademán de la cabeza al enfatizar—: Yo, que lo conozco bien, os puedo asegurar que no ha existido nunca nadie tan arrepentido de sus actos como él.

—¡No empecéis una vez más con ese diabólico truco de pasar de ser uno a ser otro de un minuto al siguiente! —protestó airadamente Santillana—. Empiezo a temer que sois tal para cual y resulta evidente que habéis tenido tiempo más que sobrado para ensayar vuestros papeles, y para ensayar de igual modo la forma de intercambiarlos.

—¡Razón tenéis! —admitió su oponente—. Y más que sobrada, puesto que durante años no hicimos otra cosa que aprender a imitarnos y a comportarnos como un auténtico soberano o un auténtico rufián según exigieran las circunstancias.

—¿Con qué fin?

—Con el de abrigar la absoluta certeza de que de ese modo al menos uno de los dos conseguiría sobrevivir al difícil empeño de arrebatarle su más preciado tesoro al monarca más poderoso que haya existido.

—Yo no estaría tan seguro de que uno de los dos consiga sobrevivir. El brazo de don Felipe sigue siendo muy largo.

—Pero sus piernas muy cortas. Y ulcerosas.

—¿Qué queréis decir con eso?

—Que muy pronto tendrá que preocuparse más de escapar renqueando de la muerte, que de continuar persiguiendo a sus incontables enemigos.

—No os digo yo que no, pero de momento sigue siendo el que azuza y los demás los que corren con el rabo entre las piernas. El día que eso cambie, que tan sólo será después de muerto, caducará también mi juramento y estaré en condiciones de elegir libremente mi camino, aunque dudo que viva para verlo.

—A finales de agosto estaréis muerto. Me consta que es ésa una sentencia inapelable.

—A mí también, pero nada puedo hacer —se lamentó el pobre Alcalde de Casa y Corte—. Mi mujer y mis hijos responden de mis actos.

Durante largos minutos los dos hombres se observaron en la penumbra de un negro carruaje inmovilizado en mitad de un sendero por el que nadie cruzaba a aquellas horas de la noche.

Su silencio, pesado y angustioso, expresaba mejor que un millón de palabras la amarga sensación de impotencia que se había apoderado de ambos.

Alguien tenía que morir.

Y cualquiera que fuera el elegido, sería inocente.

Por fin, el dueño del anillo musitó como para sí mismo:

—He empleado casi la mitad de mi vida en intentar aprender a ser justo, sabio, prudente y, sobre todo, valiente. Lo he intentado con todas las fuerzas de mi alma, pero ahora, aquí sentado, me veo obligado a reconocer que tanto esfuerzo no sirve de nada cuando el injusto, estúpido e imprudente destino decide jugarte una vez más una mala pasada.

—En eso estoy de acuerdo.

—Grandes y pequeños, débiles y poderosos estamos en manos de los caprichos de unos dioses que se divierten a nuestra costa, y tanto más se divierten cuanto mayor es nuestro pasmo ante aquello que no alcanzamos a entender. —El asaltante nocturno dejó escapar un hondo suspiro al inquirir—: ¿Por qué,

Señor? ¿Por qué me hiciste rey a sabiendas de que jamás aprendería a serlo?

—Nadie aprende a ser rey —sentenció quien le observaba igualmente abatido—. Nadie puede aprender, puesto que reinar sin más cortapisa que el propio capricho es algo antinatural para lo cual ninguna mente humana se encontrará nunca lo suficientemente preparada. Algún día, tal vez algún día, las monarquías dejen paso al sentido común y sea éste quien gobierne al resto de los hombres.

—¡Iluso!

—¿Por qué?

—Porque si difícil resulta encontrar un buen rey, mucho más difícil resultará encontrar un hombre con el suficiente sentido común como para gobernar al resto de los hombres.

—¡Tal vez tengáis razón!

—La tengo. Podéis apostar la cabeza a que la tengo.

—De acuerdo... —admitió Santillana—. Pero dejemos eso, y volvamos a vuestra historia que es lo que en verdad me importa.

—¿Qué historia? —se sorprendió el intruso.

—La de los dos amigos que se unieron con la disparatada intención de rugirle al gran oso en la mismísima boca de su cueva. ¿De quién partió la brillante idea?

—Recuperar lo que nos pertenece no puede considerarse tan sólo una «brillante idea» —le hizo notar el hombre que portaba el Sello Real al tiempo que lo señalaba ostensiblemente—. Este anillo está en mi dedo y no en el de mi tío, porque éste es el lugar al que en justicia debe estar.

—A mi modo de ver ése es un punto que se presta a largas y complejas discusiones —puntualizó sin inmutarse el Alcalde de Casa y Corte—. Desaparecisteis haciendo dejación de vuestras obligaciones, el trono quedó vacante y don Felipe acabó por ocuparlo legalmente. A partir de ese momento ese trono, esa corona y ese anillo le pertenecen.

—Caí herido y fui hecho prisionero.

—¿Durante cuánto tiempo?

—Cuatro años.

—¿Por qué no reclamasteis entonces vuestros derechos?

—Consideré que en aquellos momentos no estaba preparado para reinar.

—¿Y consideráis que ahora sí lo estáis?

—Me he esforzado por conseguirlo.

—Pero con esforzarse no basta. Con esforzarse y asegurar que ahora os sentís preparado para reinar, no basta, puesto que se trata de una simple apreciación personal, y tenemos una triste experiencia, sembrada de cadáveres, del desastroso resultado de vuestras apreciaciones personales.

—¿Hubiera sido preferible que reclamara en su tiempo mis derechos aun a sabiendas de que no estaba en condiciones de gobernar? ¿Es así como se rige el mundo según vos?

—Yo no pretendo pontificar sobre una cuestión tan controvertida y espinosa —fue la respuesta—. Ni sobre nada que no sea mi necesidad de descansar cuanto antes y olvidarme de que me han convertido en una marioneta que baila en el aire en el momento en que sopla un huracán. Si ni siquiera soy dueño de mis hilos y además esos hilos se han roto o enredado, nadie tiene derecho a pedirme cuentas por mis actos.

—Eso es muy cierto.

—Pues si así lo creéis dejadme marchar, os lo suplico. Ahora estoy seguro que seré culpable de ejecutar a un rey con lo que tal vez me condene eternamente, pero os repito que no está en mi mano hacer nada al respecto.

—¿Por qué estáis de repente tan seguro de que el rey no soy yo?

—Porque entiendo que un rey que envió a diecisiete mil hombres a la muerte pero pasó tantos años sufriendo por ello jamás hubiera permitido que su mejor amigo se arriesgara a morir en la horca en su lugar.

—¿O sea que mis esfuerzos han resultado inútiles y en esta ocasión no he conseguido engañaros?

—Después de tanto tiempo de ser involuntario partícipe de un juego tan complejo, algo he conseguido aprender, amigo mío. Ambos sois muy buenos actores y habéis desempeñado a la perfección vuestros respectivos papeles, pero menospreciáis mi inteligencia al imaginar que podéis continuar haciéndome eterna víctima de semejante enredo.

—¿Estáis totalmente seguro de lo que decís?

—¡Lo estoy! Ahora me consta que sois Aníbal Anibaldi, un truhán muy listo y tal vez muy digno de admiración por vuestra fidelidad al rey, pero os aconsejo que os apresuréis a abandonar Castilla, puesto que en cuanto amanezca daré orden de capturaros y tened por seguro que si os atrapo, os mandaré ahorcar. —Le apuntó severamente con el dedo al concluir—: Y os garantizo que en esta ocasión no me temblará el pulso a la hora de firmar la sentencia.

El hombre que se sentaba frente al Alcalde de Casa y Corte de Valladolid tardó en hablar, como si no se decidiera a hacerlo o lo que tuviera que decir le exigiera un gran esfuerzo. Por último, tras lanzar un hondo suspiro, señaló:

—¿Os lo pensaríais de nuevo si os diera una prueba definitiva de que os equivocáis, y al ajusticiar a un impostor estáis dejando en libertad al auténtico rey don Sebastián, lo que sin duda pondría en grave riesgo la paz en el imperio de vuestro rey y señor?

—No creo que exista tal prueba —fue la respuesta—. Creo más bien que, una vez más, buscáis confundirme.

—Os aseguro que esta vez no es así, y os juro también que si ponéis en libertar a Aníbal Anibaldi jamás volveréis a saber nada de ninguno de nosotros. ¡Palabra de rey!

—Os repito que si fuerais el auténtico rey no hubierais enviado a Anibaldi a la muerte, y si aun así lo habéis hecho, es que no merecéis ningún respeto como soberano y por lo tanto tampoco merecéis ese trono.

—La razón os asiste, no os lo niego. Y cierto es que no tendría derecho alguno de haber actuado tan cobardemente. Mi intención siempre fue correr el riesgo y dejar a Aníbal en retaguardia, guardándome las espaldas con el fin de distraer la atención de los espías de mi tío. —Lanzó un profundo suspiro al concluir—: Pero el Señor decidió otra cosa.

—¿El Señor? ¿Qué Señor? ¿Acaso habláis de Dios?

—Del mismo. Cuando ya todo estaba perfectamente organizado y decidido, por lo que me disponía a reclamar la corona que en justicia me pertenecía con el fin de entregársela a un noble portugués que en verdad la mereciera, me envió una señal que me obligó a trastocar todos los planes.

—¿Una señal? —repitió en tono de evidente burla e incredulidad don Rodrigo de Santillana—. ¿Qué clase de señal? ¿Acaso una cruz brillando en el cielo o una zarza ardiendo?

—¡No! No de esa clase de señales.

—¿De cuál entonces?

Con un notable esfuerzo don Sebastián apartó la capa que le cubría el brazo, adelantó la mano izquierda y la mostró a la luz:

—¡De esta clase!

Su interlocutor observó con atención la mano, primero con desconcierto y al fin con evidente temor:

—¿Qué es eso? —exclamó alarmado.

—El castigo que los cielos me enviaron por mis muchos pecados.

—¿Os referís a...?

—Lepra.

—¡Dios sea loado! ¡Apartaos de mí!

—Nada temáis, don Rodrigo. Permanecí mucho tiempo cuidando enfermos en el mar Muerto, y el mal tardó varios años en hacer su aparición. La experiencia me enseña que la lepra se lo toma con calma antes de acabar con sus víctimas, mientras que a vos, y eso los dos lo sabemos, apenas os queda un mes de vida.

—¡Lepra! —repitió casi entre sueños el hombre que parecía haberse hundido en su asiento como si el techo del carruaje se hubiera desplomado sobre su cabeza—. ¡No es posible!

—¿Entendéis ahora por qué tuve que enviar a Aníbal en mi lugar? ¿Quién, por mucho que lo amara, hubiera estado dispuesto a seguir hasta la muerte a un rey leproso cuya sola presencia aterroriza?

—Supongo que nadie.

—¡Y suponéis bien! Mi mano izquierda, mi brazo, y esta parte de mi rostro que no os he permitido ver, muestran a las claras cuál es mi estado, por lo que estoy seguro de que tanto amigos como enemigos habrían huido espantados en cuanto hubiera hecho acto de presencia.

—Es que ésa es una maldita enfermedad cuyo solo nombre aterroriza.

—El único que jamás se apartó de mí fue Aníbal, que se mostró dispuesto a sacrificarse sin reparar en las consecuencias, recordándome que le había jurado que, bajo ninguna circunstancia, nos volveríamos atrás.

—Pero la lepra es una circunstancia absolutamente excepcional.

—Lo sé, pero ya habíamos involucrado al Papa, a

tres gobiernos, a doña Ana de Austria y a infinidad de inocentes. Según Aníbal nuestra obligación era seguir adelante puesto que para eso nos habíamos esforzado durante años con el fin de convertirnos en una sola persona.

—Y doy fe que tuvisteis éxito en el empeño.

—Por eso estoy decidido a entregaros mi vida, que nada vale, a cambio de la suya.

—¿Pretendéis hacerme creer que estáis dispuesto a ocupar su lugar en el cadalso?

—¡Naturalmente! ¿Qué importa un día de torturas, por crueles que sean, frente a años de irme pudriendo en vida? ¿Y qué importa morir si al hacerlo consigo salvar a alguien a quien he aprendido a querer más que a un hermano?

—¡Dios! ¡En qué difícil situación me estáis poniendo!

—Admito que es difícil, Excelencia, pero como rey que soy, y juro por mi salvación eterna que lo soy, os suplico que me permitáis morir con orgullo y la conciencia limpia, pues del mismo modo os juro que lo haré declarando públicamente que soy Gabriel de Espinosa, un mísero impostor, con lo que el honor de Portugal no quedará en entredicho y don Felipe podrá dormir tranquilo.

—¿Y mi conciencia? —inquirió Rodrigo de Santillana en lo que más parecía un lamento que una pregunta—. ¿Cómo podré presentarme ante el que todo lo juzga admitiendo que mandé ejecutar, a sabiendas, a alguien que él había ungido como soberano de un imperio?

—Él es quien así lo ha dispuesto, ya que es él quien me ha enviado esta maldición. —Extendió la mano con intención de colocarla sobre el antebrazo de su interlocutor, pero al advertir cómo éste daba un respingo, se arrepintió para añadir al poco—: Aníbal no ha cometido más delito que quererme y serme fiel, mientras que yo soy culpable de la muerte de miles de hombres. Sed justo al menos por una vez, y ya que sabéis que vais a morir, morid con la seguridad de que habéis hecho lo correcto.

—¿Y acaso sé qué es lo correcto?

—Correcto es aquello que dicta el corazón.

Agosto de 1596

Se escucharon, nítidos, fuertes latigazos acompañados de un jadear agónico y angustiosos lamentos.

La muchedumbre gritaba enfervorizada.

Un estremecedor aullido de dolor obligó a doña Ana de Austria a dar un respingo alzando el demacrado rostro hacia el alto tragaluz de la miserable celda en cuyo centro permanecía arrodillada.

Nuevos gritos.

Risas.

La angustia, el miedo, el insoportable calor de la diminuta estancia hacían que las lágrimas de la infeliz mujer se mezclaran con los chorros de sudor que la empapaban.

—¡Plomo, plomo! —clamaban al otro lado del muro entusiásticas voces—. ¡Que beba plomo derretido!

—¡Que Dios le ayude!

Siguió un largo silencio, como si el hecho de asistir al momento en que los verdugos derramaban en la garganta del condenado un chorro de plateado líquido humeante hubiera tenido la virtud de impresionar incluso a quienes habían acudido a disfrutar del espectáculo de ver morir a un hombre de la forma más terrible que nadie hubiera sido capaz de imaginar.

Al poco, sobre ese silencio se impuso el seco estrépito de una trampilla de madera al abrirse y el chasquido de un cuerpo humano que se había precipitado al vacío.

La multitud pareció haber recuperado al unísono su capacidad de vociferar histéricamente.

Doña Ana inclinó la cabeza como muerta.

Piafar de caballos.

Siguieron el chasquear de los látigos y ásperas voces que azuzaban a unas atemorizadas bestias que parecían renuentes a iniciar la carrera. El ronco rugido de las masas que aguardaban ansiosas el glorioso momento en que un ser humano se rompiera en cuatro partes ante sus propios ojos llenó el aire.

Doña Ana de Austria cayó redonda como abatida por un rayo.

El viejo cubo que se encontraba a su lado se volcó desparramando sobre ella, sobre el jergón y sobre el suelo su hediondo contenido de heces y orines.

Se escuchó el golpear de cascos de caballos que se alejaban en muy distintas direcciones.

Silencio.

Incluso la multitud callaba.

Agosto de 1596

Un demacrado, enflaquecido y casi irreconocible Rodrigo de Santillana, hizo su entrada, arrastrando los pies, en la amplia sala en la que el melifluo don Pánfilo Colina le recibió con una amplia sonrisa y los brazos abiertos.

—¡Buenas tardes, don Rodrigo!

—¡Buenas tardes, Excelencia! —replicó de forma casi inaudible el recién llegado.

—No parecéis sorprendido al verme —comentó un tanto desconcertado el Jefe de Policía del dueño de la mitad del mundo.

—¿Por qué habría de estarlo? Esta mañana me avisaron de vuestra llegada —fue la ácida respuesta—. Y además hace días que os esperaba puesto que ya han pasado dos semanas.

—¿Dos semanas? ¿Dos semanas de qué?

—De la ejecución. —El Alcalde de Casa y Corte señaló con manifiesta intención la botella y las dos copas que descansaban ostensiblemente sobre una mesa al inquirir—: ¿Acaso habéis venido a brindar por el terrible fin de ese desgraciado?

—Ésa era mi intención —admitió el otro visiblemente incómodo—. ¡Pero si os molesta!

—¿Por qué habría de molestarme? Un día u otro tendría que ser, y «vuestros vinos» tienen fama de ser los más eficientes del país.

—¿Eficientes?

Don Rodrigo se aproximó al amplio ventanal y observó el paisaje dándole la espalda a su interlocutor y permitiendo de ese modo que llenase las copas, cosa que el otro hizo dejando caer unos polvos de su anillo en una de ellas, al tiempo que comentó sin volverse:

—Yo me entiendo. ¿Cómo se encuentra Su Majestad?

—Cansado y enfermo, pero firme. Me ha encargado que os comunique que se siente muy satisfecho de cómo habéis llevado este asunto.

Don Rodrigo de Santillana se volvió con estudiada lentitud, fue a tomar asiento, y alargando la mano se apoderó de la copa que el otro acababa de colocar ante él.

A punto ya de llevársela a los labios replicó.

—Me alegra saberlo. Por cierto, ¿sabíais que mi familia se encuentra en Roma?

—No; no lo sabía. ¿Qué hace allí?

—El Papa la ha puesto a su servicio, y es de suponer que nadie, por muy poderoso que se considere, será capaz de exponerse a la excomunión atentando contra aquellos a quienes protege el Santo Padre.

Don Pánfilo Colina, que se disponía a tomar

asiento a su vez, lo hizo, pero casi de inmediato se agitó levemente como si algo comenzase a inquietarle, puesto que desde el primer momento abrigaba una extraña sensación de peligro que no acababa de definir en toda su intensidad.

—¿Y a qué viene eso? —dijo por decir algo.

—A que los aires de España no les sentaban bien. Últimamente se han enrarecido mucho —probó un sorbo del licor, mojándose apenas los labios antes de añadir—: Allí estarán a salvo.

—¿A salvo de qué?

—De posibles represalias... —Ahora sí que bebió un corto trago—. Sospecho que a don Felipe no le va a gustar nada la carta que le he enviado hace un par de horas.

—¿Carta? —repitió su interlocutor francamente alarmado—. ¿A qué carta os referís?

—A la que esta misma noche le entregará mi secretario Juan Bermúdez, y en la que le hago notar que pagar la fidelidad de los súbditos con la traición de los gobernantes no es política que dé siempre el resultado apetecido. A veces, se vuelve contra uno.

—No os comprendo.

—Pronto me comprenderéis. —Bebió de nuevo y alzó la copa—. Supongo que esto no actuará demasiado aprisa y me permitirá vivir lo suficiente como para disfrutar de vuestro miedo.

—¿Miedo? —protestó el otro fingiendo ofenderse—. Yo no tengo por qué temer a nadie, ya que me limito a cumplir órdenes.

—Eso mismo opinaba yo, pero lo más probable

es que don Felipe, al advertir cuán involucrado os encontráis en este asunto, os haga pasar por el mismo trance por el que estoy pasando ahora.

—¡Dejaos ya de charadas, don Rodrigo! —exclamó el otro impaciente y casi fuera de sí—. ¿De qué diablos estáis hablando?

—De traición y muerte, amigo mío.

—¿Traición y muerte?

—¡Exacto! Yo jamás hubiera osado traicionar a Mi Señor, y hasta esta misma mañana abrigué la esperanza de que mis temores resultaran infundados y se dignara «perdonarme» por el delito de haberle servido con tanta abnegación como al parecer lo estáis haciendo vos.

—¿Perdonaros? ¿Por qué habría de perdonaros? No os entiendo.

—¡Lo entendéis muy bien! —fue la agria respuesta—. Yo le fui fiel, pero al saber que habíais llegado y conociendo vuestra triste fama, comprendí que no podía hacerme vanas ilusiones, por lo que decidí traicionarle.

—¿Traicionarle? ¿Traicionarle cómo?

—Como más le duele. A partir de hoy ese hediondo monstruo de maldad ya no podrá dormir en paz, aterrorizado por la posibilidad de que le arrebaten el más preciado botín de sus infinitas iniquidades: el trono de Portugal. La sombra de su sobrino, don Sebastián, continuará persiguiéndole dondequiera que se esconda.

El fiel servidor del denominado «hediondo monstruo de maldad» optó por ponerse en pie en apariencia ofendido al tiempo que señalaba con gesto de profundo desprecio:

—Resulta evidente que todo este negocio os ha trastornado y desbarráis. Este asunto ha concluido y ya nada más me queda por hacer aquí. ¡Hasta nunca, don Rodrigo!

Se encaminó a la puerta, pero su interlocutor señaló serenamente:

—¡No estéis tan seguro de eso, malnacido! Me llevaréis con vos hasta el fin de vuestros días, que están muy cerca, tenedlo por seguro. Tan seguro como que hace ya mucho tiempo don Sebastián de Portugal está a salvo fuera de España, y que su doble, Aníbal Anibaldi, el que se hacía llamar Gabriel de Espinosa, galopa en estos momentos hacia la frontera francesa y ya nadie conseguirá detenerle.

Don Pánfilo Colina, que se había detenido en seco a mitad de su camino hacia la puerta, advirtió cómo las piernas le flaqueaban y tuvo que buscar apoyo en un sillón para no caer al suelo al exclamar:

—¿Acaso os habéis vuelto loco? ¿Qué tontería estáis diciendo? Don Sebastián, Anibaldi, Espinosa, o quien quiera que fuera ese maldito traidor, fue ejecutado en Madrigal de las Altas Torres hace ya dos semanas.

—¿Vos lo visteis? —inquirió con una burlona sonrisa su interlocutor—. ¿No? ¡Claro que no! ¿Quién lo vio entonces?

—Cientos de personas; fue azotado, ahorcado y descuartizado en público. ¡Todos lo vieron!

—¡Os equivocáis una vez más, imbécil! Cientos de

personas vieron azotar, ahorcar y descuartizar a un pobre infeliz barbudo, harapiento y de rostro desfigurado por cientos de golpes. Uno de tantos reos de los que se pudren en nuestras mazmorras. Pero nadie, ¡oídme bien!, nadie más que yo, y mi secretario Bermúdez, al que me había preocupado de enviar esos días a Madrid, conocía al auténtico Gabriel de Espinosa.

El otro pareció a punto de sufrir un desvanecimiento y aferrándose con más fuerza al respaldo del sillón musitó con apenas un hilo de voz:

—¿Pretendéis hacerme creer que ejecutasteis a otra persona en lugar del traidor?

Don Rodrigo de Santillana, que había cerrado los ojos unos instantes y respiraba fatigosamente, como si empezara a faltarle el aire, se llevó la mano al pecho e hizo un supremo esfuerzo por evitar que se le escapara un lamento. Por último, suspiró profundo y abrió los ojos tratando de sonreír en lo que constituía en realidad casi una mueca.

—Veo que empezáis a entenderlo, sucio bastardo —dijo—. Otro preso del que supongo que habréis oído hablar puesto que su historia se ha convertido en leyenda, el famoso caballero Pero Nuño, tenía que ser ahorcado el mes próximo, y no existía posibilidad alguna de perdón para él. Dejaba mujer y cinco hijas en la más absoluta miseria, y le ofrecí una pequeña fortuna a cambio de ocupar el puesto del condenado —sonrió feliz—. ¡Me besó las manos! Os juro, pequeño asesino hijo de puta, que me besó las manos, y siendo como era un hombre de extrema valentía, subió al cadalso tan orgulloso como un rey. —Emitió un ronco lamento y se aferró el estómago mientras su rostro se contraía por el dolor—. ¡Ya hace su efecto! —masculló—. ¡Ya queda poco! Aun así me mantuve fiel, reteniendo a Espinosa hasta esta misma mañana, y hubiera seguido siendo igualmente fiel si el rey no me hubiese pagado con tan amarga moneda. ¡Y ahora marchaos, lechuguino verdugo de encaje y guantes! ¡Dejadme morir en paz librándome de vuestra asquerosa presencia que en realidad me causa más daño que el propio veneno! Marchaos y empezad a sudar pensando en quién enviará don Felipe a cerrar vuestra boca como cierra la mía.

—¡No, por Dios! No puede ser cierto.

—¡Lo es! Se lo he dicho y también le he advertido que os contaría cuanto ha ocurrido con pelos y señales. ¿Creéis que os permitirá vivir conociendo tantos secretos? ¡No! ¡Seguro que no! ¡Y ahora adiós porque ensuciáis el momento más hermoso de mi vida con vuestra asquerosa presencia! ¡¡Fuera!! ¡¡Fuera!!

Don Pánfilo Colina abandonó la estancia tambaleándose, lívido de terror y casi a punto de romper a llorar, con lo que don Rodrigo de Santillana se quedó solo, con la vista perdida en la distancia, tratando inútilmente de contener el insoportable dolor que le asaltaba mientras gruesas lágrimas bañaban mansamente sus mejillas.

Por último cerró lentamente los ojos e inclinó la cabeza sobre el pecho.

En el momento de exhalar su postrer suspiro sonrió abiertamente.

Si sienten curiosidad
por conocer el final
de esta historia tan brutal,
muestren generosidad
con quienes somos tan pobres,
suelten el nudo de la bolsa
y dejen que suenen los cobres.

Concluida su venganza
Pero Nuño se entregó,
mas la justicia, que es sorda,
sus razones no escuchó
y en una fría mazmorra
cuatro años le encerró.

Al concluir ese tiempo
al patíbulo subió,
mas cuentan los que lo cuentan
que a otro reo suplantó.

Era tanto su valor
y tan grande su hidalguía,
que sufrió en un solo día
lo que nadie más sufrió.

Cien azotes, plomo ardiente,
la horca, y el ser desmembrado,
mas al ver que con ello salvaba
a los seres que adoraba
aceptó su fin sin desmayo
y aquel hombre inteligente
hizo de su capa un sayo.

Quienes vieron sus despojos,
¡qué pena no tener ojos
y poderlo confirmar!,
juraron, y por Dios que les creo,
que los labios de aquel reo
sonreían al marchar.

Otros dicen, sin embargo,
que en realidad no murió,
y que del penal escapó,
pero ése es un cuento muy largo
y difícil de contar
que dejo para otro día
con más ganas de cantar.

Vivo o muerto,
rey o paria,
asesino o vengador,

aquí termina la historia
de Pero Nuño el valiente,
¡un caballero de honor!

ALBERTO VÁZQUEZ-FIGUEROA
Madrid-Lanzarote
Junio 2005

Índice